10
18

12, AVENUE D'ITALIE. PARIS XIIIᵉ

Du même auteur
aux Éditions 10/18

RUN, N° 4077

Série Miss Silver

▶ LA PLUME DU CORBEAU, N° 2307
MISS SILVER ENTRE EN SCÈNE, N° 2308
MISS SILVER INTERVIENT, N° 2362
LE POINT DE NON-RETOUR, N° 2363
PLEINS FEUX, N° 2406
LES LÈVRES QUI VOIENT, N° 2407
LA ROUE DE SAINTE-CATHERINE, N° 2437
LE CHEMIN DE LA FALAISE, N° 2450
L'EMPREINTE DU PASSÉ, N° 2473
LE CHÂLE CHINOIS, N° 2494
AU DOUZIÈME COUP DE MINUIT, N° 2519
LE ROCHER DE LA TÊTE NOIRE, N° 2534
UN ANNEAU POUR L'ÉTERNITÉ, N° 2575
LE MASQUE GRIS, N° 2597
À TRAVERS LE MUR, N° 2624
MEURTRE EN SOUS-SOL, N° 2654
L'HÉRITAGE D'ALINGTON, N° 2684
LE MYSTÈRE DE LA CLEF, N° 2709
LE TRÉSOR DES BENEVENT, N° 2754
L'AFFAIRE WILLIAM SMITH, N° 2770
COMME L'EAU QUI DORT, N° 2792
LA DAGUE D'IVOIRE, N° 2826
LE MANOIR DES DAMES, N° 2859
LE BELVÉDÈRE, N° 2878
LE MARC MAUDIT, N° 2918
LA TRACE DANS L'OMBRE, N° 2970
ANNA, OÙ ES-TU ?, N° 3184
LA COLLECTION BRADING, N° 3229
LA MORT AU FOND DU JARDIN, N° 3286
L'AFFAIRE EST CLOSE, N° 3378
UN TROUBLANT RETOUR, N° 3431
DERNIÈRE DEMEURE, N° 3511

Série Inspecteur Lamb

MEURTRE À CRADDOCK HOUSE, N° 3733
UN PAS DE TROP, N° 3801
UN COLIS À SUIVRE, N° 3876

PATRICIA WENTWORTH

LA PLUME
DU CORBEAU

Traduit de l'anglais
par Patrick BERTHON

10
18

« *Grands Détectives* »

dirigé par Jean-Claude Zylberstein

SEGHERS

Sur l'auteur

Patricia Wentworth, pseudonyme de Dora Amy Elles, est née en 1878 à Mussorie (Inde). C'est à la suite d'un concours organisé par le *Daily Mail*, en 1923, que le public découvre les romans policiers de Patricia Wentworth, déjà connue pour ses ouvrages historiques. Cinq ans plus tard, elle crée un détective hors du commun : Miss Maud Silver. Prototype du *Armchair Detective*, Miss Silver, tout comme sa cadette Miss Marple (qui ne verra le jour qu'en 1930, sous la plume d'Agatha Christie), est une délicieuse vieille dame douée d'un don d'observation hors pair. Héroïne d'une trentaine d'intrigues, Miss Silver assurera dès lors la renommée de Patricia Wentworth, décédée en 1961. L'inspecteur Lamb, qui apparaît épisodiquement dans nombre de titres de la série « Miss Silver », est aussi le héros principal de trois romans, dont *Meurtre à Craddock House*.

Première édition publiée sous le titre *Poison in the Pen*.
par Hodder and Stoughton, Ltd. Londres.

© Patricia Wentworth, 1957.
© Éditions Seghers, 1980, pour la traduction française.
ISBN 978-2-264-01789-5

CHAPITRE I

Miss Silver jeta par-dessus le plateau à thé un regard qui n'était pas sans évoquer le regard d'une vieille tante affectueuse au neveu méritant qu'elle a invité, mais le jeune homme qui se pencha pour saisir la tasse de thé qu'elle venait de lui verser ne lui était apparenté en aucune manière. Il s'agissait, en fait, de l'inspecteur Frank Abbott de Scotland Yard, qui profitait d'un dimanche après-midi de congé pour lui rendre visite. Il eût été difficile de deviner quel pouvait être son métier. Il aurait aussi bien pu être dans l'armée que dans la marine ou dans la carrière diplomatique ou peut-être au barreau. Il était vêtu d'un complet discret, admirablement coupé dans un tissu de belle qualité. Une longue habitude lui avait permis de trouver la position idéale pour être aussi à l'aise que possible dans un des fauteuils en noyer aux pieds contournés dont les dossiers rembourrés et les bras en demi-cercle étaient beaucoup plus confortables qu'il n'y paraissait de prime abord. Les yeux froids et clairs dans le visage pâle aux traits irréguliers s'adoucirent sensiblement lorsqu'ils se posèrent sur miss Silver. Il lui vouait une grande

7

admiration... il n'eût pas hésité à employer le mot vénération. Elle le divertissait, elle instruisait, elle fournissait une manière première inépuisable à son sens de l'humour, mais même dans ses périodes les plus irrévérencieuses, il ne cessait d'éprouver un profond respect à son égard.

Elle lui demanda en souriant s'il avait bien profité de son congé.

— Vous en avez passé une partie dans le Ledshire, n'est-ce pas ? Les cartes postales que vous m'avez envoyées m'ont évoqué bien des souvenirs. Celle de la place du marché de Ledlington...

Il l'interrompit en éclatant de rire.

— La vue du pantalon de sir Albert est absolument superbe, non ?

Comme la statue de sir Albert Dawnish qui domine la place est connue pour être une des hideurs les plus célèbres d'Angleterre, miss Silver se garda de relever cette remarque frivole. Elle insista, au contraire, sur le fait que Ledlington et, à vrai dire, l'ensemble du comté avaient grandement bénéficié de la générosité de sir Albert. Après quoi, elle revint sur le sujet des vacances de Frank Abbott.

— Avez-vous rencontré les March ?

— J'ai été invité à un cocktail. Les cousins à qui je rendais visite y allaient aussi. J'ai vu le commissaire divisionnaire, la belle Rietta et l'héritier de la famille. J'ai vu leur petite fille aussi. On la faisait passer autour de la table en même temps que les boissons. Un adorable bébé plein de vie. Elle m'a mis son poing dans l'œil en faisant « Pan ! ».

Le visage de miss Silver s'épanouit.

— Ils sont tellement heureux d'avoir une petite fille.
Il vaut mieux éviter d'avoir un enfant unique. Avez-
vous passé tout votre temps chez vos cousins ?

Il tendit la main pour prendre une des galettes
préparées par Hannah, merveilleusement légères, mais
dangereusement enrichies de miel et de beurre.

— Chez mes cousins ? Oui... mais pas tout le temps
chez les mêmes. Je ne parviens jamais à me souvenir
exactement combien d'enfants a eus mon arrière-grand-
père, mais je crois que pour ce qui est de la famille, je
suis aussi bien pourvu que n'importe qui en Angleterre ;
sans parler des branches écossaise et irlandaise et de
quelques esprits aventureux qui ont fait souche dans
tout le Commonwealth et aux États-Unis. Comme ils
sont tous très sympathiques et qu'ils ont tous le sens de
l'hospitalité très développé, je n'ai jamais de notes
d'hôtel à payer et mes vacances ne me reviennent pas
cher. J'en ai vu trois différents cette fois, et j'ai terminé
par Joyce Rodney, qui n'est pas vraiment une cousine,
puisqu'elle est issue d'un premier mariage, mais avec
qui j'étais très lié.

Il posa sa tasse que miss Silver remplit aussitôt.
« Oui ? » fit-elle d'un ton légèrement interrogatif, et il
éclata de rire.

— Eh bien oui, c'est vrai, mais je me demande ce
qui a pu vous mettre sur la voie. D'ailleurs, je me le
demande toujours. En réalité, Joyce était très inquiète,
et j'aimerais beaucoup vous exposer l'affaire. Il prit un
sandwich et écarta le « Si vous pensez que cela ne
l'ennuiera pas », objecté par miss Silver dans un
murmure, en répliquant vivement :

— Non, bien au contraire, elle n'en sera que trop

heureuse. Elle n'a pas l'habitude de ce genre de chose, et elle en est fort déprimée.

Elle s'enfonça dans son fauteuil et attendit la suite. Il se dit que cette pièce paisible avait entendu bien des histoires étranges. Les tableaux de l'époque victorienne accrochés aux murs — *Le Monarque de Glen, L'Éveil de l'âme, Le Vernis noir* — et l'ameublement vieillot recréaient l'atmosphère d'une époque révolue, au rythme moins précipité, avant que l'avion ne réduise tant les distances entre les différents pays du monde qu'il ne leur reste plus comme solution qu'à vivre en bonne entente ou à foncer tête baissée vers une ultime conflagration. Le tapis et les rideaux imitaient aussi fidèlement que possible la couleur et le motif de ceux qui, à l'origine, avaient accompagné l'ameublement. La teinte dominante était un bleu turquoise très gai, agrémenté sur le tapis de guirlandes de fleurs roses et jaunes. Le bureau à l'exécution remarquable et les photographies qui encombraient la tablette de la cheminée, les étagères et les guéridons témoignaient de la profession qui avait permis d'atteindre à ce modeste confort. A une certaine époque, miss Silver était entrée dans l'enseignement. Pour être plus précis, elle avait été gouvernante, sans autre perspective que celle de passer sa vie entière chez les autres jusqu'à ce que le moment arrive de prendre sa retraite, avec pour tout avoir les économies, maigres par la force des choses, qu'elle aurait eues. Elle tenait pour un effet de la providence d'avoir eu la possibilité de devenir détective privé. Sa renommée s'était étendue à un cercle de plus en plus vaste, elle gagnait largement sa vie, elle avait un appartement, son confort et sa dévouée Hannah Meadows. Elle avait de très nombreux amis qui lui étaient très attachés. Toutes les photographies dans leurs cadres argentés ou en velours en fournissaient la preuve. Bien des individus en proie à la terreur s'étaient assis dans le siège qu'occupait maintenant Frank Abbott. D'étranges histoires avaient été bredouillées dans cette pièce paisible, pour voir en fin de compte la vertu récompensée, le crime châtié et la justice rendue à la manière de l'époque victorienne. Frank Abbott avait tout cela présent à l'esprit lorsqu'il commença son récit.

— Il n'y a pas longtemps que Joyce s'est installée à Tilling Green. Elle a perdu son mari au Moyen-Orient... il travaillait pour une grande compagnie pétrolière. Elle a un enfant à la santé délicate et pas un sou en poche. Toute sa famille à elle a disparu et elle est allée à Tilling Green parce que Jack Rodney y avait une vieille cousine qui acceptait de l'héberger.

— Oui, fit de nouveau miss Silver.

— Elle lui a envoyé une lettre très gentille... Joyce m'a dit que cela avait été une véritable manne tombée du ciel. Elle ne pouvait pas prendre un emploi, à moins qu'il ne s'agisse d'un travail à domicile, parce que l'enfant avait besoin d'être entouré de beaucoup de soins. Miss Wayne lui a offert le gîte et le couvert, plus un petit salaire, en échange de quelques tâches domestiques. J'ai bien l'impression qu'elle fait une journée complète — les poules à nourrir, la cuisine et tout le reste — mais elle ne se plaint pas, tant que cela lui permet de s'occuper de l'enfant.

Ayant fini son thé, miss Silver saisit un sac à ouvrage en chintz et en sortit quatre aiguilles à tricoter sur lesquelles ondulaient quelques centimètres d'une ravissante laine bleue destinée à devenir un gilet d'enfant. La petite Joséphine, la fille de sa nièce Ethel Burkett, aurait sept ans dans un mois exactement et ce vêtement faisait partie de l'ensemble qu'elle comptait lui offrir à cette occasion. Elle réussissait toujours à tricoter en prêtant la plus grande attention à ce qu'on lui disait. Elle gardait les mains bas sur les genoux et les aiguilles cliquetaient en cadence et à un rythme très rapide.

— Et il y a quelque chose qui ne va pas ? demanda-t-elle d'une voix très douce.

Il acquiesça de la tête.

— Elle a reçu des lettres anonymes.

— Mon cher Frank !

— C'est toujours désagréable et, bien entendu, personne mieux que vous ne sait qu'il peut s'agir d'un symptôme de quelque chose d'extrêmement grave.

— Que disait-on dans ces lettres ?

Il leva une main et la laissa retomber.

— Elle les a déchirées... le réflexe habituel pour se débarrasser de quelque chose qui fait horreur.

— Mais je présume qu'elle a dû vous donner une idée de leur teneur ?

— L'une parlait de son mari. Sa mort a été soudaine... crise cardiaque, je crois. La lettre suggérait que la mort n'avait pas été naturelle. Mais il y en a eu deux. Et la seconde l'accusait d'être venue à Tilling Green pour « mettre le grappin sur un autre homme ».

Miss Silver se permit un « Mon Dieu ! » réprobateur avant de demander :

— A-t-elle confié cela à miss Wayne ?

— Elle n'en a parlé à personne... à part moi. Vous savez comment sont ces lettres anonymes... il n'y a rien de plus désagréable. Miss Wayne est une pauvre femme un peu guindée et assez effacée qui ne ferait pas de mal à une mouche. Elle avait une sœur aînée qui est morte il y a quelques mois. J'ai cru comprendre que c'est cette dernière qui avait invité Joyce à Willow Cottage. Elle était l'aînée et c'est elle qui menait la barque. Et dans le village, c'est elle que l'on continuera à appeler miss Wayne, alors que la cadette restera à jamais miss Renie.

Miss Silver toussota.

— Y a-t-il quelqu'un qui déteste Mrs. Rodney ou qui ait une raison quelconque de lui en vouloir de s'être installée à Tilling Green ?

— Je ne vois pas comment on pourrait détester Joyce. C'est une jeune femme qui attire la sympathie... agréable à regarder sans être une beauté, intelligente sans être une intellectuelle. A vrai dire, je ne vois rien en elle qui soit susceptible de provoquer l'inimitié que laissent supposer les lettres. En général, les gens éprouvent de la compassion pour une jeune veuve. Elle ne met aucune ostentation dans son deuil, mais elle adorait son mari et elle est profondément attachée à son petit garçon. Miss Wayne habite là-bas depuis longtemps et elle connaît absolument tout le monde. Joyce m'a dit qu'ils avaient tous été très gentils avec elle.

Miss Silver posa sur lui un regard rempli de bienveillance.

— Vous m'avez dit que miss Wayne ignorait tout de ces lettres ?

— Oh, oui. C'est une femme très timide... elle s'alarmerait et elle en serait profondément affligée.

— Mrs. Rodney a-t-elle des soupçons ?

— Pas le moindre.

— Et vous-même ?

Il haussa ses sourcils très pâles.

— J'y ai passé quatre jours. On m'a emmené à une vente de charité à la salle municipale. Je suis allé à l'office le dimanche matin, et à la sortie on m'a présenté à plusieurs personnes que je n'avais pas rencontrées à la vente. Et nous avons été invités à prendre le thé au manoir. Rien ne me permet de soupçonner le pasteur, ni le bedeau, ni aucune des respectables vieilles dames qui leur apportent leur concours. Je n'ai, à vrai dire, aucune raison de soupçonner qui que ce soit... comment pourrait-il en être autrement ?

Elle continua à le regarder d'un air pensif.

— La raison n'intervient pas toujours dans ce genre de chose.

Il braqua sur elle un regard sarcastique.

— L'intuition féminine ? Je crains alors de ne pas être à la hauteur. Je ne connais pas les chiffres exacts pour l'année en cours, mais il y a approximativement deux millions de femmes de plus que d'hommes dans ce pays. C'est terrifiant de penser que du matin au soir elles mettent en pratique ce don redoutable !

Miss Silver considéra que cette belle envolée ne lui procurait guère de renseignements utiles. Elle reprit d'un ton pensif : — Une vente de charité — la messe du dimanche matin — le manoir — cela suffit pour passer en revue la plupart des habitants d'un village. Qui habite au manoir ?

Il lui jeta un regard admiratif.

— Comme vous dites, la plupart des habitants. Le

manoir est une vieille demeure qui appartient depuis des générations à la même famille. Leur nom était Deverell, mais au siècle dernier la ligne masculine s'est complètement éteinte et c'est un Repton qui a épousé l'héritière. Il a refusé de changer de nom et ils ont donc continué à s'appeler Repton. Ils étaient très à l'aise financièrement jusqu'à ce qu'il y a une trentaine d'années le patrimoine soit divisé entre une femme qui a hérité tout le capital et un cousin qui est l'actuel possesseur du domaine. Il s'agit du colonel Roger Repton. Il est complètement fauché et, l'héritière étant morte, il est le tuteur de sa fille, la jeune Valentine Grey, à qui est revenue la fortune de famille. Une jeune fille très séduisante, sur le point de convoler en justes noces avec un certain Gilbert Earle qui est aux Affaires étrangères et sera, selon toute probabilité, le prochain lord Brangston. Il ne crachera pas sur l'argent de Valentine, car l'actuel possesseur du titre a la bagatelle de cinq filles aux besoins desquelles il doit subvenir. Il leur a donné des noms de fleurs, et j'ai cru comprendre qu'elles ne tenaient ni à se marier ni à gagner leur vie. Je les ai rencontrées une fois. Elles restaient à l'écart pendant que les autres dansaient. S'il m'en souvient bien, elles s'appellent Violet, Daffodil, Rosemary, Daphne et Artemisia.

Ce dernier nom provoqua un murmure incrédule.

— Mon cher Frank !

— Mais je ne plaisante pas, on l'appelle Artie... je vous jure !

Elle tira sur la pelote de laine bleue.

— Revenons à Tilling Green, voulez-vous ?

— Très volontiers. La sœur du colonel Repton, miss

Maggie Repton, vit également au manoir. C'est le genre de vieille fille qui s'enracine à l'endroit où elle est née et où elle a été élevée, parce qu'il ne lui est tout simplement jamais venu à l'esprit d'aller voir ailleurs ou d'entreprendre quelque chose. C'est elle qui tient la maison, avec une grande compétence d'ailleurs, puisque la jeune Mrs. Repton refuse de mettre la main à la pâte.

— Parce qu'il y a une jeune Mrs. Repton ?

— Certes... la très décorative Scilla ! Mais je n'ai pas réussi à déterminer si elle épelle son nom comme celui du monstre fabuleux. Vous comprenez, il y a pas mal de choses qui pourraient dépendre de cela.

Miss Silver s'abstenant de tout commentaire, il poursuivit :

— Roger a été la risée de tout le village lorsqu'il l'a épousée. Il est tout à fait indiscutable qu'elle détonne à Tilling Green et elle ne fait pas mystère du fait que la campagne l'ennuie et qu'elle aspire à retourner à la ville. Je présume qu'elle ignorait qu'il y aurait si peu d'argent... et ce sera pire après le mariage de Valentine.

— Cela changera quelque chose ?

— Oh, que oui. Si j'ai bien compris, elle participe aux frais dans une large mesure.

Miss Silver continua à tricoter.

— Pourquoi exactement me racontez-vous tout cela ? demanda-t-elle.

Il lui adressa un sourire malicieux.

— N'ai-je pas l'habitude de tout vous dire ?

— Seulement lorsque vous avez une bonne raison de le faire.

— Peut-être était-ce pour y voir plus clair moi-même.

Lorsque les choses sont exprimées, elles gagnent en clarté, et puis... vous me stimulez tellement !

— Je me demande pourquoi vous ne m'avez parlé que du manoir en négligeant la vente de charité et la messe.

— On ne peut pas décrire tout et tout le monde.

— Mais vous avez commencé par le manoir.

Il marqua une hésitation à peine perceptible.

— C'est probablement parce qu'une des lettres mentionnait Gilbert Earle.

— Que disait-elle ?

— Je ne l'ai pas vue... je vous l'ai déjà dit. Joyce ne les a pas gardées. Mais si mes renseignements sont exacts, la lettre l'accusait d'essayer de le séduire... de lui faire des avances et tout ce genre de chose, mais je présume que c'était exprimé en termes un peu plus crus. En règle générale, l'auteur de lettres anonymes ne se préoccupe guère de respecter les bienséances.

— Et Mrs. Rodney connaît-elle Mr. Earle ?

— Elle le connaît. Il passe pratiquement tous les week-ends à Tilling Green. Mais en fait, elle l'a rencontré à l'étranger il y a quelques années alors qu'elle était déjà mariée. Ils ont des relations et des amis communs. Il la raccompagnait à l'occasion après une soirée au manoir ou au village. Mais je suis persuadé qu'il n'y a rien et qu'il n'y a jamais rien eu entre eux.

— Miss Valentine Grey en est-elle aussi sûre que vous ? Ou bien la jeune Mrs. Repton ?

Il éclata de rire.

— Pour Scilla Repton, je ne sais pas, mais en ce qui concerne Valentine Grey, je ne crois pas qu'elle voie la moindre objection à ce que Gilbert raccompagne les

17

gens chez eux. Le sentiment général ne semble pas être qu'elle est éperdument amoureuse de lui. Il y avait quelqu'un d'autre... le neveu du pasteur, un de ces types capables de disparaître du jour au lendemain. Valentine et lui étaient très liés. Puis un beau jour, il a disparu sans rien dire à personne. Il n'est pas revenu, il n'a pas écrit, et Gilbert Earle a pris le relais. Et maintenant elle va l'épouser. Joyce prétend que le cœur n'y est pas.

— Sont-elles amies ?

— Oui, je crois... » Il hésita un peu avant de poursuivre : « Joyce n'a guère de temps libre, vous savez. Elle s'occupe de la maison, elle emmène le petit garçon à la maternelle et elle va le rechercher, enfin... »

Miss Silver émit un murmure de compréhension.

— Je suis heureuse d'apprendre que la santé de l'enfant lui permet d'aller à l'école.

— Oui, Joyce en est remplie de joie. Il semble aller beaucoup mieux maintenant. Et puis, cela lui est très profitable d'être avec des enfants de son âge.

Miss Silver ne fit aucun commentaire et laissa s'écouler quelques secondes avant de demander :

— Savez-vous si quelqu'un d'autre à Tilling Green a reçu une lettre anonyme ?

La question parut le surprendre.

— Pourquoi me demandez-vous cela ?

— Mon cher Frank, vous devez comprendre qu'il s'agit d'un point essentiel. Ce genre de lettre est inspiré par un désir de puissance, ou bien par une haine personnelle ou une malveillance plus générale. S'il s'agit d'une affaire personnelle, on peut espérer que les choses s'arrangeront ou en resteront là. Mais si cela procède

18

d'un désir de puissance ou d'une malveillance plus générale, il est impossible de dire où cela s'arrêtera et quels torts cela pourra causer.

— C'est bien ce qui m'inquiète, répondit-il.

— Mrs. Rodney n'a pas envisagé d'en informer la police ?

Il repoussa son siège.

— Elle n'a pas voulu en entendre parler. Cela serait très mal vu au village. Cela risquerait d'y rendre sa situation intenable. Tout le monde s'est montré très gentil avec elle et son fils va beaucoup mieux. » Il se leva et reposa sa tasse. « Je ne sais pas pourquoi je vous ai ennuyée avec cette histoire. Cela finira sans doute par s'arranger. »

CHAPITRE II

Miss Silver était abonnée à deux quotidiens et sa coutume était de parcourir le plus illustré et le plus facile des deux au petit déjeuner et de se réserver pour plus tard les articles plus denses du *Times*. C'est une dizaine de jours après avoir pris le thé avec Frank Abbott que son attention fut attirée par un gros titre où apparaissait le nom de Tilling Green :

ENQUÊTE A TILLING GREEN

Elle avait souvent remarqué à quel point un nom dont on ignorait tout revient fréquemment une fois qu'on en a entendu parler. Elle lut l'article avec beaucoup d'intérêt. Une jeune femme avait été trouvée noyée dans une pièce d'eau située sur le domaine de Manor House. Elle s'appelait Doris Pell et ne demeurait pas au manoir ni n'y était employée. Elle vivait chez une tante et elles travaillaient comme couturières à domicile. La rumeur publique laissait entendre qu'elle avait été profondément affligée par la réception de lettres anonymes l'accusant d'immoralité, accusation qui — d'après le coroner — était dénuée de tout

20

fondement, la jeune fille étant tout à fait respectable. La police avait ouvert une enquête pour découvrir l'identité de l'auteur des lettres anonymes.

Miss Silver posa le journal. Lamentable perte d'une jeune vie. Elle ne put s'empêcher, une nouvelle fois, de comparer le courage et la ténacité avec lesquels certains affrontent l'adversité et la facilité avec laquelle d'autres y succombent. Puisque cette pauvre jeune fille était apparemment innocente, pourquoi n'avait-elle pas fait front ? La lumière crue qui baigne un village est certes sans pitié — tout doit être soit blanc soit noir — et toute réputation ruinée ou simplement mise en cause en gardera à jamais des taches indélébiles. Mais la jeunesse devrait posséder de l'énergie, la faculté de redresser la tête, la capacité de faire peau neuve. Elle remua pendant quelque temps des pensées chagrines.

Ce n'est que plus tard dans la journée, alors qu'elle faisait son courrier, que la question fut à nouveau soulevée. Elle était occupée à lire une lettre de sa nièce Ethel Burkett. Ethel abordait le sujet de sa sœur Gladys, dont les relations avec son mari Andrew Robinson, loin d'être idylliques, constituaient pour elle un sempiternel sujet de tracas.

« Ma chère tante, écrivait Ethel, j'ignore si Gladys t'a écrit et je ne voudrais pas t'importuner avec ses affaires, mais je pense sincèrement que tu as sur elle plus d'influence que n'importe qui d'autre. Se séparer d'Andrew serait une erreur *fatale*. Il s'est montré extrêmement tolérant et plein d'indulgence à son égard et il a horreur du scandale sous toutes ses formes, mais j'ai le sentiment que si elle va jusqu'à le quitter, il pourrait ne mettre aucun empressement à la reprendre. »

C'est à ce moment-là, et alors que miss Silver était en train de réfléchir à l'aveuglement dont une jeune femme égoïste et têtue pouvait faire preuve, que la sonnerie du téléphone retentit. Elle décrocha le récepteur et reconnut la voix de Frank Abbott qui disait :

— Allô ! C'est vous ?

Une fois rassuré sur ce point, il poursuivit :

— Puis-je passer vous voir ?... Merci. J'arrive tout de suite.

Elle eut à peine le temps d'écrire une lettre dans laquelle elle exposait que Gladys, n'ayant aucun revenu propre et éprouvant une aversion notoire pour tout ce qui touchait au travail, ferait mieux, à son avis, de bien peser le pour et le contre avant de se séparer d'Andrew et de son confortable train de vie, que la porte s'ouvrit et que Hannah annonça :

— Mr. Frank...

Elle fut, comme toujours, ravie de le voir, et lui, de son côté, se sentit tout de suite comme chez lui.

Il laissa à son hôtesse le temps de s'installer dans son fauteuil et de prendre son tricot avant de commencer :

— Je suppose que vous devinez ce qui m'amène.

Elle inclina la tête.

— J'ai lu un article à propos d'une enquête à Tilling Green.

— Une histoire idiote et navrante. Et probablement plus navrante qu'idiote. Mais qu'est-ce qui peut pousser un être humain à faire tant de mal ? Vous savez, j'avais rencontré cette fille pendant mon séjour là-bas. Elle était venue faire un peu de couture pour miss Wayne. C'était une créature sensible et farouche... elle rougissait jusqu'à la racine des cheveux quand je lui adressais la

22

parole. Joyce avait été bonne pour elle et la jeune fille l'adorait visiblement.

Miss Silver l'avait rarement vu aussi dépouillé de son habituelle carapace de cynisme. Sa voix ne traînait plus et son regard avait perdu toute sa froideur. Elle lui dit avec toute la chaleur qu'elle put mettre dans sa voix :

— Mon cher Frank...

Il l'interrompit en hochant nerveusement la tête.

— Je sais que c'est idiot de réagir ainsi, mais que voulez-vous, cela m'a touché au vif. C'était une créature tellement inoffensive... et simple et si douce. Et quelqu'un a pu prendre plaisir à la détruire !

Miss Silver tricotait pensivement.

— Soupçonne-t-on qu'elle soit tombée dans un guet-apens ?

— Il n'y a rien à espérer sur le plan judiciaire. Ce genre de chose n'est pas un meurtre au regard de la loi. Il n'y a apparemment aucune raison de douter qu'elle se soit jetée dans l'étang et qu'elle se soit noyée. « Ayant temporairement perdu son équilibre mental ! » Tel est, comme vous l'avez lu, le verdict du coroner. Elle avait emporté du travail au manoir. Elle était, paraît-il, dans son état normal. » Il haussa les épaules avec agacement. « Vous avez peut-être remarqué que c'est toujours ce que disent les gens quand ce genre de chose se produit ! Un petit ruisseau traverse l'allée du manoir. Le ruisseau passe sous un pont et se jette dans l'étang dont ils parlent à un endroit où il y a des rochers. Elle a dû enjamber le parapet du pont du côté de l'étang et se heurter la tête sur les rochers. Puis elle s'est noyée. Comme dit le verdict, elle avait perdu son équilibre mental, mais ce qui le lui a fait perdre est

23

bien évident. C'est pour cela que je suis venu vous voir. »

La ruche bleue ondulant sur les aiguilles s'allongeait lentement. « Oui ? » fit miss Silver.

Il retrouva un peu de son détachement habituel pour expliquer :

— Vous voyez, on nous a demandé d'envoyer quelqu'un là-bas. Je ne sais pas si vous vous souvenez, mais il y a à peu près cinq ans, une très sale affaire du même genre avait éclaté à Little Poynton, à une quinzaine de kilomètres de là. Il y avait eu deux suicides et bien des retombées et l'affaire n'a jamais été tirée au clair de manière satisfaisante. Ils avaient fini par faire appel au Yard. March s'est officiellement adressé à nous pour l'affaire de Tilling. Il semble que plusieurs personnes aient reçu des lettres. March a mis la main sur deux d'entre elles. L'une a été postée à Londres. C'est une des plus récentes et elle nous fournira peut-être un indice. Après tout, il n'y a guère que quelques habitants de Tilling Green qui ont pu se trouver à Kensington le jour où la lettre y a été postée.

Miss Silver secoua la tête d'un air dubitatif.

— Je doute fort qu'un auteur invétéré de lettres anonymes fournisse ce genre d'indice.

— On ne sait jamais... tout le monde peut commettre une erreur à un moment ou à un autre. En tout cas, c'est la seule piste dont nous disposions. Le papier vient d'un bloc ordinaire... rayé. L'enveloppe est de meilleure qualité. L'écriture est appuyée, les lettres maladroitement formées... écrites de la main gauche, d'après les experts. Les textes sont truffés de fautes d'orthographe... probablement volontaires. Aucune empreinte digitale autre que celles qui ont des raisons d'y être — le bureau de poste, le facteur, le destinataire. Nous sommes bien avancés avec ça ! » Il se pencha soudain vers elle. « March suggère que vous alliez faire un tour là-bas avec la bénédiction du Yard pour mener votre petite enquête. Le chef pense que c'est une bonne idée et je suis venu pour vous demander si vous acceptez. »

Elle continua à tricoter en silence pendant quelques instants, puis elle répondit :

— Je ne connais malheureusement personne dans les environs. Il est inutile que je me rende là-bas si l'on ne peut faire en sorte que ma visite paraisse naturelle.

— Les demoiselles Wayne prenaient occasionnellement un hôte payant. Il y a eu ainsi une certaine miss Cutler, qui réside maintenant à Chiswick. Nous pourrions nous arranger pour vous la faire rencontrer de manière fortuite, après quoi ce serait un jeu d'enfant de l'amener à vous recommander un logement à la campagne. Vous pourriez alors écrire à miss Wayne en lui demandant si elle serait disposée à vous accueillir.

Elle garda le silence pendant quelques secondes et demanda :

— Miss Wayne ne sera pas au courant ?

— Personne ne sera au courant, à part Joyce. Et surtout pas miss Wayne. C'est une nature très craintive et elle serait incapable d'avoir l'esprit en repos si elle savait qu'elle a un détective sous son toit.

Elle lui jeta un regard grave.

— Je ne sais pas ce que je dois faire. L'idée que mon hôtesse soit tenue dans l'ignorance ne me plaît pas. A vrai dire, je répugne à cette perspective.

— Mais enfin, vous n'avez pas l'intention de carillonner votre arrivée !

25

Elle prit un air réprobateur et poursuivit :

— Ce sera une grave responsabilité pour Mrs. Rodney. Est-elle prête à l'assumer ?

— Elle m'a appelé ce matin d'une cabine téléphonique de Ledlington. Elle est très inquiète, très triste pour Doris Pell, et elle a très peur qu'il n'y ait d'autres drames. Je lui avais parlé de vous la fois où elle m'a appris qu'elle avait reçu les lettres. Elle m'a demandé si vous pourriez venir et c'est elle qui a suggéré la solution de l'hôte payant. Il paraît que miss Wayne lui avait parlé de miss Cutler et lui avait dit qu'il faudrait vraiment qu'elle renouvelle ce qui avait été une expérience fort agréable. Alors, vous voyez, cela devrait être facile.

Elle tira sur sa pelote de laine.

— Peut-être. Mais je préférerais qu'on lui laisse au moins entendre que ma visite est une visite professionnelle.

— Impossible ! s'exclama-t-il, avant de partir d'un grand rire. Il faut vous dire qu'elle a la langue particulièrement bien pendue. Vous voyez le genre... un véritable moulin à paroles. Elle n'aurait probablement pas l'intention de trahir quoi que ce soit — elle ne s'en apercevrait peut-être même pas — mais on ne peut pas parler sans arrêt sans risquer de divulguer le secret que l'on détient. Joyce m'a dit qu'il n'y avait aucune chance, et, de plus, elle serait absolument terrorisée. Elle a déjà une peur bleue à cause des lettres... elle se lève la nuit pour vérifier que les portes sont bien fermées, elle évite de rester seule chez elle, et tout ce genre de chose. Joyce m'a dit qu'elle sautera sur l'occasion si elle peut avoir un locataire supplémentaire. Et, vous savez, on ne pourrait rêver mieux. Elle habite un cottage en bordure de la grand-place, des voisins à droite et à gauche, l'épicerie du village à un jet de pierre, l'entrée du manoir juste de l'autre côté de la grand-place, l'église et le presbytère un peu plus loin. Quand je vous aurai dit que ses plus proches voisins sont, d'un côté la plus grande commère du village, une certaine miss Eccles, et de l'autre le personnage le plus énigmatique du village, vous comprendrez que vous ne pouvez tout simplement pas laisser passer une occasion aussi merveilleuse.

— Et qui est cet énigmatique personnage ?

— C'est un dénommé Barton, un vieux garçon paisible et inoffensif dont le plus grand tort est de ne jamais inviter ces dames à prendre le thé. Il ne prend même pas une femme de journée, alors, bien évidemment, le sentiment général est qu'il doit avoir quelque chose à cacher. Il a plusieurs chats, il fait sa cuisine et sa lessive lui-même et il garde sa porte toujours fermée, chose que même miss Wayne ne faisait pas jusqu'à une époque récente.

Dans le cours de sa carrière, miss Silver avait fréquemment été obligée d'adopter une ligne de conduite à laquelle elle aurait répugné en tant que femme. Elle commença à envisager sérieusement de faire la connaissance de miss Cutler.

CHAPITRE III

Il n'est guère facile de bousculer les vieilles dames. Cela prit un certain temps pour réussir à provoquer une rencontre qui parût à la fois naturelle et agréable à miss Cutler. Une amie commune, ou quelqu'un qui accepte de tenir ce rôle..., un salon bourdonnant de conversations, des tasses de thé tenues en l'air, des gâteaux et des biscuits passés à la ronde..., dans ce cadre, il ne fut guère difficile d'aborder le sujet des vacances à la campagne, de mentionner le Ledshire et de recevoir aussitôt les commentaires passionnés de miss Cutler sur l'effroyable drame qui venait d'endeuiller Tilling Green.

— C'est là où j'étais, dans le village même, miss Silver, il y a juste un an de cela.

— Vraiment ?

Miss Cutler hocha frénétiquement la tête. Elle avait un visage osseux et intelligent et des cheveux qui de roux étaient devenus d'un blond doré si pâle qu'on aurait presque pu les croire gris. Ils frisaient encore, et elle avait depuis longtemps renoncé à les discipliner.

— Oui, oui, fit-elle, j'y ai passé trois mois chez les

demoiselles Wayne à Willow Cottage. Et cette pauvre fille qui s'est suicidée m'a fait deux chemisiers. Elle était si paisible et si gentille... vous ne pouvez pas savoir à quel point cela m'a bouleversée.

Au bout de quelques minutes, miss Silver n'ignorait plus grand-chose des demoiselles Wayne.

— Vous n'y êtes pas retournée depuis ?

— Eh bien, non. Miss Esther est morte... la pauvre, ce fut si soudain. Bien que je ne comprenne pas que l'on s'afflige ainsi que les gens aient une mort soudaine. C'est naturellement très désagréable pour la famille, mais pour eux la mort est certainement plus douce. En tout cas, le choc a dû être affreux pour miss Renie. Elle dépendait entièrement de sa sœur. C'était bien triste de voir une femme de son âge aussi servile. Il paraît qu'elle a accueilli la veuve de son neveu.

— Accepte-t-elle encore des hôtes payants ?

— Sincèrement, je ne saurais vous dire. Elles ne roulaient pas sur l'or et si la nièce est sans ressources... Il m'est arrivé d'envisager d'y retourner, mais je me demande ce que donne la cuisine maintenant, à moins que la nièce ne s'en occupe. Miss Renie n'avait *rien* d'un cordon-bleu ! Mais, par ailleurs, les rapports sociaux étaient très satisfaisants à Tilling Green. Quel dommage pour eux qu'il y ait cette histoire de lettres anonymes ! Et cela juste au moment où cette charmante jeune fille de Manor House se marie. A l'époque où j'y étais, elle était avec un autre jeune homme. Ils n'étaient pas fiancés, mais tout le monde était persuadé que cela allait se faire. C'était le neveu du pasteur, Jason Leigh. Drôle de nom... et drôle de jeune homme aussi. Enfin, cela n'a rien donné, et elle épouse l'autre

29

la semaine prochaine, je crois. Quand j'étais là-bas, je me suis liée avec une certaine miss Eccles et c'est elle qui m'a raconté tout cela dans une lettre. Nous continuons à correspondre. » Elle continua à évoquer Tilling Green et les gens qu'elle y avait rencontrés. « Au manoir, le colonel Repton a épousé une femme très jeune et très jolie, mais pas très populaire. Les gens l'ennuient, et ils n'apprécient pas beaucoup... Valentine Grey a énormément d'argent. Gilbert Earle, l'homme qu'elle va épouser, est l'héritier d'un titre... Miss Eccles pense que le colonel Repton aura de grosses difficultés à continuer à vivre au manoir quand il devra se passer de l'allocation que lui verse le curateur de Valentine pendant qu'elle vit là-bas. Miss Eccles est vaguement apparentée à la famille, alors je présume qu'elle sait de quoi elle parle. Elle m'a dit qu'ils font une répétition de la cérémonie du mariage. C'est une idée qui ne me sourit guère. Je sais que c'est un usage qui tend à se répandre, mais j'ai l'impression que cela galvaude le sacrement. Peut-être ai-je tort, mais c'est mon impression. »

La voix forte et décidée de miss Cutler continuait sans presque jamais s'interrompre, mais son thé était absolument délicieux.

Miss Silver était une auditrice idéale. Elle manifestait de l'intérêt et se montrait agréable. Quand un encouragement paraissait souhaitable, elle le fournissait. Lorsqu'elle partit, elle avait une image très claire de Tilling Green et de ses habitants, ainsi qu'un certain nombre de détails en tout genre qu'elle gardait sans effort gravés dans sa mémoire et se faisait fort de retrouver quand le besoin s'en ferait sentir. Elle rentra chez elle et rédigea une lettre qu'elle adressa à miss Wayne, Willow Cottage, Tilling Green, Ledshire. Elle commençait ainsi :

« Chère Mademoiselle,

« Miss Cutler, avec qui j'ai récemment fait connaissance, m'a parlé du séjour extrêmement agréable qu'elle a fait chez vous il y a quelque temps. Cela m'incite à vous écrire pour vous demander d'envisager de me permettre de passer quelques jours chez vous en tant qu'hôte payant. Le calme régnant dans un village... »

Elle reçut par retour du courrier la réponse à cette lettre. Miss Wayne serait ravie. Il était bien évident qu'une amie de miss Cutler... Elle avait perdu sa sœur chérie dont miss Cutler lui avait sans nul doute parlé, mais sa nièce et elle feraient de leur mieux pour rendre son séjour aussi agréable que possible. Elle écrivait ce même jour à miss Cutler pour la remercier de sa recommandation. Pour ce qui était de la pension, les prix ne cessaient de monter et elle se sentait obligée de la majorer légèrement par rapport à ce qu'elle était l'année précédente...

Les pattes de mouches descendaient jusqu'à la signature que l'on parvenait à identifier comme celle d'Irene Wayne.

CHAPITRE IV

Miss Silver trouva Willow Cottage parfaitement à sa convenance. Tilling Green était un adorable petit village, suffisamment éloigné de Ledlington pour ne pas être pollué par la ville mais suffisamment proche pour que l'accès par le car soit facile. Il possédait une église du XIVe siècle avec quelques tombeaux et des ex-voto dignes d'intérêt. Il y avait aussi le très beau vieux manoir et deux ou trois cottages à colombage absolument charmants. Willow Cottage était, bien entendu, de construction plus récente, ce que d'un point de vue pratique elle estimait préférable. Les cottages anciens étaient sans nul doute pittoresques, mais ils avaient malheureusement bien souvent des escaliers très raides et des plafonds fort bas, sans parler des installations sanitaires déficientes et de la pénurie d'eau chaude. Willow Cottage avait une belle petite salle de bains moderne qui, comme le lui apprit miss Wayne, avait pris la place d'un jardin d'hiver du début de l'époque victorienne.

— Il était plein de fougères quand nous avons acheté le cottage — il y a déjà trente ans de cela —, ce qui rendait la salle à manger très humide. Ma sœur a immédiatement décidé qu'il fallait le supprimer. C'était une femme merveilleuse, vous savez. Elle était capable de prendre des décisions instantanées. Dès l'instant où elle a vu toutes ces fougères, elle a déclaré qu'il fallait s'en débarrasser. Je ne suis malheureusement pas comme elle. Je vois des difficultés partout. « Mais, Esther !... » je lui ai dit — elle s'appelait Esther — et elle m'a répondu : « Il n'y a pas de mais ! » C'était sans doute très bête de ma part, mais il me semblait que ce ne serait pas très pratique de traverser la salle à manger pour aller prendre un bain. Mais elle m'a fait remarquer que les heures des repas seraient bien évidemment différentes de celles auxquelles on était susceptible de prendre un bain, et que, si quelqu'un avait tendance à se lever un peu trop tard, cela contribuerait à l'en dissuader. Et c'est ce qui s'est effectivement passé. Je me suis aperçue que je pouvais me lever une bonne demi-heure plus tôt sans que cela me dérange le moins du monde. Il suffisait d'un peu de volonté.

Sans estimer qu'elle était idéalement située, miss Silver n'avait aucune intention de faire la fine bouche, car il aurait très bien pu ne pas y avoir de salle de bains du tout et elle était enchantée de sa chambre, l'une des deux qui donnait sur la façade de la maison et lui offrait une vue idéale sur la grand-place, l'entrée du manoir et l'église dont Frank Abbott lui avait parlé.

Miss Wayne l'informa qu'il allait y avoir un mariage au manoir le surlendemain.

— Cela va apporter un peu de gaieté à Tilling Green. Mercredi, il y a une répétition de la cérémonie à l'église et le soir ils donnent une réception au manoir. Tout cela leur donne énormément de travail — à Mrs. Repton, au colonel et à sa sœur. En fait, c'est elle qui tient la maison..., la jeune Mrs. Repton ne s'y intéresse guère. Ni Joyce ni moi ne sommes invitées, mais comme je lui ai dit : « Ma chère, il n'y a pas à s'en étonner. Bien sûr, cela fait trente ans que je les connais et tu es assez liée avec Valentine, et puis nous aurions pu demander à Jessie Peck de garder David, mais comme nous n'avons pas été invitées, cela ne sert à rien d'en parler. Il ne faut pas oublier que nous ne faisons pas partie de la famille. » Et pourtant on peut considérer Mettie Eccles et Connie Brooke comme des parentes éloignées. Ma chère sœur disait toujours qu'elle trouvait absurde d'utiliser le mot parent au-delà des cousins issus de germains.

Miss Silver essaya d'endiguer le flot de paroles.

— Et la mariée ? Vous m'avez bien dit que c'était une parente du colonel Repton ? Vous la connaissez depuis longtemps ?

— Oh, mon Dieu, oui... depuis qu'elle est toute petite... Valentine Grey, elle s'appelle. Le mariage est prévu pour jeudi après-midi. C'est une jeune fille charmante, et le marié est très bel homme. Bien sûr, on ne s'attendait pas vraiment à cela... mais on épouse très rarement son premier amour, n'est-ce pas ?

Miss Silver redoubla d'attention.

— C'est, à mon avis, effectivement très rare.

— C'est vraiment très gentil à vous, reprit miss Wayne de sa petite voix sérieuse.

Elle poursuivit sur le ton de la confidence :

— Je le pense vraiment, vous savez, parce que j'étais en train de me dire que c'était plutôt méchant de ma part de penser cela, et je n'aime pas avoir l'impression d'avoir été méchante.

Miss Silver lui adressa un doux sourire.

— C'est un fait contre lequel on ne peut rien. Les caractères s'affirment et les goûts changent. On peut avoir des affinités avec quelqu'un à dix-sept ou dix-huit ans, sans qu'il en soit de même cinq ou six ans plus tard.

Miss Wayne continua à la regarder. C'était une petite femme timide ayant tendance à rosir délicatement autour du nez et des yeux dès qu'elle était émue ou effrayée.

— Comme c'est bien exprimé, fit-elle en clignant des yeux. Je n'aurais pas aimé avoir l'impression d'avoir été méchante. Valentine est une jeune fille tellement charmante et personne n'a entendu parler de Jason Leigh depuis si longtemps. L'autre jour, j'ai demandé à son oncle s'il avait de ses nouvelles — c'est le neveu de notre pasteur, vous savez — et il m'a répondu : « Oh, il n'écrit jamais. » Alors, j'ai fait : « Oh, mon Dieu, Mr. Martin, cela doit être bien triste pour vous, non ? » Mais il m'a répondu qu'il ne pensait pas, parce que les jeunes gens aimaient partir à l'aventure. A l'aventure, vous ne trouvez pas que c'est un drôle de mot à employer ?

Miss Silver demanda quelle était la profession de Mr. Leigh.

— Oh, il écrit, répondit miss Wayne d'un air vague. Des livres bizarres, à ce qu'il paraît. Ma nièce m'a dit que c'était des ouvrages intellectuels, mais quand on n'est pas très intellectuel soi-même, on préfère des choses plus simples, vous ne pensez pas ? Une belle histoire d'amour avec un heureux dénouement, si vous voyez ce que je veux dire. Mais vous savez, je ne peux pas m'empêcher de porter beaucoup d'intérêt à cette chère Valentine et j'espère sincèrement qu'elle sera très heureuse. Je crois vous avoir déjà dit qu'il y avait une répétition du mariage mercredi après-midi. Cela vous intéresserait-il d'aller à l'église pour jeter un coup d'œil ? Je n'ai encore jamais vu cela, et je ne pense pas qu'il y ait quoi que ce soit de privé là-dedans. Joyce et moi-même avons naturellement été invitées au mariage, et si les Repton vous voient avec nous mercredi, je pense qu'ils vous inviteront aussi. Après tout, une personne de plus ne change pas grand-chose... Il y a toujours des défections de dernière minute. Il est déjà certain que Janet Grant, qui est une très vieille amie, ne pourra pas se déplacer parce que sa belle-sœur qui a la fâcheuse manie de toujours tomber malade vient encore d'avoir une attaque, ce qui implique que Janet va devoir faire tout le voyage jusque dans le Kent. Esther disait toujours — c'était le nom de ma chère sœur, vous vous souvenez — elle disait toujours que Jessica ne tomberait pas si souvent malade si elle n'avait pas pris l'habitude de compter sur la présence de Janet dès qu'elle a le moindre bobo. Mais enfin il ne faut pas être trop méchant et personne mieux que moi ne sait à quel point c'est parfois terrible d'être seule. Jessica ne s'est pas mariée, vous comprenez, et elle ne s'entend pas avec le mari de Janet, le commandant Grant... il est très gentil, mais il a un caractère assez brusque. Alors tout cela est bien triste pour elle. Tandis que ma sœur et moi n'avons jamais eu la moindre dispute pendant toutes les années où nous avons vécu ensemble. Il faut dire qu'en général ce sont les hommes qui créent les ennuis, vous ne trouvez pas ?

De l'autre côté de la grand-place, la conversation de Mrs. Needham, qui avait tenu le ménage du révérend Thomas Martin pratiquement depuis son arrivée au village, roulait sur le même thème. Lorsqu'il se reportait à l'époque précédant l'arrivée de Mrs. Needham, c'était toujours avec un violent pincement au cœur. Une femme à la santé chancelante, une succession de femmes de journée pleines de bonne volonté mais totalement incompétentes, le choc causé par la mort de Christina et la conviction que c'était lui, et lui seul, qui portait la responsabilité de l'échec de leur mariage — autant de souvenirs dont l'évocation n'avait rien de réjouissant. C'est au plus noir de cette période que Mrs. Needham était arrivée, sans aucun doute un présent du ciel, par l'intermédiaire d'un bureau de placement de Ledlington, et depuis elle était restée — grande, vigoureuse, imperturbable, bonne cuisinière, excellente ménagère, remarquable maîtresse de maison. Elle avait, à vrai dire, tellement de qualités que la seule qui lui faisait défaut pesait de peu de poids en comparaison. Elle était bonne, elle était propre, elle était honnête, elle avait toutes les vertus domestiques, mais sa langue ne restait pratiquement jamais en repos. Il y avait eu des moments où Tommy Martin s'était senti incapable de le supporter plus longtemps. Mais avec le temps, ils finirent par trouver un modus vivendi. Dès qu'il se retirait dans son bureau en fermant la porte, il était interdit de le déranger. Pour le reste, il la supportait, et lorsque le besoin s'en faisait sentir il était capable de s'abstraire au point de ne plus savoir exactement si elle parlait ou non.

Au moment où miss Wayne était en train de critiquer

la propension des hommes à toujours créer des complications, Mrs. Needham s'étendait sur le même sujet devant sa visiteuse, Mrs. Emmott, la femme du bedeau, une femme desséchée et lugubre que nul n'avait jamais vue habillée autrement qu'en noir. Elles étaient installées devant une tasse de thé et les délicieuses galettes de Mrs. Needham. Mrs. Emmott venait juste de faire observer qu'il n'y avait pas de fumée sans feu et Mrs. Needham lui apportait une approbation sans réserve.

— C'est bien ce que je disais, ma chère. Dès qu'il y a un ennui quelque part, je parie à dix contre un qu'il y a un homme dans le coup. Mais ne me faites pas dire ce que je n'ai pas dit, je ne parle pas de cette pauvre Doris, seulement s'il n'y avait pas un homme là-dessous, pourquoi donc serait-elle allée se noyer ? Une jeune fille n'aurait jamais fait ça sans avoir eu une raison particulière.

— Il faut pourtant reconnaître que personne ne l'a jamais vue avec un galant, fit Mrs. Emmott d'un ton résigné. Cela faisait près d'une demi-heure qu'elles parlaient de Doris Pell et Mrs. Needham se sentait disposée à passer à quelqu'un d'autre.

— Enfin... », soupira-t-elle avant d'ajouter : « Il y a des tas de choses qui nous échappent. Tenez, pas plus tard qu'hier soir... mais peut-être n'aurais-je rien dû dire. »

Mrs. Emmott lui jeta un long regard.

— Alors, il ne fallait pas aborder le sujet.

— C'est vrai, je n'aurais peut-être pas dû. D'ailleurs, il ne s'est pas passé grand-chose et si je ne vous le raconte pas, cela va vous intriguer et vous allez vous imaginer Dieu sait quoi, alors qu'il s'agit simplement d'un coup de fil de Connie Brooke qui voulait voir Mr. Martin alors qu'il était sorti.

— Et quel mal y a-t-il à cela ?

— Je n'ai jamais dit qu'il y avait quelque chose de mal. Elle pleurait, voilà tout.

— Elle est peut-être enrhumée.

Mrs. Needham secoua la tête.

— Je suis capable de reconnaître la différence entre quelqu'un qui est enrhumé et quelqu'un qui a pleuré comme une Madeleine. « Est-il là ? », elle m'a demandé, et je lui ai répondu : « Eh bien, non, il n'est pas là. Il est parti à Ledlington pour assister à une de ces réunions à propos de l'orphelinat, et il m'a dit qu'il resterait dîner avec le révérend Craddock. Ils se connaissent depuis l'enfance et c'est un homme si charmant. » Alors elle a fait : « Oh, mon Dieu, mon Dieu ! », et j'ai entendu à sa voix qu'elle recommençait à pleurer. Et à ce moment-là, qui est arrivé ? Mr. Martin en personne. Il paraît que Mr. Craddock avait été appelé au chevet de quelqu'un, si bien qu'après tout, il était revenu dîner ici. Je lui ai passé la communication en lui disant qui c'était, et avant d'avoir pu faire un pas, j'ai entendu Connie qui disait : « Oh, mon cher Tommy, est-ce que je peux passer vous voir ? Je ne sais pas comment faire ! » Vous savez ce que c'est avec tous ces jeunes, ils l'appellent Tommy.

Mrs. Emmott pinça la bouche.

— Ça ne devrait pas être permis », fit-elle sèchement avant d'ajouter avec aigreur : « Et elle est venue ? »

Mrs. Needham hocha la tête en se servant une nouvelle tasse de thé.

— Oh, que oui, elle est venue. Et j'avais raison de

39

penser qu'elle avait pleuré... elle avait encore les yeux gonflés. Et elle n'est pas repartie plus heureuse pour ça. J'arrivais de la cuisine avec le plateau de son dîner quand ils sont sortis du bureau. Je me suis reculée et ils ne m'ont pas vue. Et il lui disait : « Eh bien, ma chère enfant, tu ferais mieux de bien réfléchir à tout cela. Je ne peux pas t'indiquer une conduite à adopter, parce que j'ignore ce qui te tracasse. Mais si cela a vraiment quelque chose à voir avec ces épouvantables lettres, alors tu verras où est ton devoir. »

— Oh, ça alors ! Et qu'a-t-elle répondu ?

Mrs. Needham se pencha en avant dans le fauteuil qu'elle remplissait de ses formes plantureuses. Elle avait d'abondants cheveux bruns et vigoureux parsemés de fils argentés. Elle avait des yeux noisette très doux et un teint velouté. Elle répondit en baissant la voix :

— Elle a encore fondu en larmes. Je suis restée où j'étais avec mon plateau et je ne pouvais pas m'empêcher d'entendre. Mr. Martin, il a dit : « Oh, ma chère enfant, il ne faut pas pleurer comme ça ! Regarde ton mouchoir, il est à tordre. Tiens, prends le mien. » Et elle, elle a répondu en sanglotant : « Oh, la pauvre Doris... je ne sais pas ce qu'il faut que je fasse... mais une fois que je l'aurais dit, je ne pourrai plus le retirer, n'est-ce pas ? » Et il lui a répondu : « Non, tu ne pourras plus, alors il vaut mieux que tu rentres chez toi et que tu réfléchisses bien. » Et en disant ça, il ouvrait la porte, et si vous voulez mon avis, il n'était pas mécontent de se débarrasser d'elle. Parce que, vous savez, ils abusent de sa gentillesse, enfin, quoi, c'est vrai... ils viennent à n'importe quelle heure, sans s'occuper si c'est l'heure du dîner ou quoi !

Quand elles eurent terminé leur thé, Mrs. Emmott descendit à l'épicerie du village où elle acheta une boîte de thon que son amie Mrs. Gurney lui avait gardée. Elles eurent une conversation détendue au cours de laquelle Mrs. Emmott fit part de ce que Mrs. Needham lui avait raconté, en y ajoutant quelques détails de son cru.

Dans le courant de la soirée, Mrs. Gurney s'empressa de raconter toute l'histoire à Jessie Peck, qui était une de ses cousines. Jessie Peck ne tarda pas à mettre au courant sa belle-sœur, qui travaillait le mardi et le jeudi chez miss Eccles et le mercredi et le vendredi chez miss Wayne. Il est impossible de savoir exactement à combien de personnes la belle-sœur s'en ouvrit. Elle s'appelait Hilda Price et c'était une pipelette invétérée. En moins de vingt-quatre heures, la plupart des habitants de Tilling Green savaient que quelque chose tracassait Connie Brooke. Elle connaissait l'identité de l'auteur des lettres anonymes... Elle savait quelque chose sur la mort de Doris Pell... Elle n'arrivait pas à décider si elle devait dire ce qu'elle savait...

CHAPITRE V

Il ne fallut guère de temps à miss Silver pour s'apercevoir que miss Wayne parlait réellement presque sans discontinuer. Si sa visite avait été privée — comme c'était supposé être le cas — cela aurait pu se révéler excessivement pénible, mais en l'occurrence cela pouvait être extrêmement utile. Après un laps de temps très bref, elle se trouva en possession d'une foule de renseignements sur pratiquement tous les habitants de Tilling Green, leurs défauts, leurs échecs, les tragédies qui avaient épisodiquement rompu le cours paisible de la vie du village — les pertes subies en temps de guerre, les bouleversements de l'après-guerre — les naissances, les mariages, les décès et les départs qui lui avaient été apportés un peu comme les pièces d'un puzzle. Un fait ici, une hypothèse là, un soupir pour regretter une désertion, une larme pour un disparu, une supposition sur ce qui avait pu occasionner tel ou tel incident regrettable — pourquoi les Farmer étaient-ils soudain partis au bout de trente ans ?... Pourquoi Lily Everett avait-elle rompu ses fiançailles avec John Drew ?... Quelle était la véritable raison qui avait motivé le départ d'Andrew Stone en Australie ?

Miss Silver, assise, tricotait pendant que se poursuivait le babil de miss Wayne. Mais le débit s'accéléra sensiblement quand la question de son mystérieux voisin arriva sur le tapis.

— C'est un individu qui sort de l'ordinaire. Ma chère sœur répugnait toujours à penser du mal des gens, mais comme elle le disait souvent, pourquoi donc fermerait-on toujours ses portes et ses fenêtres et ne laisserait-on jamais entrer personne si l'on n'avait pas quelque chose à cacher ? Le pasteur prétend que c'est parce qu'il n'aime pas les femmes. Mais combien de fois est-il entré lui-même... j'aimerais bien le savoir. Et avec la porte d'entrée de Gale's Cottage sur le côté — quel drôle d'endroit pour mettre une porte d'entrée, enfin, il y a plusieurs de ces vieux cottages qui sont comme ça — on ne peut pas éviter de voir qui entre et qui sort.

Miss Silver lui manifestait un intérêt vraiment très flatteur.

— Et Mr. Barton vit absolument tout seul ?

— Oh, absolument seul... à moins qu'on ne s'amuse à compter les chats.

— Il a des chats ?

Miss Renie leva les mains au ciel d'un geste horrifié.

— Il en a sept ! Il n'y a rien de plus insalubre... et je suppose que la maison n'est jamais nettoyée ! Et des grandes bêtes efflanquées avec ça... l'air complètement sauvage ! Et qui portent toutes des noms tirés de la Bible... un véritable sacrilège !

Un peu en retrait par rapport à la cheminée, la jeune Mrs. Rodney était en train de mettre une pièce à un petit pantalon de flanelle grise.

— David passe à travers maintenant qu'il forcit, fit-elle de sa voix douce.

Miss Silver lui adressa un sourire bienveillant.

— Cela doit vous faire très plaisir, dit-elle.

Miss Renie était en train de disposer les cartes pour faire une patience. Elle utilisait une planche recouverte d'un tapis vert et maintenue en équilibre instable sur un tabouret à trois pieds. Elle demanda d'un ton perplexe :

— Qu'il use ses habits ?

Joyce Rodney éclata de rire.

— Mais c'est parce qu'il forcit qu'il les use, fit-elle.

— Oh, je vois..., fit miss Renie, l'air toujours perplexe. Oui, oui, je vois. Et c'est vrai qu'il est plus fort... mais il y a tellement de choses qui peuvent arriver à un enfant, et on ne peut pas éviter d'être inquiet, n'est-ce pas ? Prenez cette pauvre Mrs. Pavey... elle en a perdu six. Tous leurs noms sont gravés sur la pierre tombale au cimetière et il reste une place pour le sien, pauvre femme.

La légère contraction d'un muscle à la commissure des lèvres de Joyce Rodney n'échappa pas à miss Silver. Elle se hâta de remarquer que le petit David avait un teint éclatant de santé. Quand elles se trouvèrent seules un peu plus tard, Joyce lui dit :

— Je suis heureuse de pouvoir dire qu'il n'y a plus de raison de s'inquiéter pour David maintenant. Tante Renie est très gentille mais elle a tendance à s'inquiéter pour un rien et à voir les choses en noir. Elle n'a jamais eu aucune responsabilité, puisque tante Esther s'occupait de tout, alors elle devient facilement nerveuse. Seulement j'aimerais qu'elle s'abstienne de raconter des histoires sur des gens qui avaient des tas d'enfants et ne savaient pas s'occuper correctement d'eux. Je sais que c'est idiot de ma part, mais cela me met mal à l'aise.

Miss Silver posa son tricot sur ses genoux.

— Mrs. Rodney...

— Oh, appelez-moi Joyce, s'il vous plaît... comme tout le monde.

Miss Silver toussota.

— Un peu plus tard peut-être, si ma visite se prolonge. Dans l'état actuel des choses, je pense qu'il serait imprudent de créer une trop grande familiarité.

— Oh...

— Il est préférable de conserver un ton légèrement cérémonieux. Mais j'allais vous dire que miss Wayne avait parlé très librement d'un certain nombre d'événements qui se sont produits à Tilling Green, et ce jusqu'à une époque assez reculée, et pourtant elle n'a pas mentionné la mort de Doris Pell ni le fait qu'une enquête avait conclu au suicide.

— Cela l'a terriblement bouleversée.

— Et vous pensez qu'elle ne peut pas supporter d'en parler ?

— Elle a vraiment été bouleversée. C'est malheureusement miss Eccles qui lui a appris la nouvelle et elle parlait, et elle parlait. J'ai vraiment cru que tante Renie allait se trouver mal. Vous n'avez pas encore rencontré miss Eccles, mais c'est une de ces femmes qui veulent tout savoir et qui s'empressent d'aller raconter à quelqu'un d'autre ce qu'elles viennent d'apprendre. Je présume que c'est dû à l'existence morne qu'elle mène et au vide de sa vie privée. Tout ce qui sort de la norme est matière à commérage. Mais tante Renie et moi-même aimions beaucoup Doris. C'était une excellente couturière. C'est elle qui a confectionné la robe que porte tante Renie et elle m'a fait un manteau et une

45

jupe. Nous avons toutes deux été trop bouleversées par sa mort pour considérer cela comme une simple nouvelle.

Miss Wayne revint à ce moment-là et elles eussent abandonné le sujet si elle-même ne s'était écriée d'une voix tremblante :

— Oh, mon Dieu, étiez-vous en train de parler de cette pauvre Doris ? » Elle se tourna vers miss Silver. « C'est un sujet si douloureux... mais vous avez dû le lire dans les journaux. Nous sommes, bien entendu, allées à son enterrement. La pauvre miss Pell était effondrée... c'est sa tante, vous savez, et c'est elle qui a élevé Doris. Tout le village s'était déplacé et les fleurs étaient si belles. » Elle se tamponna les yeux et le bout du nez qui était devenu tout rouge. « Vous comprenez ce que nous pouvons ressentir. Mais je n'ai pas voulu vous ennuyer avec notre peine. Joyce n'aurait pas dû vous en parler. Il vaut mieux s'occuper de choses plus gaies. Le mariage de Valentine Grey, par exemple. » Elle s'adressa à sa nièce : « J'ai parlé à miss Silver de la répétition de demain après-midi. J'ai pensé que nous pourrions nous glisser dans l'église et rester derrière pour voir comment cela se passe sans gêner personne. Mettie Eccles a téléphoné... une dépense bien inutile puisqu'elle demeure juste à côté, mais elle est un peu extravagante pour ce genre de chose et cela finit par faire une jolie somme. Par ailleurs, quand on est très occupé, cela fait certainement gagner du temps de donner un coup de fil plutôt que de sortir de chez soi pour aller chez quelqu'un d'autre et risquer de s'engager dans une longue conversation... mon Dieu, où en étais-je ? »

Joyce la regardait en souriant.

46

— Mettie Eccles avait téléphoné...

— Mais oui... bien sûr, suis-je bête ! Esther me disait toujours que je laissais beaucoup trop vagabonder mes pensées. Donc, Mettie a appelé pour me dire que Lexie Merridew n'allait pas très bien. C'est une des demoiselles d'honneur de Valentine Grey, et elle sera terriblement déçue si elle ne peut pas assister à son mariage. Mettie m'a dit que sa robe était ici puisque Valentine offrait leurs robes à ses demoiselles d'honneur. Elles viennent de chez *Élise*, à Ledlington. Et si vraiment Lexie ne pouvait pas venir, elle se demandait si elle n'allait pas prendre Connie à sa place. » Elle se retourna vers miss Silver pour lui adresser un flot d'explications. « C'est Connie Brooke. Elle s'occupe avec une amie de l'école maternelle à laquelle va David. Il y a tellement d'hommes d'affaires travaillant à Ledlington qui ont acheté ou fait construire une maison dans les environs qu'elles ont beaucoup d'élèves. Penelope Marsh vient du bas Tilling, mais Connie possède la dernière maison sur la grand-place. Elle habitait là-bas avec sa mère, qui était parente avec les Repton, et maintenant elle l'a transformée en école. C'est si pratique pour David. Mais enfin, Connie n'aura pas la même allure que Lexie dans la robe... une si jolie fille ! Alors que la pauvre Connie... Mais ne soyons pas mauvaise langue. Et puis, elle a à peu près la même taille, alors la robe lui ira. »

CHAPITRE VI

La répétition était prévue pour trois heures et demie. Pendant la traversée de la grand-place, miss Silver reçut une profusion de détails sur le pasteur, le révérend Thomas Martin : « Un veuf... sa femme est morte il y a trente ans et il ne s'est jamais remarié. Quel dommage ! Il doit se sentir tellement seul. Et le presbytère est bien trop grand pour lui. Mais tout le monde l'aime beaucoup, bien qu'à mon avis ce ne soit pas convenable que tous les jeunes l'appellent Tommy. Ma sœur en était profondément choquée. Elle le lui a vivement reproché... elle avait tellement de caractère. Il n'a fait qu'en rire, et pourtant ce n'est pas une question à prendre à la légère. Et puis, sur le plan vestimentaire, il se néglige... c'est vraiment regrettable. »

Elles n'étaient, somme toute, pas tellement à l'arrière de l'église, miss Wayne s'étant avancée à trois reprises jusqu'à ce qu'elles aient une vraiment bonne vue du chœur déjà décoré de plantes vertes et de pots de muguet dont la fragrance se répandait dans la fraîcheur de l'air. La nuit ne tomberait pas avant encore plusieurs heures, mais même en plein été il faisait toujours sombre

48

sous les voûtes de pierres grises. Le lendemain, pour la cérémonie nuptiale, toutes les lumières seraient allumées, mais là, la nef était dans l'ombre.

Miss Silver se félicitait d'avoir mis son manteau d'hiver. Jamais elle ne partait à la campagne sans se prémunir contre la rigueur du climat anglais. Elle portait son chapeau de tous les jours, un feutre noir orné d'un nœud de rubans violets. Pour le mariage, elle se parerait de son chapeau du dimanche, une acquisition récente dont sa nièce Ethel Burkett estimait que la forme était très seyante et faisait un changement. Il était pour l'instant soigneusement rangé dans le tiroir du bas de la commode de la chambre d'amis de miss Wayne, enroulé dans du papier de soie en compagnie d'une paire de gants de chevreau neufs et d'un foulard de soie gris et lavande.

A son arrivée à l'église, miss Mettie Eccles avait fait halte à leurs côtés. Elle leur annonça que l'amie de Valentine, Lexie Merridew, qui devait être sa première demoiselle d'honneur, lui faisait faux bond.

— Je ne sais quelle maladie infantile... Dieu que c'est ennuyeux ! Ce genre de chose devrait être terminé quand on arrive à l'âge adulte. Il leur a fallu demander à Connie de prendre sa place. Ce n'est pas tout à fait la même chose, mais la robe lui ira et, bien sûr, elle est aux anges.

Et elle poursuivit son chemin avec l'air affairé qui lui était habituel. Miss Silver reçut l'impression qu'elle était indispensable à la bonne marche de la cérémonie et que s'il n'avait tenu qu'à elle, Lexie Merridew eût porté la robe qui lui était destinée et qu'il n'eût pas été question d'attendre interminablement le marié. Hon-

49

teux, c'était vraiment honteux de sa part d'être en retard. Et allaient-ils être obligés de commencer sans lui ?

Il semblait, en l'occurrence, que tous les ennuis possibles étaient en train de s'accumuler. Miss Eccles ne se priva pas de le faire remarquer dans un de ces chuchotements aigus auxquels on peut faire confiance pour porter jusque dans les coins les plus reculés. Il atteignit sans nul doute le colonel Repton, debout devant les marches de l'autel. Connie Brooke, suppléant la demoiselle d'honneur victime d'une rougeole inopportune, le vit jeter par-dessus son épaule un coup d'œil accompagné d'un de ces froncements de sourcils qui l'avaient toujours terrifiée. Il fut impossible de savoir si Valentine Grey avait perçu le chuchotement. Elle restait debout près de son tuteur, grande, raide et pâle, le menton redressé et les yeux posés sur un des vitraux du chœur. Il assombrissait l'autel mais les couleurs étaient superbes. Et il était déjà ancien quand Giles Deverell l'avait descendu morceau par morceau et enterré pour le mettre à l'abri des troupes de Cromwell.

L'obscurité commençait à gagner le chœur, mais la lumière automnale filtrant à travers l'assemblage de morceaux de verre pourpres, violets et bleus leur conférait une extraordinaire luminosité. Valentine portait une robe sombre. Bleu marine, mais qui paraissait noire dans l'obscurité ambiante. « Il y a des choses que l'on peut sauver si on les enfouit assez profondément », se dit-elle. Puis elle entendit Maggie Repton répéter pour la vingtième fois peut-être : « Oh, mon Dieu, mon Dieu, mais qu'est-ce qui peut le retarder ? » Elle n'avait pas besoin de tourner la tête pour sentir la présence de tante Maggie assise sur un banc au premier rang de la nef, triturant son livre de messe, ses gants, la longue chaîne qu'elle portait autour du cou.

Sur le banc juste derrière elle, Mettie Eccles avait toutes les peines du monde à se retenir de lui poser une main apaisante sur l'épaule. Dès qu'il se passait quelque chose, Maggie perdait la tête. Et quelle drôle de paire elle formait avec Scilla Repton. Quelqu'un qui n'était pas au courant ne les aurait jamais prises pour des belles-sœurs. Mais il fallait dire que Roger Repton s'était rendu complètement ridicule en épousant une fille qui n'avait même pas la moitié de son âge. Miss Eccles n'avait pas hésité à dire ce qu'elle en pensait sur le moment et elle avait toujours des idées bien arrêtées sur ce sujet.

— Ce n'est pas seulement une question de différence d'âge. Il faut être large d'esprit et il m'est déjà arrivé de voir des mariages très heureux où l'homme était beaucoup plus âgé. Naturellement, cela ne réussit pas toujours, mais je serais la première à reconnaître que cela peut être un succès. Seulement personne ne pourra prétendre que Scilla Repton est une femme d'intérieur. Loin de là. Je suppose qu'elle n'a jamais eu l'intention de lever le petit doigt pour s'occuper de la maison. Et puis, comme partout, ils manquent terriblement de personnel... les femmes de journée du village, c'est tout. Et combien réussiront-ils à en garder après le départ de Valentine ? Cela ne sert à rien de faire semblant d'ignorer que c'est uniquement grâce à son argent que Roger a pu se permettre de se cramponner au manoir.

Et maintenant... combien de temps allaient-ils pouvoir

tenir ? Toutes les fibres du corps nerveux de Mettie Eccles frémissaient d'impatience dans l'attente de la réponse à cette question. Et pas seulement à celle-là. Elle était ainsi faite qu'être tenue dans l'ignorance sur un sujet quelconque lui était une forme de torture. Elle était pour l'instant dévorée par la curiosité de ce qui pouvait motiver le retard du marié. La répétition allait commencer sans lui. Mais pourquoi ? On aurait pu penser qu'ils auraient attendu plus que les dix minutes qui étaient tout ce que Roger Repton lui avait accordé. Savaient-ils que cela ne servait à rien d'attendre ? Dans ce cas, il avait dû leur faire parvenir un message quelconque... un télégramme, un coup de téléphone. Mais pourtant ils n'avaient rien reçu de ce genre. Elle n'avait pas quitté Valentine des yeux un seul instant. Pas plus que Roger, ni Maggie, ni Scilla. Non, il n'y avait pas eu de message. Gilbert Earle était indiscutablement et inexplicablement absent pour la répétition de son propre mariage. Il devait arriver de Londres en voiture en compagnie de son garçon d'honneur. Ils avaient des chambres réservées au *George*. Ils devaient dîner au manoir. La cérémonie nuptiale était prévue pour deux heures et demie le lendemain. Et pas le moindre signe de Gilbert Earle.

Scilla Repton tourna légèrement son cou gracieux et dit de sa voix langoureuse :

— Ne vous laissez pas abattre, Maggie. Tout ira bien ce soir.

Maggie Repton tira sur sa chaîne. Elle avait l'affreuse sensation de devoir fondre en larmes d'un instant à l'autre, et si elle faisait cela, Roger allait entrer dans une colère noire. Son regard effrayé croisa celui de

Scilla où se lisait de l'amusement et elle demanda d'une voix entrecoupée :

— Oh, vraiment, vous croyez ?

— Mais naturellement, ma chère ! Vous ne supposez tout de même pas qu'il a le trac et qu'il se défile ?

La situation semblait l'amuser profondément. Mettie Eccles en fut parfaitement consciente. Ce n'était pas une manière de parler dans une église. Et ce n'était pas non plus une manière de s'habiller... cela ne faisait pas l'ombre d'un doute. Elle réprouvait les tenues décontractées, mais puisqu'il ne s'agissait que d'une répétition et non de la cérémonie elle-même, jamais, au grand jamais, Maggie n'aurait dû mettre sa robe mauve. Elle lui avait dit elle-même que c'était celle qu'elle porterait pour le mariage. Elle s'était acheté un chapeau neuf, et c'était tout. Elle aurait dû garder la mauve pour le lendemain. Elle-même était habillée comme elle l'était toujours pour l'office d'un jour de semaine. Rien à voir avec ce qu'elle porterait pour le mariage, mais parfaitement adéquat pour une occasion de ce genre. Mais si Maggie s'était mise sur son trente et un, Scilla, à son avis, avait versé dans l'excès contraire... une jupe de tweed, un cardigan écarlate, un béret noir posé sur la resplendissante chevelure dorée, une écharpe qui réunissait toutes les couleurs de l'arc-en-ciel. Ce n'était pas convenable... vraiment pas convenable du tout ! Et Connie qui s'en inspirait visiblement ! Il faudrait que quelqu'un lui en touche un mot. Elle s'en chargerait elle-même. Scilla avait dû payer ses vêtements un bon prix. Une jupe confectionnée chez elle et un méchant gilet n'allaient certainement pas faire de la pauvre Connie Brocke ni une beauté ni une gravure de mode.

Elle resterait jusqu'au bout la pâle imitation de quelqu'un d'autre, avec ses cheveux filasse, sa figure ronde et blême et ses épaules tombantes, ce qu'elle aurait pu corriger si elle avait parfois pensé à se redresser.

Miss Eccles était, à juste titre, très satisfaite de son maintien irréprochable et, à vrai dire, de l'ensemble de sa personne. Elle pouvait avoir cinquante-cinq ans, mais elle avait encore un teint de jeune fille et seuls quelques rares fils argentés étaient disséminés dans sa chevelure bouclée. Elle avait encore des yeux étonnamment bleus et brillants. Elle avait, en vérité, toutes raisons d'être satisfaite d'elle-même.

Personne n'aurait pu se sentir moins satisfaite que Connie Brooke. Si les choses avaient été différentes, il eût été merveilleux d'être la demoiselle d'honneur de Valentine. Jamais elle n'avait osé rêver de cela... Comment aurait-elle pu ? C'était uniquement grâce à la rougeole de Lexie Merridew et au fait que la robe lui allait. Cela aurait pu être vraiment merveilleux si seulement... si seulement...

Elle eut un haut-le-cœur. Ce serait affreux d'être malade dans l'église. Il ne fallait pas qu'elle soit malade alors que Mrs. Repton la regardait. Si seulement elle savait ce qu'il fallait faire... Tommy avait été adorable, mais il ne lui avait pas dit ce qu'il fallait faire. Elle avait eu l'intention de tout lui dire, mais au moment décisif, elle s'en était sentie incapable. Supposons qu'il ne l'ait pas crue. A certains moments, elle avait elle-même de la peine à le croire. Elle ne savait pas ce qu'il fallait faire.

En haut des marches de l'autel, le révérend Thomas Martin, un homme fort et peu soigné de sa personne,

portant des vêtements avachis dont la vue était familière à tous les villageois et qui étaient répertoriés comme composant le plus âgé de ses deux complets connus, marmonna qu'à son avis, cela irait bien ainsi... oui, cela irait parfaitement bien. Mais comme il avait murmuré cela de manière presque inaudible, personne ne put être tout à fait sûr de ses paroles exactes. Il adressa à Valentine un regard radieux qui n'était pas sans rappeler la manière dont il l'avait contemplée le jour de son baptême et ajouta d'une voix plus ou moins audible :

— Comme je suppose que tu n'as aucune intention de t'avancer vers l'autel toute seule, c'est à peu près tout ce que nous pouvons faire. Il va arriver d'une seconde à l'autre et cela te fera rire quand tu connaîtras la raison de son retard. De toute façon, mon enfant, il n'y a aucun risque de fausse manœuvre, alors ce n'est pas la peine de te faire du mauvais sang. J'ai marié trop de couples pour vous laisser faire à l'un ou l'autre un pas de travers, alors n'y pense plus.

Jamais elle n'avait moins eu envie de rire. Elle sentait son esprit engourdi. Toutes ses pensées étaient noires, froides et figées. Avec, de temps à autre, des éclairs lumineux, douloureux, qui ressemblaient cruellement à des lueurs d'espoir. Mais quel espoir ? Tommy lui souriait jusqu'aux oreilles, ce qui lui donnait l'air d'une gargouille. C'était un type vraiment adorable et elle l'aimait beaucoup, mais il comprenait trop de choses. Elle ne voulait pas qu'il soit désolé pour elle. Elle lui rendit son sourire et fit d'une voix tout à fait naturelle :

— Oh, oui, tout ira très bien.

Roger Repton pivota sur ses talons en s'exclamant d'un ton bourru :

— Voilà, c'est fait ! Une perte de temps ridicule, si vous voulez mon avis ! Toutes ces manies modernes ! Le mariage est bien assez catastrophique comme ça sans qu'on ait besoin d'infliger à tout le monde une répétition !

Les deux demoiselles d'honneur s'écartèrent, Connie empruntée et absente, Daphne Hollis très calme et très mignonne.

— Merci du fond du cœur, mon cher Tommy, fit Valentine en s'éloignant de l'autel. Quand elle ferait le même geste le lendemain, elle serait la femme de Gilbert, elle serait Mrs Gilbert Earle. A moins que... Un nouvel éclair fulgurant lui traversa l'esprit, mais la torpeur se réinstalla bientôt. La porte de l'arrière de l'église s'ouvrit violemment et Gilbert Earle entra. Ses cheveux blonds étaient ébouriffés, il avait une tache de boue sur la joue et une déchirure triangulaire sur sa manche gauche. Il avait un air lugubre tout à fait charmant et il était clair qu'il s'attendait à bénéficier de l'indulgence générale. Miss Eccles affirma par la suite qu'il boitait légèrement, mais personne d'autre ne parut l'avoir remarqué. Il se dirigea droit sur Valentine et lui dit de sa voix charmeuse :

— Chérie, il va falloir que tu me pardonnes. John a essayé de franchir la haie pour entrer dans le champ de Plowden. Il arrivera dès qu'ils l'auront un peu recousu. Quant à moi, comme tu peux le voir, je m'en tire avec quelques taches de boue.

CHAPITRE VII

L'éclairage électrique convenait fort bien aux vieilles salles du manoir... la salle à manger avec ses murs lambrissés couverts de portraits, sa longue table à rallonges et ses chaises à haut dossier en bois, et le salon avec son tapis des Gobelins et les rideaux de brocart qui, à la lumière du jour, donnaient l'impression d'être passés, mais dont la beauté défraîchie renaissait à la lumière artificielle. Cinquante ans auparavant, leur couleur vieux rose rehaussée de fils d'or était répétée sur les tapisseries des fauteuils et des canapés dont les vestiges rapiécés étaient maintenant recouverts d'amples cotonnades trop souvent lavées pour faire plus que suggérer qu'elles avaient naguère montré de pâles guirlandes de fleurs. Dans cette pièce aussi il y avait des portraits — une gracieuse et délicieuse créature qui ressemblait à Valentine et n'était autre que lady Adela Repton dans la robe qu'elle avait portée au célèbre bal de Waterloo ; Ambrose, son mari, assassiné par les partisans du duc le lendemain de ce même bal et représenté avec une manche vide tenue par une épingle à l'endroit où aurait dû se trouver le bras. Il avait un visage émacié sur lequel se lisait un ennui profond.

57

Roger Repton lui ressemblait énormément, jusqu'à l'expression du visage. C'était Scilla qui avait eu l'idée de donner cette soirée, et dans le courant de leurs deux années de vie conjugale, il avait progressivement acquis la conviction que lorsque Scilla voulait quelque chose, son intérêt était de lui donner satisfaction pour en avoir fini une bonne fois pour toutes. Mais cela ne voulait pas dire qu'il était prêt à faire semblant de s'amuser, parce que ce n'était pas le cas. La maison était sens dessus dessous et il y avait eu cette satanée répétition du mariage dans l'après-midi. Il avait envie de s'installer paisiblement près du feu et de lire *The Times*, et s'il s'assoupissait, personne n'y verrait rien à redire. Alors que là, il y avait cette fichue soirée à supporter. Que le jour du mariage tout le monde soit en effervescence, d'accord. Les mariages étaient toujours une source de désagréments, mais il savait exactement ce qu'il avait à faire et il était prêt à le faire. C'était cette fichue idée de donner une soirée la veille qui le tuait. Le marié devrait être en train d'enterrer sa vie de garçon et la mariée devrait passer une longue nuit de repos pour se mettre en forme. Val semblait en avoir bien besoin. Elle avait une mine de déterrée dans ce grand machin vert flottant. Il jeta un regard soupçonneux à lady Mallett et réalisa qu'elle était en train de dire la même chose.

— Valentine a une mine de déterrée.

Comme il avait l'habitude de la contredire systématiquement, il ne voulut pas y déroger.

— Je ne comprends pas ce qui vous permet de dire ça !

— Vraiment ? gloussa-t-elle. Vous devez vomir tout

58

cela, non ? C'est naturellement une idée de Scilla, et une excellente idée avec ça ! Qu'est-ce que c'est que cette histoire de garçon d'honneur de Gilbert qui les a jetés tous les deux dans un fossé ?

— Vous n'avez rien compris ! Ce n'était pas un fossé, c'était la haie du champ de Plowden !

— Ils avaient arrosé l'événement ?

— Pas particulièrement !

— Eh bien, dans ce cas, ce doit être un épouvantable chauffard ! C'est bien lui qui conduisait... pas Gilbert ? Parce que si c'était Gilbert, je conseillerais à Valentine de rompre tout de suite ! On ne peut pas épouser un homme qui s'amuse à vous jeter dans le fossé !

— Je vous ai déjà dit que ce n'était pas un fossé !

Elle partit d'un rire en cascade.

— Quelle importance ? Mais, au fait, pourquoi Valentine fait-elle cette tête... elle a le trac ? Je me souviens d'avoir failli m'enfuir la veille du jour de mon mariage avec Tim. Il faut que j'aille la voir pour lui remonter le moral. A moins que vous n'en ayez plus besoin qu'elle. C'est bien vrai, n'est-ce pas, que vous redoutez ce genre de soirée comme la peste ? Les préparatifs et tout ce remue-ménage — et Val qui vous quitte — je présume que cela ne vous remplit pas de joie, hein ? Son absence se fera sentir sur plus d'un plan, je pense.

Sa grand-mère étant une Repton, lady Mallett était une cousine. Si elle n'attachait pas d'importance à ce qu'elle disait, il était stupéfiant de voir à quel point les gens faisaient de même. Dans ses grands yeux noirs se lisait un inépuisable intérêt pour les affaires de ses voisins. Elle dispensait sans aucune retenue prévenances et conseils superflus. On retrouvait ses formes imposantes, vêtues du tweed le plus grossier, dans toutes les assemblées locales. La bourse bien garnie de son mari était à la disposition de toutes les bonnes œuvres. Ce soir-là, elle était engoncée dans une robe de soie cramoisie. Un collier de diamants et de rubis, aussi imposant que mal entretenu, reposait sur sa poitrine assez généreuse pour en supporter le poids. De gros solitaires montés en boucles d'oreilles brillaient de mille feux de chaque côté de ses joues rougeaudes. Ils étaient surmontés d'une masse imposante de cheveux blancs. Son mari, un petit homme qui ne payait pas de mine, avait amassé une fortune considérable grâce à une chaîne de magasins d'alimentation.

— C'est vrai, répondit Roger Repton d'un air absent.

Il était parfaitement inutile de se froisser avec Nora Mallett. Elle disait ce qu'elle avait envie de dire et nul ne pouvait espérer l'en empêcher. Si elle avait décidé de parler de sa situation financière, elle le ferait. C'était apparemment le cas.

— Eleanor vous a plutôt gâté dans son testament, non ? Six cents livres par an jusqu'à la majorité de Val et deux cents après sa majorité aussi longtemps qu'elle demeurerait ici ! Pauvre Eleanor... quel gâchis elle a fait de sa vie en épousant ce Grey ! Il sautait aux yeux qu'il n'y avait que l'argent qui l'intéressait. Mais, vous savez, j'ai toujours soupçonné qu'elle avait un faible pour vous. Il est vrai que vous étiez cousins germains, mais à l'époque victorienne, personne ne trouvait rien à redire à ce qu'ils se marient entre eux... En fait, c'était la solution qui s'imposait quand le patrimoine était transmis à la ligne masculine et qu'il n'y avait que des filles.

— Ma chère Nora, Eleanor et moi-même n'étions pas victoriens.

— Il aurait mieux valu que vous le soyez... vous vous seriez très probablement mariés.

— Eh bien, nous ne l'avons pas fait, et c'est comme ça, répliqua-t-il très sèchement.

— Et c'est d'autant plus regrettable. C'est quand même dommage que vous ayez hérité du manoir mais pas de l'argent pour l'entretenir correctement. Ces vieilles lois sur la succession sont absolument insensées. Il eût été de loin préférable que Valentine hérite de la propriété et qu'on n'en parle plus. Avec l'argent de sa mère, tout devenait très simple.

Elle prit conscience de son air de plus en plus accablé et poursuivit :

— Allons, allons, il faut se dire que l'intention est très louable, alors réjouissez-vous !

— Il n'y a vraiment pas de quoi se réjouir.

Elle éclata de rire.

— Attendez que le champagne arrive !

Elle s'éloigna et le laissa en proie à ses pensées moroses. Champagne deux jours de suite. S'il y avait une chose qu'il ne s'abaisserait jamais à faire, ce serait de servir un vin de mauvaise qualité à ses invités. Il n'avait qu'une hâte, c'était que tout cela soit terminé. Mais après, il y aurait encore les factures des fournisseurs.

Mettie Eccles s'approcha d'un pas résolu. Elle portait la robe noire qui avait connu toutes les soirées de ces dix dernières années, mais elle avait également une longue écharpe flottante bleu ciel, qui rappelait la couleur de ses yeux, et elle avait, comme d'habitude,

61

l'air très satisfaite d'elle-même. Son regard ne cessait d'aller et venir, enregistrant, approuvant, critiquant.

— Mais que fait donc Gilbert Earle ici ? Il devrait être à Londres, en train d'enterrer sa vie de garçon. Comme cela, il ne serait pas rentré dans une haie avec — comment s'appelle-t-il déjà ? — John Addingley. Il paraît qu'il a eu trois points de suture à la lèvre — je parle d'Addingley, pas de Gilbert — et il n'était déjà pas très gâté par la nature. Que fait-il ?... Est-il dans la diplomatie comme Gilbert ? Ils exigeaient jadis une bonne présentation et du savoir-vivre, mais maintenant, tout ce qu'on leur demande, c'est d'avoir un minimum d'intelligence. C'est bien triste ! Mais Gilbert ne s'en tire pas mal. Je veux bien admettre qu'il est intelligent et il est indiscutablement bel homme. Entre nous, Roger, ne le trouves-tu pas un petit peu trop beau ? Je présume que ce n'est pas l'avis de Valentine. Mais si c'est son avis, elle est probablement la seule femme qu'il connaisse qui le préférerait un peu plus moche. Il est vrai que cela change tout quand on veut faire d'un homme un mari.

— Je ne comprends vraiment pas de quoi tu veux parler, rétorqua-t-il d'un air gourmé.

Les yeux bleus pétillaient de malice.

— Allons, mon cher ! Tu le sais aussi bien que moi ! Il comblerait les vœux de n'importe quelle jeune fille, seulement dans un ménage, cela ne marche pas toujours. Je présume que pour l'argent, tout est réglé ?

— Naturellement. Écoute, Mettie...

Elle hocha vigoureusement la tête.

— Oui, oui, je sais... Il est tout à fait inconvenant de parler de ça ! Mais alors, à quoi sert d'être de vieux amis ? Et tant que nous en sommes au chapitre des indiscrétions, peut-être pourrais-tu me dire pourquoi Valentine a l'air...

— Ma chère Mettie, je n'ai pas la moindre intention de te dire quoi que ce soit ! D'ailleurs, il n'y a rien à dire. Valentine n'arrête pas de courir. Elle est exténuée et il n'y a rien d'étonnant à cela.

— Ah, bon, s'il n'y a que cela ! Une mariée devrait être resplendissante, mais c'est très rarement le cas. Gilbert a l'air très attentionné. Il sait s'y prendre, hein ? Mais il fait trop de charme à trop de gens. Enfin, je suppose qu'il est sincère avec Valentine, et tout le monde va penser qu'elle a bien de la chance. Et puis il ne faut pas oublier qu'il sera le prochain lord Brangston. Quelle désillusion pour ces pauvres gens de n'avoir eu que des filles, mais Valentine doit être ravie. Ce n'est pas qu'un titre serve à grand-chose de nos jours, mais cela fait toujours plaisir et elle aura de quoi lui faire honneur.

Gilbert Earle avait traversé la pièce jusqu'à l'endroit où Valentine, debout, discutait avec John Addingley, un grand jeune homme au visage en lame de couteau, la lèvre supérieure barrée d'un sparadrap. Valentine était debout entre les deux hommes. Elle avait mis un rouge à lèvres d'une teinte pastel, car un autre, plus vif, qu'elle avait essayé, avait fait ressortir toute la pâleur de son visage. Elle s'était également mis un peu de rouge à joues, et dans la salle de bains cela lui avait paru très bien, mais lorsqu'elle s'était regardée dans un des miroirs ovales, entre les fenêtres du salon, elle avait vu qu'il ressortait comme une tache sur la peau blanche et satinée.

— Puis-je t'offrir le bras pour passer à la salle à manger ? demanda Gilbert.

— Oui, je pense, répondit-elle en esquissant un sourire. Nous n'attendons plus que Scilla. C'est très incorrect de sa part d'être en retard, mais c'est toujours pareil.

Elle avait parlé d'une voix douce et calme. Elle donnait l'impression d'être trop fatiguée pour élever la voix. Aucun sentiment ne transparaissait derrière les mots.

Pendant le silence qui succéda à ces paroles, on entendit Maggie Repton s'exclamer : « Oh, mon Dieu... », et sir Timothy Mallett sortit un oignon et le consulta.

Puis la porte s'ouvrit et Scilla Repton entra dans une robe de lamé décolletée. Ses bras, ses épaules et sa gorge étaient d'un blanc laiteux. Ses cheveux dorés resplendissaient sous la lumière. Elle s'avança sans hâte, puis s'arrêta, souriante, et fit de sa voix langoureuse :

— Oh, tout le monde est là. Et je suis encore en retard... Je suis impardonnable ! Maggie, qui m'accompagne ? Est-ce le marié ou sir Tim... je ne m'en souviens plus.

Gilbert la regarda avec des yeux rieurs.

— Oh, je crains que ce ne soit pas moi. Valentine et moi sommes le couple de la soirée, celui que l'on montre du doigt, n'est-ce pas, chérie ?

— Oui, je suppose, répondit Valentine avec gravité.

Mais il y avait une légère note de surprise dans sa voix, comme si cela venait de la frapper. Et c'était vrai. Ils étaient comme des objets exposés dans une vitrine, sous les projecteurs, pour que tout le monde puisse bien voir. Mais le surlendemain, ils seraient seuls. Elle se sentit glacée de peur à cette perspective irrévocable.

Scilla souriait, la tête légèrement rejetée en arrière, les cils baissés.

— Oh, non, s'écria-t-elle, un peu de cœur ! Vous allez rester ensemble tout le reste de votre vie. C'est notre tour ce soir. Val va faire de son mieux pour réconforter ce pauvre Roger, et moi je prends ton bras.

CHAPITRE VIII

La soirée venait de s'achever et la plupart des participants n'en étaient pas mécontents. C'était, en particulier, le cas de Connie Brooke. Cela aurait dû être une soirée merveilleuse, le genre de chose dont on se souvient et que l'on évoque quand rôde le cafard. Et puis, elle avait porté cette robe superbe, une de celles de Scilla Repton, qu'elle lui avait donnée, presque neuve et d'un bleu très tendre qui était sa couleur préférée. Penny Marsh avait estimé qu'elle la faisait paraître trop pâle — l'air « d'avoir déteint au lavage », pour reprendre ses propres termes. Mais tout le monde savait que le bleu était une couleur qui convenait aux blondes et tout aurait été parfait si elle n'avait pas été si bouleversée et n'avait pas tant pleuré. Elle avait une peau fragile sur laquelle les larmes laissaient des traces et elle avait encore les paupières brûlantes et gonflées. Elle avait espéré que personne ne le remarquerait.

Mais la cousine Maggie l'avait remarqué. Elle s'était dirigée droit sur elle dans le salon après le dîner et lui avait demandé avec sa nervosité habituelle s'il y avait quelque chose qui n'allait pas. Bien sûr, c'était très gentil, mais cela lui avait donné envie de fondre de nouveau en larmes. Et puis elle avait naturellement reconnu la robe.

— Je suppose que Scilla te l'a donnée. Mais enfin, ma chère enfant, cette couleur... n'est pas très heureuse. Mais tu n'as peut-être pas dormi ?

— Non, cousine Maggie, je n'ai pas dormi.

— Eh bien, tu sais, il ne faut pas que ça continue. Nora Mallett s'inquiétait à ton sujet. Elle m'a dit que tu avais l'air de ne pas avoir dormi depuis une semaine ! Et je lui ai dit que je te donnerai quelques comprimés... Ils sont très efficaces. C'est le docteur Porteous qui me les avait prescrits il y a deux ans, quand j'étais chez ma cousine Annie Pedlar. Ils étaient remarquables ! Et on se sent tellement mieux après une bonne nuit de sommeil.

Elles savaient parfaitement toutes deux que deux ans auparavant, le mariage de Roger l'avait terriblement bouleversée. Alors que rien de plus merveilleux n'aurait pu leur arriver. Ils étaient là tous les deux, vieillissants et un peu tristes, et Scilla — la belle Scilla, la merveilleuse Scilla — avait accepté de venir partager leur existence. Connie se prit à rêver à quel point ce serait fantastique de vivre sous le même toit que Scilla et de la voir tous les jours.

En traversant la grand-place en compagnie de Mettie Eccles, elle continua à essayer de penser à Scilla. Était-elle belle dans sa robe de lamé ! Elle était beaucoup, beaucoup plus belle que Valentine. A propos d'être pâle... Valentine avait vraiment une mine de déterrée, tout le monde était d'accord là-dessus. Pourquoi était-elle aussi pâle ? C'était elle la mariée, elle était à la veille du jour de ses noces, elle avait tout ce qu'une jeune fille pouvait désirer. Elle sentit toute sa propre insatisfaction former une boule dans sa gorge et refuser de redescendre. Elle se demanda si les comprimés de la cousine Maggie réussiraient vraiment à la faire dormir. Ce serait merveilleux si c'était vrai. Mais il lui faudrait les dissoudre... Elle n'avait *jamais* été capable d'avaler la moindre pilule...

Miss Mettie était en train de lui parler.

— Tu n'as plus l'air bonne à grand-chose, Connie. Le mieux serait de boire quelque chose de chaud et de te coucher aussi vite que possible.

— Oh, oui. J'ai laissé mon chocolat tout prêt sur la cuisinière. J'aurai juste à le réchauffer. Et la cousine Maggie m'a donné ses comprimés, comme ça je suis sûre de pouvoir dormir.

— Je croyais que tu étais incapable d'avaler un comprimé, fit vivement Mettie Eccles. Je me souviens que ta mère m'avait dit ça.

— Je vais les dissoudre dans mon chocolat.

— Bonté divine... cela donnera un drôle de goût ! Mais c'est vrai que tu n'as pas de goût, toi. Pourquoi ne les avales-tu pas tout simplement ?

— Je ne sais pas... je ne peux pas, répondit Connie d'une voix faible.

Elle se prit à espérer que miss Mettie n'allait pas se lancer dans une discussion là-dessus. Elle n'avait aucune envie de discuter avec qui que ce soit ce soir. Ce serait, bien sûr, plus facile d'essayer d'avaler les comprimés, mais si elle le faisait, elle était certaine de s'étouffer.

Mettie Eccles n'abandonna pas le sujet pendant toute la traversée de la grand-place.

68

— Combien de comprimés t'a-t-elle donnés ? Combien t'a-t-elle dit d'en prendre ?

— Elle ne m'a rien dit de particulier. Je suppose que ce sera écrit sur le flacon.

— Eh bien, à ta place, je n'en prendrais qu'un seul. Ce n'est pas comme si tu avais l'habitude de ce genre de chose.

Elles se quittèrent devant la barrière de miss Eccles et Connie poursuivit seule son chemin. Quel soulagement d'être enfin seule. Elle ne voulait plus être obligée de penser, ni de parler, ni de répondre à des questions. Elle ne désirait qu'une chose, c'était boire son chocolat chaud, s'allonger et s'endormir.

Elle laissait toujours une lumière allumée lorsqu'elle était sortie. Elle n'aimait pas avoir la sensation d'entrer dans une maison toute noire. Elle ouvrit la porte et trouva la lumière qui l'attendait. Quand elle eut donné un tour de clé pour refermer, elle se dirigea vers la cuisine. Sur la cuisinière, le chocolat était prêt dans sa casserole émaillée. Elle alluma un des brûleurs, mit le récipient à chauffer à feu doux et monta à l'étage. Maintenant que la soirée était terminée, elle se sentait tellement lasse qu'elle avait de la peine à mettre un pied devant l'autre, mais elle prit le temps de suspendre la robe bleu pâle dans la chambre que sa mère avait occupée avant de redescendre boire son chocolat. Elle prit les comprimés de la cousine Maggie. Elle se dit qu'elle aurait probablement réussi à dormir même sans eux, mais elle voulait en être tout à fait sûre. Quand elle eut fini son chocolat, elle rinça la tasse et la soucoupe, éteignit la lumière du rez-de-chaussée et monta se coucher. Que cela allait être bon d'avoir une longue nuit de sommeil.

CHAPITRE IX

Partout dans Tilling Green, les gens se couchaient ou bien dormaient déjà. Au manoir, Roger Repton émit un son qui tenait à la fois du bâillement et du soupir de soulagement en posant ses clés et quelques pièces de monnaie sur la table de nuit. Puis il enleva sa cravate blanche. Demain à la même heure, il en aurait terminé avec tout ce bazar. A quoi bon se faire du mauvais sang ? Dommage qu'on ne puisse pas toujours s'en empêcher. Il fallait bien que Valentine se marie un jour ou l'autre, et comment pouvait-on savoir ce que donnerait un mariage ? Le sien, par exemple — il chassa très vite cette pensée. Inutile de penser à des choses qui lui étaient insupportables. Il valait mieux revenir à Valentine. Il n'y avait aucune raison que tout ne se passe pas pour le mieux. Gilbert n'était pas le premier jeune homme à avoir jeté sa gourme avant de se ranger. Et l'argent était de côté... on ne s'était pas amusé à le jeter par les fenêtres. Une fois avait suffi, avec cette pauvre Eleanor et ce Grey. Une créature mignonne et fragile, Eleanor. Tout cela avait été trop dur pour elle, alors elle avait tout simplement cessé de lutter. Il se

70

demanda comment cela se serait passé s'ils s'étaient mariés. Tout le monde pronostiquait un échec, alors il s'était embarqué pour le Moyen-Orient et elle avait épousé Grey. Mais pas tout de suite, pas avant un long moment. Et Grey était un salopard. Toute cette histoire était complètement idiote. Mais Valentine serait bien avec Gilbert. Elle allait leur manquer, et puis... l'argent aussi allait leur manquer. Il commença à réfléchir à la situation catastrophique à laquelle il allait se trouver confronté.

Maggie Repton se disait qu'après tout, la soirée ne s'était pas si mal passée. Mrs. Glazier était vraiment une remarquable cuisinière et tout avait été très bon. Il était malheureusement probable qu'ils ne pourraient plus se permettre de la garder après cela... à moins que... Roger parlait toujours comme s'ils allaient tous finir à l'hospice dès la semaine suivante. Leur père était pareil. On n'appelait plus cela un hospice maintenant, mais le principe restait le même. Quand on n'avait pas assez d'argent, il fallait y penser sans arrêt, et il n'y avait rien de plus fastidieux. Il était dommage que Valentine se marie. Les mariages né se terminaient pas toujours comme on le pensait. Elle serait peut-être très malheureuse, comme sa mère l'avait été. Peut-être regretterait-elle de ne pas être restée comme elle était. Gilbert était un jeune homme très séduisant et un jour il porterait un titre, puisque la pauvre lady Brangston n'avait pu avoir que des filles. Il deviendrait lord Brangston à la mort de son vieux cousin. Cela ne lui apporterait pas d'argent, mais Valentine en avait bien assez pour eux deux. Or les jeunes gens charmants ne faisaient pas toujours les meilleurs maris. Elle aurait

71

bien aimé se marier quand elle était jeune fille, mais personne ne l'avait demandée en mariage. Et il était peut-être plus sûr de ne pas avoir de mari du tout que d'en avoir un qui tournait mal comme le père de Valentine qui avait brisé le cœur de la pauvre Eleanor et dilapidé une bonne partie de sa fortune.

Elle enleva le collier d'améthystes qui avait appartenu à sa mère et le rangea. Les pierres étaient superbes et c'était un très beau bijou. Elle se souvenait de sa mère le portant avec une robe de satin lilas qui dénudait les épaules. A cette époque, les femmes avaient de belles épaules. Celles de sa mère étaient très blanches et satinées, et elles mettaient le collier en valeur. Alors que son cou à elle était trop maigre. Elle enleva en soupirant les trois plateaux d'un vieux coffret à bijoux et déposa délicatement le collier sur le capiton de satin qui tapissait le fond du coffret. Sur le plateau du bas il y avait un morceau de papier plié. Seul un petit bout dépassait sous un lourd bracelet serti d'escarboucles. Elle tendit la main vers le coin déchiré du morceau de papier puis la retira vivement. Mais elle finit par soulever le bracelet et déplier le papier froissé. Il était couvert d'une écriture aux lettres mal formées dont les lignes partaient de guingois.

Après un certain temps, elle le replia et le reposa à sa place sous le bracelet. Puis elle remit les deux autres plateaux et referma le coffret dont elle garda la clé.

Valentine Grey enleva sa robe vert pâle. Mettie Eccles lui avait dit : « Tu ne devrais pas porter du vert, tu sais. Cela porte malheur. » Elle resta immobile, tenant à la main le tissu arachnéen et pensa à ces superstitions qui venaient du fond des âges. Le vert était la couleur des fées. Elles ne pouvaient pas supporter que les humains l'adoptent, en particulier le vendredi, car le vendredi était le jour de la rédemption et que cela se faisait en dehors d'elles.

Elle suspendit sa robe et se dirigea vers la coiffeuse pour enlever son collier de perles et le ranger. Sa main remonta jusqu'au fermoir, puis elle retomba. Sur la pelote d'épingles, il y avait une lettre fixée par la broche de diamants en forme de plume, légère et étincelante, qu'elle avait portée l'après-midi. L'enveloppe était du modèle de celles qui sont vendues avec les cartes de vœux. Elle était soigneusement fermée. L'écriture était haute, épaisse et maladroite. Elle ne la connaissait pas. Elle saisit l'enveloppe, la déchira et en découvrit une autre à l'intérieur, une petite enveloppe grise. Il n'y avait rien dessus.

Il n'y avait là rien d'inquiétant, mais elle sentit les pulsations de son cœur s'accélérer dans sa gorge. Il n'y avait pas de quoi s'affoler, mais sa main s'était mise à trembler. L'enveloppe grise contenait un morceau de papier. Quelques mots y avaient été griffonnés d'une écriture qui lui était familière.

« Rendez-vous à l'endroit habituel. J'attendrai jusqu'à minuit. Si tu ne viens pas, je sonnerai à la porte demain matin à neuf heures. »

Il n'y avait pas de signature, mais elle n'en avait pas besoin. Un seul mot griffonné par Jason lui tenait lieu de signature. Un flot de souvenirs et d'émotions déferla en elle, laissant surnager une seule idée : *Il est ici*.

Sa première réaction fut de soulagement et de bonheur. C'était comme si des ailes lui avaient poussé, lui permettant de prendre son envol vers l'élu de son cœur.

Puis elle revint brutalement sur terre, désespérée. Il était trop tard maintenant. Il était parti, et elle n'avait jamais seulement su s'il était encore vivant. Il y a des milliers de morts possibles qui guettent l'être aimé et, à tout instant, l'une d'elles peut fondre sur lui. On ne pouvait pas vivre longtemps ainsi, sans rien savoir, sans aucune nouvelle. Ce n'était pas possible. Elle épousait Gilbert Earle le lendemain. Une flambée de colère chassa la joie qui l'avait envahie. Jason s'imaginait-il vraiment qu'il pouvait l'abandonner et la reprendre quand bon lui semblait ? S'imaginait-il que le monde cessait de tourner pendant qu'il le quittait pour partir à l'aventure ? La colère était toujours là. « Celui qui ne veut pas quand il peut... » Mais elle voulait, elle, de tout son cœur, et il était parti sans un mot. Elle réalisa que sa main s'était si violemment crispée sur la feuille de papier qu'elle lui faisait mal.

Puis, soudain, elle la déchira en menus morceaux qu'elle jeta par la fenêtre. Il lui fallait trouver un exutoire à sa colère. Puisqu'il lui avait indiqué l'heure et le lieu de leur rendez-vous, elle s'y rendrait, et cette fois, une fois pour toutes, tout serait clair entre eux. Il pourrait contempler son œuvre, voir la fumée s'élevant des décombres et la destruction totale qu'il avait provoquée. Et puis, c'en serait fini.

Elle enleva le long jupon qu'elle avait porté sous sa robe verte et enfila une jupe sombre et un pull-over. Elle enleva ses chaussures vert pâle à boucles de cristal et chaussa des souliers à talons plats. Elle noua un foulard sombre autour de sa tête et enfila une jaquette.

Elle ouvrit la porte de sa chambre et trouva le couloir vide. Elle arriva sur le palier. Au-dessous s'étendait le hall obscur éclairé par une unique ampoule électrique de faible puissance. Il y a toujours quelque chose d'irréel dans le fait de se trouver seul dans une maison abandonnée au sommeil. Les femmes de journée étaient rentrées chez elles depuis des heures. Mrs. Glazier, qui était l'épouse du jardinier, avait regagné leur pavillon. Dans les chambres situées à l'étage d'où elle venait, Scilla, Roger et Maggie devaient dormir... ils étaient tous assez fatigués pour cela. Scilla avait à peine pris le temps de leur souhaiter une bonne nuit avant de se retirer en bâillant.

Pendant qu'elle traversait le hall, Valentine sentit le silence et le vide se refermer sur elle. C'était comme lorsqu'on entrait dans une piscine et que l'on sentait l'eau monter jusqu'à la taille, jusqu'à la gorge, puis jusqu'au menton. Et maintenant, elle venait de se refermer sur elle. Elle avançait dans l'élément liquide, s'éloignant progressivement de la lumière jusqu'à ce qu'elle atteigne la porte du salon.

Quand elle eut tourné la poignée et pénétré dans la pièce, il n'y avait plus de lumière nulle part. Elle repoussa la porte sans la refermer, sortit la petite torche électrique qu'elle avait glissée dans la poche de sa jaquette et l'alluma. Un étroit faisceau troua l'obscurité, montrant au passage des fauteuils, des tables, des canapés, des formes à moitié distinguées dans un lieu inconnu. Elle atteignit les rideaux pâles et se glissa entre ceux du milieu. Derrière les vieux brocarts des deux autres fenêtres se trouvaient des banquettes rembourrées, mais celle-ci était une porte, exactement comme dans le boudoir de Scilla juste à côté. En débouchant sur la terrasse, elle éteignit sa torche. Elle n'en aurait plus besoin maintenant. De jour comme de nuit, ou à la brune, ses pieds avaient trop souvent fait ce chemin pour avoir besoin de lumière. Et la nuit n'était pas vraiment noire... des nuages bas jouaient à cache-cache avec la lune dont la lueur diffuse était suffisante pour voir.

Elle alla jusqu'à l'extrémité de la terrasse et descendit les marches. Une allée bordée d'arbres descendait en pente douce. Puis un sentier partait sur la gauche en sinuant sous la frondaison. Des ombres se déplaçaient au gré du souffle léger qui agitait mollement les branches. Puis les arbres s'éclaircissaient et le niveau du sol s'élevait jusqu'à un point de vue où un lointain aïeul avait fait construire un de ces pavillons que l'on nommait belvédères au début du règne de Victoria. Elle y grimpa par un sentier herbeux. En arrivant au sommet, elle vit quelque chose bouger dans l'ombre de la porte. Elle s'immobilisa, le cœur battant la chamade.

Il y avait deux marches en bois qui permettaient d'accéder au belvédère. Jason Leigh les descendit et posa les mains sur les épaules de Valentine. Tout cela était tellement simple, tellement familier, tellement semblable à leur rituel ancien qu'elle n'en fut pas étonnée. Les mois qui venaient de s'écouler s'étaient évanouis et ce vide n'avait jamais existé. C'était eux, Jason et Valentine, et ils étaient ensemble. Ils restèrent ainsi, sans faire un geste, jusqu'à ce qu'il prenne la parole.

— Ainsi, tu es venue. C'est aussi bien comme ça. Je le pensais vraiment quand je t'ai dit que je viendrais frapper à ta porte si tu ne venais pas. Eh bien, maintenant, nous pouvons nous asseoir pour discuter. Les marches feront très bien l'affaire.

Il la lâcha et ils s'installèrent sur les marches comme ils l'avaient fait si souvent. Si la lune avait brillé, ils auraient pu voir les bois de Tilling accrochés à flanc de coteau, le triangle irrégulier de la grand-place bordée de bâtiments et le Till serpentant dans les prairies pour aller se jeter dans la Lede. Il n'y avait de lumière dans aucune des maisons, mais on distinguait les contours de la grand-place et la masse sombre de l'église. Plus près d'eux, des écharpes de brume rampaient sur la pièce d'eau où l'on avait retrouvé le corps de Doris Pell.

Ils restèrent tous deux silencieux pendant quelque temps. Valentine était venue ici pour laisser exploser sa colère, pour affronter cette chose en lui qui était à la fois capable de l'aimer et de l'abandonner, de partir et de revenir. Mais maintenant qu'ils étaient réunis, elle ne se sentait plus le courage de se battre. S'il revenait, tant mieux, et s'il partait, tant pis. Elle se sentait totalement impuissante devant cela. Mais comment pourrait-elle épouser Gilbert Earle, alors qu'elle avait déjà la sensation d'être mariée avec Jason ? Qu'était-ce donc que le mariage ? Ce n'était pas seulement la bénédiction que Tommy allait leur donner le lendemain, à Gilbert et à elle. Ce n'était pas seulement le lien physique, ce partage physique. Peut-être pour certains n'était-ce que cela, mais pas pour elle. Elle eut soudain la conviction profonde qu'elle ne serait jamais la femme de Gilbert. Et même s'ils ne s'étaient jamais embrassés, jamais touchés et ne devaient jamais plus s'embrasser ni se toucher, le lien qui existait entre Jason et elle était inaltérable et indéfectible.

La voix de Jason s'éleva à ses côtés dans l'obscurité.

— Que vas-tu faire ?

— Je ne sais pas...

Il se mit à rire.

— Il serait temps de prendre une décision, non ?

Il l'entendit prendre sa respiration.

— Pourquoi es-tu parti ?

Elle perçut un mouvement, comme s'il avait haussé les épaules et les avait laissées retomber. Ce geste lui était cher et familier comme l'étaient le corps mince et dur, la chevelure brune, l'arc des sourcils, la bouche mobile, l'expression du visage qui passait instantanément du grave au gai.

— Nécessité fait loi, répondit-il.

— Jason, pourquoi es-tu parti ?

— Ma douce chérie, à « Pourquoi ? » on ne peut apporter qu'une seule réponse, et c'est « Parce que ».

— Ce qui veut dire que tu n'as pas l'intention de me répondre ?

Il hocha lentement la tête.

— Tu as mis en plein dans le mille.

Elle poursuivit d'une voix basse et tremblante :

— Pourquoi es-tu revenu ?

— Il était temps, non ?

Après un bref silence, elle répondit : « Non. » Puis elle ajouta : « Si tu n'étais pas revenu... »

— Tu aurais épousé Gilbert et tout aurait été pour le mieux ?

Elle poussa un long soupir.

— Non. Il n'y a pas moyen de s'en sortir.

En son for intérieur, elle se disait : « Je suis prise au piège. Je ne peux pas épouser Gilbert. Je ne peux pas rompre avec lui. Pas maintenant. Pas comme ça. »

Le clocher du village commença à égrener les douze coups de minuit qui traversèrent l'air nocturne avec un son mélodieux.

— Voilà, chérie, c'est aujourd'hui que tu célèbres tes noces. Comment te sens-tu ?

Elle posa la paume de la main entre eux deux et se releva en s'appuyant sur la marche. Elle eut la sensation que le poids de son corps était trop lourd pour elle. Mais à peine était-elle debout qu'il l'attira à nouveau vers lui et la força à se rasseoir.

— Ça ne sert à rien de choisir la fuite, Val. Tu sais très bien que tu ne peux pas l'épouser.

Dès qu'elle fut rassise, il la lâcha.

Elle répondit d'une voix qui lui parut étrangement voilée :

— Il le faut.

— Mais tu sais parfaitement bien que ce n'est pas possible ! Je ne fais rien qui puisse influencer ta décision. Je ne t'ai pas touchée. Je ne t'ai pas embrassée. Je ne t'adresse aucune supplication passionnée. Je te demande simplement ce que tu t'imagines qui va se passer si ce mariage se fait. Qui, à ton avis, en tirera quelque chose de positif ? Si tu penses à Gilbert, on peut imaginer une situation plus agréable que de se retrouver encombré d'une jeune épouse réticente et amoureuse de quelqu'un d'autre. Si tu penses à moi, je peux t'assurer que j'aurais tout ce que tu supposes peut-être que j'ai mérité. Et si tu penses à toi-même... eh bien, je te conseillerais de bien y réfléchir.

Elle avait l'impression d'être incapable de réfléchir à quoi que ce soit. Elle enfouit son visage dans ses mains et se pencha jusqu'à ce qu'elles reposent sur ses genoux.

Tout était confus dans sa tête, elle n'éprouvait plus que des sensations. Rétrospectivement, la solitude accablée qui avait suivi son départ. Maintenant, ici, Jason, si proche d'elle qu'il suffisait de faire un geste pour le toucher. Et au-delà de ces quelques heures nocturnes, l'avenir, un néant, un vide devant lequel elle ne pouvait concevoir ni plan d'action, ni idées cohérentes.

Un certain temps s'écoula. Il ne fit pas un geste et ne dit pas un mot, mais elle le sentait aussi proche d'elle que s'ils avaient été tendrement enlacés. Elle finit par lever légèrement la tête et lui demanda d'une voix secouée de sanglots :

— Pourquoi... es-tu... parti ?

Il eut un nouveau haussement d'épaules. Mais cette fois il répondit.

— Il y avait quelque chose dont il fallait que je m'occupe.

Elle poursuivit comme s'il n'avait rien dit ou comme si elle ne l'avait pas entendu.

— Tu es venu ici pour me retrouver. Tu ne m'as pas dit que tu allais partir. Tu m'as embrassée et tu es parti. Tu n'as jamais écrit. Tu n'es pas revenu...

La voix lui manqua soudain.

— Cela a été une dure épreuve pour toi. Mais je ne t'ai jamais caché que si tu m'aimais, ce serait dur.

Elle reprit son souffle.

— Mais on n'a pas le droit de partir comme ça. Et de revenir. Et de croire que rien n'aura changé. Quand on est trop malheureux, on est obligé de faire quelque chose.

— Tu savais que je pouvais partir et que je n'écrirais pas, fit-il sans la moindre trace d'impatience dans la voix.

Elle reprit encore une fois comme si elle n'avait pas entendu :

— J'ai reçu une lettre, mais je ne sais pas qui l'a écrite. Elle disait qu'il y avait une autre fille et que c'était pour cela que tu étais parti.

— Je ne peux pas te dire pourquoi je suis parti. Mais il n'y avait pas d'autre fille.

— Il y a eu trois lettres en tout. Elles étaient... répugnantes... comme si une limace avait bavé dessus.

— Rien d'étonnant pour des lettres anonymes. J'aurais pensé que tu avais suffisamment de bon sens pour ne pas croire ce qu'elles te disaient.

Elle releva la tête d'un geste brusque.

— Je ne l'ai pas cru, Jason ! Je ne l'ai pas cru ! Mais cette bave collait partout.

Il répondit avec un rire un peu forcé :

— Essaie le savon noir et une brosse à ongles !

Puis, changeant brusquement de ton :

— Val, allons, réveille-toi ! Tu peux me croire ou pas. Quelle que soit la solution que tu choisisses, il faudra le faire les yeux fermés. Ton sinistre corbeau ne t'a fourni aucune preuve de ce qu'il avançait, je présume. Eh bien, moi non plus. Si tu as confiance en moi, tu as confiance en moi, un point c'est tout. Si tu n'as pas confiance en moi, nous nous séparons ici et tout de suite et tu as tous mes vœux de bonheur. Comme je te l'ai fait observer il y a peu de temps, c'est le jour de ton mariage. Mais cela dépend de toi que ce le soit ou non.

— Mais tu ne m'as même pas dit que tu m'aimais, s'écria-t-elle.

Il répondit sans manifester le moindre trouble :

— Si tu ne sais pas cela sans que je te le dise, alors tous les mots n'y suffiront pas.

Et soudain, elle réalisa qu'elle le savait... au plus profond d'elle-même, avec certitude. Il était parti sans rien lui dire. Il était revenu et il ne lui disait toujours rien. Peut-être cela se reproduirait-il. Peut-être cela se reproduirait-il souvent. Peut-être ne serait-elle pas capable de le supporter... elle ne savait pas. Mais elle savait qu'il l'aimait, et pour cette raison elle ne pouvait pas épouser Gilbert Earle. Elle se leva et resta debout au pied des marches de bois, le regardant pendant qu'il se levait à son tour.

— Il faut que je parte maintenant. Ce ne sera pas le jour de mon mariage, Jason.

Elle redescendit seule, comme elle était venue. Elle savait ce qu'elle allait faire, mais elle n'avait pas la moindre idée de la manière dont elle allait s'y prendre. Ils s'étaient séparés sans un baiser, sans un geste de tendresse. Ce qu'il y avait entre eux était bien plus fort que n'importe quel baiser ou n'importe quel contact, et dire qu'elle avait failli le trahir. Elle se sentait comme un somnambule qui se réveille brusquement au bord d'un abîme insondable. Si elle avait fait un pas supplémentaire, son pied n'aurait rencontré que le vide. Encore quelques heures et elle serait devenue la femme de Gilbert. Elle fut parcourue d'un long frisson rétrospectif qui se transforma en allégresse puisqu'elle s'était réveillée à temps.

Elle traversa la terrasse et entra par la porte qu'elle avait laissée entrouverte. Elle se glissa entre les plis des pâles brocarts et tira les rideaux derrière elle. L'obscurité se dressait devant elle comme un mur impénétrable.

Elle ne voyait pas où elle posait le pied, elle ne distinguait même pas sa main devant son visage. Elle tourna légèrement la tête vers la droite et vit un rai de lumière qui perçait l'obscurité. La porte donnant dans le boudoir de Scilla était entrouverte et il y avait de la lumière dans la pièce. Elle s'approcha sans plan ni idée préconçus. La lumière l'attirait et elle se dirigea vers elle. Quand elle ne fut plus qu'à un mètre de la porte, elle s'arrêta, car quelqu'un était en train de parler dans la pièce éclairée. C'était Gilbert Earle et il disait : « Scilla, c'est inutile. »

Et elle entendit le rire de Scilla. C'était un rire lent et prolongé.

— Chéri, je ne parlais pas en termes d'utilité.

Ils devaient être tout près l'un de l'autre. Les deux voix semblaient venir du même endroit. S'ils n'étaient pas dans les bras l'un de l'autre, leurs voix ne donneraient pas cette impression. Il poussa une sorte de gémissement.

— Nous avons déjà discuté de tout cela, reprit-il.

— Et tu n'as jamais voulu voir les choses en face, répliqua Scilla avec une pointe de mépris dans la voix.

Il parut se retrancher dans une certaine réserve.

— Tu as toujours su que cela ne pourrait pas durer.

— Depuis le début, tu as joué sur les deux tableaux, n'est-ce pas, chéri ? En fait, pour parler crûment, tu as toujours eu l'intention de profiter de la galette de Valentine.

— Elle me plaît énormément.

— Oui, mais l'argent te plaît encore un peu plus.

— Tu n'as pas le droit de dire des choses comme ça ! Je ne pourrais pas me permettre d'épouser une fille qui n'apporterait pas une dot.

— Tu ne pourrais pas te permettre de m'épouser ?

— Ma chère enfant, il est tout à fait hors de question que je t'épouse.

— Roger demanderait le divorce... s'il était au courant, reprit-elle d'une voix douce.

Tout cela s'était passé trop rapidement pour que Valentine ait eu le temps de comprendre exactement ce qu'il lui arrivait.

L'horrible découverte l'avait complètement assommée. Elle fit demi-tour et repartit en tâtonnant vers l'autre porte. Elle la heurta de ses mains tendues devant elle. Elle n'avait pas fait le moindre bruit, elle n'avait pas trébuché.

Elle traversa le hall et monta l'escalier pour regagner sa chambre.

CHAPITRE X

Après avoir brossé et natté ses cheveux qu'elle enserrait pour la nuit dans un filet plus solide que celui qu'elle utilisait dans la journée, miss Silver avait pour habitude immuable de lire un verset de la Bible avant d'éteindre la lumière et de se disposer à dormir. Ce soir-là, vêtue de son douillet peignoir bleu agrémenté d'une bordure en dentelle faite à la main qui avait déjà connu ses deux peignoirs précédents, elle lut le chapitre 6 du Livre des Proverbes. Passant de la recommandation d'éviter de se porter garant d'un étranger à l'exhortation au paresseux de considérer les voies de la fourmi — deux points auxquelles elle donnait son adhésion totale — elle arriva à la description de celui qui sème la discorde et à la liste des choses que l'Éternel a en horreur et parmi lesquelles figurent :

« La langue menteuse et les mains qui répandent le sang innocent.

« Le cœur qui médite des projets iniques et les pieds qui se hâtent de courir au mal.

« Le faux témoin qui dit des mensonges, et celui qui fomente des querelles entre frères. »

Cela lui parut avoir un rapport si direct avec la situation à Tilling Green, qu'elle y accorda toute son attention. Que ces pensées aient été ou non réellement dues à Salomon, quel éclairage elles jetaient sur les replis les plus obscurs de l'âme humaine et quelle preuve de sagesse séculaire elles apportaient ! Ce n'est qu'un long moment plus tard qu'elle referma le livre et commença à faire ses dévotions.

Quand elle eut terminé, elle se débarrassa de son peignoir qu'elle étendit sur ses vêtements soigneusement pliés, éteignit la lumière, tira les rideaux et ouvrit la fenêtre la plus éloignée du lit en se disant que dans ce domaine, les coutumes avaient bien changé. Jamais il ne serait venu à l'esprit de sa grand-mère de laisser pénétrer l'air nocturne dans sa chambre, hormis, bien entendu, pendant les grandes chaleurs estivales. Guère plus d'un siècle auparavant, non seulement les fenêtres étaient fermées et les rideaux tirés, mais les lits eux-mêmes étaient protégés par des tentures. Le bon sens ne pouvait qu'approuver cette évolution, mais elle estimait toutefois que la jeune génération allait un peu trop loin dans ce sens. Ce soir-là, l'air était doux et elle ouvrit toute grande la croisée. La nuit était sombre. La lune était voilée par les nuages. Elle parvenait juste à distinguer l'allée qui menait à la barrière, mais elle ne voyait ni la route, ni l'herbe de la grand-place. Pendant qu'elle regardait, immobile à sa fenêtre, une voiture déboucha entre les piliers du manoir de l'autre côté de la place. Une autre la suivit peu de temps après, puis une troisième. Ils donnaient une soirée à la veille du mariage et les invités repartaient. Miss Mettie Eccles était parmi eux. Elle allait probablement revenir à pied en compagnie de Connie Brooke, qui allait être une des demoiselles d'honneur. Cela devait leur faire plaisir à toutes deux.

Elle se disposait à regagner son lit lorsqu'elle entendit un bruit de pas suivi du bruit d'une barrière qui se refermait. Ce n'était pas la barrière de Willow Cottage, ni celle du cottage de miss Eccles juste à gauche. Le bruit venait de l'autre côté. C'était donc la barrière de Gale's Cottage qui venait de se refermer, et Gale's Cottage était la demeure de ce Mr. Barton dont Frank Abbott avait dit qu'il était le personnage le plus énigmatique du village. Il l'avait qualifié de vieux garçon paisible et inoffensif entouré de chats et qui refusait de laisser entrer une femme chez lui, au point de garder sa porte close pour s'en protéger et de faire lui-même sa cuisine et sa lessive.

Miss Silver se pencha un peu plus par la fenêtre. Elle n'avait pas encore eu l'occasion de jeter les yeux sur son plus proche voisin, bien que miss Wayne n'ait pas tari sur ce sujet. La vie retirée qu'il menait, ses chats, ses errances nocturnes, autant d'éléments qui, aux yeux des villageois, ne plaidaient pas en sa faveur. Comme le disait miss Renie : « On a beau essayer de faire preuve de gentillesse avec tout le monde, on peut se demander pourquoi il ne sort que la nuit. »

Il était évident que Mr. Barton revenait d'une de ses expéditions nocturnes. Elle ne pouvait distinguer qu'une haute silhouette debout près de la barrière. Elle resta immobile pendant une bonne minute, puis se dirigea lentement vers la maison.

Gale's Cottage était le plus ancien de tous les cottages qui bordaient la grand-place. Vu à la lumière du jour, il était pittoresque jusqu'à l'outrance. La pente du toit était très forte, et comme il y avait deux étages, la hauteur des pièces ne devait pas atteindre deux mètres. Les fenêtres de la façade étaient pratiquement obstruées par un foisonnement de vigne vierge. La porte d'entrée était sur le côté. En se penchant encore un peu plus, miss Silver put suivre sa progression jusqu'à la porte. Arrivé devant, il sortit une torche qu'il garda dans la main gauche. Il la braqua sur la grosse serrure ancienne dans laquelle il introduisit une grosse clé ancienne pour ouvrir la porte. Tout en la poussant, il dirigea sa torche vers le sol et s'écarta. Un gros chat tigré traversa le faisceau lumineux et s'enfonça dans l'obscurité de la maison. Puis, à la queue leu leu, six autres chats se succédèrent. Quand le pinceau lumineux eut éclairé le dernier des sept, Mr. Barton, à son tour, franchit le seuil et referma la porte en donnant un tour de clé.

Miss Silver réalisa qu'après tout, l'air n'était pas aussi doux qu'il le paraissait. Elle s'éloigna de la fenêtre et étendit sur son lit un édredon qu'elle avait auparavant négligé d'utiliser. Un peu plus tard, elle eut l'impression d'entendre des voix sur la route — la voix de miss Mettie qui souhaitait la bonne nuit à quelqu'un et un murmure indistinct qui lui répondait.

CHAPITRE XI

Le ciel était clair et lumineux en cette matinée de noces de Valentine. Il y avait bien quelques nuages à l'ouest, mais le reste du ciel bleu était de cette teinte enchanteresse qui rachète toutes les journées grises et pluvieuses. La jeune fille qui lui apportait son thé matinal posa le plateau sur la table de nuit. Elle avait déjà ouvert les rideaux et une vive clarté baignait toute la chambre.

— Quelle belle journée vous avez, miss Valentine, dit-elle. J'espère que ça va continuer.

— Merci, Florrie, répondit Valentine en souriant.

Elle se redressa sur son lit et se tourna pour prendre sa tasse. S'il y avait eu moins de lumière, il aurait été plus facile de regarder les choses en face. Elle avait la sensation que la journée qui s'étendait devant elle était une colline escarpée qu'il lui fallait gravir d'une manière ou d'une autre, mais elle n'avait pas la moindre idée de la manière dont elle allait procéder. Elle n'avait ni dessein précis ni résolution arrêtée. Elle avait émergé fraîche et dispose de son sommeil tardif et profond. Quelque part au fond d'elle-même, elle sentait des

89

frémissements de bonheur la parcourir, car Jason était de retour, mais elle n'avait pas même commencé à envisager comment ils allaient faire pour franchir tous les obstacles qui se dressaient devant eux.

Mais elle allait y réfléchir. Florrie sortit de la chambre et referma la porte. Elle était gentille et elle se faisait une fête de ce mariage. Elle allait être déçue. Des tas de gens allaient être déçus. Maggie avait un chapeau neuf. Elle ne pouvait tout de même pas épouser Gilbert parce que Florrie serait déçue si elle ne le faisait pas, ou à cause du chapeau neuf de Maggie, ou des robes des demoiselles d'honneur, ou des gants de suède neufs de Mettie Eccles. L'espace d'un instant, elle entendit très distinctement la voix de Mettie : « J'ai fait nettoyer les autres tellement souvent et je suis sûre qu'ils ont au moins dix ans. Alors, en ton honneur, j'en achète une nouvelle paire. » Mettie serait certainement très contrariée.

Elle but quelques gorgées de thé et le breuvage chaud la réconforta. Qu'allait-elle faire ? Il fallait qu'elle annonce à Roger Repton qu'elle ne pouvait pas épouser Gilbert. Il voudrait savoir pourquoi et elle ne pourrait pas lui expliquer. Elle ne pouvait pas aller le voir et lui dire : « Je ne peux pas épouser Gilbert parce que Jason est revenu », pas plus qu'elle ne pouvait lui dire : « Je ne peux pas épouser Gilbert parce qu'il est l'amant de Scilla. » C'était certes une excellente raison, mais elle ne pouvait y avoir recours. C'était impossible car cela briserait son mariage. Ce n'était pas un mariage heureux, mais s'il apprenait que Scilla lui était infidèle, le coup serait terrible. C'était de la folie de l'avoir épousée et c'est affreux d'apprendre que l'on est trompé. Elle ne pouvait pas faire de mal à Roger ainsi.

Et puis elle avait entendu des paroles qui ne lui étaient pas destinées. Elle avait écouté dans le noir à une porte mal fermée. Peut-être se disaient-ils simplement adieu, et elle avait surpris une conversation qu'elle n'aurait pas dû écouter. Elle se dit qu'elle pourrait raconter à Gilbert ce qu'elle avait entendu, mais elle savait que jamais elle n'en ferait état pour briser leur mariage ou pour dénoncer Scilla.

Elle finit son thé et se tourna pour reposer la tasse. Il était huit heures et dans cette maison comme dans plusieurs autres maisons, les gens étaient déjà levés ou en train de se lever et les préparatifs de son mariage battaient leur plein. Il y avait une pile de lettres sur le plateau à côté de la théière. Il allait y avoir des télégrammes et des coups de téléphone, et des cadeaux de dernière heure qui s'ajouteraient à tous les autres qu'il faudrait renvoyer. Elle prit les lettres qui étaient sur le plateau et commença à les parcourir.

Janet Grant, de son ample écriture habituelle, deux mots par ligne et jamais plus de quatre lignes à la page.

« Chérie — suis accablée — Jessica très abattue — pas la laisser seule — de tout cœur avec toi — amitiés Jessica. »

La mère de Lexie Merridew — Lexie, elle aussi, était accablée. L'enveloppe suivante était du modèle de celles que l'on achète dans n'importe quelle papeterie ou dans n'importe quel grand magasin, le modèle vendu avec les cartes de vœux à bon marché. Une drôle d'écriture, très haute et maladroite. Elle ne se demanda pas de qui elle était... elle connaissait la réponse. Elle l'ouvrit et en sortit une mince feuille froissée couverte de la même écriture bizarre. Il n'y avait pas d'en-tête et après avoir retourné la feuille, elle vit qu'il n'y avait, bien entendu, pas de formule de politesse non plus. Le texte était le suivant :

« Vous ne voyez peut-être pas d'inconvénients qu'il a abusé de la candeur de Doris Pell et l'a poussée au suicide ni qu'il fricote avec S. R. et si vous ne comprenez pas ce que je veux dire vous êtes encore plus bête que je pensais mais vous pourriez peut-être vous renseigner sur son mariage avec Marie Dubois sous un nom d'empreint quand il était au Canada ou vous risquez de vous retrouver dans le même pétrain que les autres pauvres filles qu'il a dévergondées. »

Il n'y avait aucune ponctuation et pas de signature. Valentine laissa tomber la lettre sur le plateau et la regarda d'un air songeur.

Il était huit heures et demie.

Au moment où sonna la demie, Penelope Marsh sauta de sa bicyclette, la poussa jusqu'à la remise et ouvrit la porte d'entrée de la Closerie avec son passe-partout. C'était une grande fille aux yeux bleus, au teint hâlé et aux dents éclatantes de blancheur. Elle s'arrêta dans le hall et appela Connie Brooke, sa collègue de la modeste école maternelle qui leur apportait tant de joies. Ne recevant pas de réponse, elle appela de nouveau, d'une voix plus forte et plus insistante. Puis elle réalisa d'un coup qu'il était étrange qu'aucune des fenêtres ne soit ouverte. Les enfants arrivaient à neuf heures et elles ne manquaient jamais d'aérer les salles et de les chauffer avant leur arrivée.

Elle grimpa l'escalier quatre à quatre sans cesser d'appeler, frappa vigoureusement à la porte de Connie et, ne recevant toujours pas de réponse, se décida à entrer. Connie avait enlevé sa robe et avait dû l'accrocher dans une penderie parce qu'on ne la voyait nulle part. Mais elle n'avait pas été plus loin. Elle était allongée sur son lit en combinaison, enroulée dans un édredon, et la première pensée de Penny fut qu'elle dormait encore, mais lorsqu'elle toucha la main qui reposait sur le couvre-lit et essaya de desserrer son étreinte sur le tissu, elle comprit que Connie était morte car cette main avait la rigidité et la froideur de la mort...

Son cerveau comprit que quelque chose d'épouvantable et de définitif s'était produit. C'était comme une histoire lue dans un livre, quelque chose qui n'arrivait qu'aux autres, mais pas à quelqu'un qui faisait partie intégrante de sa vie comme le faisait Connie. Elle lâcha la main lourde et glacée et s'éloigna du lit à reculons. Ce n'est qu'en atteignant la porte que la peur et le désespoir la submergèrent. Elle eut la force de dévaler l'escalier, de sortir par la porte restée ouverte et de descendre la rue en courant jusqu'à la porte d'entrée de miss Eccles contre laquelle elle tambourina en clamant que Connie était morte.

Miss Eccles se montra d'une efficacité sans faille. Il serait injuste de prétendre que la situation la remplissait d'aise, mais elle prit certainement plaisir à montrer sa compétence. Elle appela le docteur Taylor, raccompagna en personne Penny jusqu'à la Closerie et, de là, lui conseilla de prévenir tous les parents qui avaient le téléphone que miss Brooke était souffrante et qu'il n'y aurait pas d'école ce jour-là.

Lorsqu'il arriva, le docteur Taylor ne put rien leur apprendre qu'elles ne savaient déjà. Connie Brooke était morte... elle était morte depuis plusieurs heures.

— Nous sommes revenues ensemble hier soir, après la soirée au manoir, dit miss Eccles. Elle allait parfaitement bien, si ce n'est qu'elle ne dormait pas très bien. Maggie Repton lui avait donné quelques somnifères.

Le docteur Taylor tenait un peu du bouledogue. Il ne retroussa pas exactement les babines, mais il grogna en plissant le nez.

— De quoi se mêle-t-elle, celle-là ?

— Oh, vous savez comment sont les gens... on ne peut rien leur faire comprendre, répondit miss Eccles. J'ai dit à Connie qu'elle ferait mieux de n'en prendre qu'un seul. Elle voulait le dissoudre dans son chocolat. Vous vous souvenez qu'elle est incapable d'avaler la moindre pilule.

Il poussa un grognement d'acquiescement. « Où est le flacon ? »

Ils le trouvèrent sur le buffet de la cuisine. Il était vide.

— Vous savez combien il y en avait ?

— Non, je ne sais pas. Elle m'a seulement dit que Maggie lui avait donné quelques comprimés et je lui ai recommandé de ne pas en prendre plus d'un.

Il poursuivit d'une voix rauque, car la mort le révoltait toujours :

— En tout cas, un seul n'aurait pas pu la tuer ; deux non plus. Je vais appeler miss Maggie pour savoir combien il y en avait dans le flacon. Qui se serait imaginé qu'elle ferait la bêtise d'en donner suffisamment pour que cela soit dangereux ? Et comment les a-t-elle eus ? J'aimerais bien le savoir. Certainement pas par moi.

Maggie Repton prit la communication dans sa chambre. Elle trouvait fort pratique d'y avoir fait installer un second poste, car elle aimait se coucher tôt et il n'y avait rien de plus pénible que d'avoir à redescendre dans le bureau en robe de chambre quand quelqu'un désirait lui parler. Elle n'était encore qu'à moitié habillée. Elle passa sa robe de chambre sur ses épaules et remonta l'édredon sur ses genoux avant de décrocher. Il était beaucoup trop tôt pour téléphoner... Personne ne devrait téléphoner avant neuf heures... C'était plus que probablement pour Valentine.

Mais c'était pour elle. C'était le docteur Taylor.

— C'est vous, miss Maggie ?... Je viens d'apprendre que vous avez donné des somnifères à Connie Brooke.

Elle fut immédiatement paniquée.

— Oh, mon Dieu... mais je ne croyais pas qu'il y avait de mal à cela. Elle avait vraiment l'air déprimée et elle m'a dit qu'elle ne pouvait pas dormir.

— Eh bien, vous n'auriez pas dû le faire. Combien y en avait-il dans le flacon ?

— Oh, mon Dieu... mais c'est que je n'en sais rien. Vous voyez, il m'en restait quelques-uns de ceux que le docteur Porteous m'avait donnés à l'époque où j'étais chez ma vieille cousine, Annie Pedlar. Et puis, quand Annie est morte, j'en ai retrouvé dans un autre flacon... et je les ai mélangés, mais je ne les ai jamais comptés.

Elle entendit le docteur Taylor aboyer au bout du fil :

— Quoi ! Vous les avez mélangés !

— Oh, mais c'était la même marque... ou presque... enfin, c'est ce que j'ai cru sur le moment. Oh, mon Dieu, j'espère qu'il ne s'est rien passé !

— Je suppose que vous n'avez pas gardé l'autre flacon ?

— Oh, non. Il a dû être jeté quand nous avons fait le tri dans les affaires de la pauvre Annie. A moins que... non, je me souviens maintenant, l'infirmière n'a pas voulu que je les mélange. J'étais prête à le faire, mais elle m'a dit que ce n'était pas une chose à faire, alors je ne l'ai pas fait.

— Vous êtes sûre de cela ? demanda-t-il d'une voix dont le calme était inquiétant.

— Oh, oui, je crois... Vous m'avez embrouillée, mais je crois que l'infirmière m'a dit de ne pas les mélanger... oh, je ne sais plus...

— Miss Maggie, avez-vous la moindre idée du nombre de comprimés que contenait le flacon que vous avez donné à Connie Brooke ?

— Oh, mon Dieu... je ne sais pas... vraiment, je ne sais pas. Mais vous pouvez demander à Connie... Oui, pourquoi n'y ai-je pas pensé plus tôt ? Connie doit le savoir, bien sûr. Pourquoi ne lui demandez-vous pas ?

— Connie est morte, répondit-il, et il raccrocha.

CHAPITRE XII

Jason Leigh descendit l'escalier qui menait au presbytère. Il sifflotait entre ses dents un vieil air du folklore allemand qui le poursuivait. La dernière fois qu'il l'avait entendu, c'était dans un endroit vraiment étrange et bien loin d'ici. Il sifflotait et les paroles venaient d'elles-mêmes.

Le dimanche matin, au sortir de l'office,
Les mauvaises langues sont là sur le parvis ;
L'un raconte ceci et l'autre dit cela,
Alors coulent mes larmes, holà, mes yeux, holà !

Oh, chardons et épines, vos pointes acérées
Sont douces comparées aux langues de vipères
Qui transpercent le cœur ; et nul enfer sur terre
N'est pire qu'un amour aux yeux de tous celé.

Les langues allaient probablement se déchaîner lorsque la nouvelle de la rupture du mariage de Valentine allait se répandre. C'était un coup dur pour Gilbert, mais il fallait être stupide pour épouser une fille qui n'avait rien à vous donner. Et s'il ignorait qu'elle n'avait rien à lui donner, cet aveuglement méritait, de toute façon, une punition.

Il ouvrit la porte de la salle à manger et pénétra dans une pièce claire et encombrée de meubles où flottait une plaisante odeur de bacon et de café. Mais le bacon était en train de refroidir dans l'assiette du révérend Thomas Martin, son bol de café était plein à ras bords et le bol et l'assiette avaient été repoussés. La chevelure ébouriffée, Tommy était debout devant l'âtre où il avait si souvent roussi son pantalon. Mais ce matin-là, il n'aurait pas su dire s'il y avait du feu ou non. Il tenait une lettre dépliée à la main et regardait Jason avec une expression d'horreur incrédule sur son visage habituellement si jovial. Il avait devant lui ce qu'il eût donné beaucoup pour voir pendant ces six derniers mois — un jeune homme à l'air préoccupé derrière un sourire narquois — le neveu qui lui était aussi cher qu'un fils aurait pu l'être.

Jason referma la porte derrière lui.

— Que se passe-t-il, Tommy... tu as vu une soucoupe volante ?

Tommy Martin lui tendit la lettre en silence. Une grosse écriture maladroite courait sur du papier de mauvaise qualité. En plusieurs endroits, l'encre avait bavé, comme elle bave sur du papier buvard. Le texte commençait en haut de la page. Son sourire se fit de plus en plus narquois au fil de la lecture.

« Je suppose que vous savez ce que vous faites en mariant Mr. Gilbert Earle avec miss Valentine Grey sans parler qu'il a poussé la pauvre Doris Pell au suicide et qu'il a dévergondé une autre pauvre fille que je ne nommerai pas mais vous devriez vous renseigner sur la pauvre fille qu'il a épousée au Canada, miss Marie Dubois, avant de l'aider à devenir bigame avec miss Grey. »

Jason la lut jusqu'au bout et s'avança jusqu'à la cheminée pour la poser sur la tablette.

— Tu vas la jeter au feu ?

— Je ne peux pas. Il faut que je réfléchisse.

Jason tordit la bouche.

— Il y a du vrai là-dedans ?

— Mais non, bien sûr que non... ce n'est pas possible. Il y a eu une véritable épidémie de ces lettres. Et si la pauvre Doris Pell s'est noyée, c'est parce qu'elle en avait reçu. Ce sont des calomnies lancées au hasard... il n'y a rien de vrai dans tout ça. Mais cette accusation de bigamie... c'est embarrassant. On ne peut pas se contenter de fermer les yeux.

— J'imagine que non.

Tommy Martin fronça les sourcils.

— Jason, cela fait un bon bout de temps que tu connais Gilbert Earle, n'est-ce pas ? As-tu eu connaissance de quelque chose qui te permettrait de soupçonner que...

Les mots refusèrent de franchir ses lèvres.

Jason éclata de rire.

— Qu'il y a quelque chose de vrai dans cette histoire de Marie Dubois ? Mon cher Tommy !

— Ah, je répugne à te demander ça, mais c'est mon devoir de le faire.

— Oh, tu sais, je n'étais pas au mariage.

— Parce qu'il y a eu mariage.

— Pas à ma connaissance.

— Écoute, mon garçon, cette affaire est sérieuse. Et je dois te demander de me répondre sérieusement.

— Bon, d'accord. Cela fait un ou deux ans que je connais Gilbert. Je le connais à peu près aussi bien que l'on peut connaître la plupart des gens que l'on rencontre sans arrêt parce que l'on est reçu dans les mêmes maisons ou que l'on a le même genre d'activités. Tout ce que l'on ignore sur les gens avec qui on a ce type de rapports remplirait plusieurs volumes... et je n'ai jamais ressenti le besoin d'éplucher tout cela. Au cas où cela t'intéresserait, je te signale que ton bacon est en train de refroidir.

Il se dirigea vers la table, souleva le couvre-plat et se servit.

Tommy secoua la tête d'un air réprobateur.

— Écoute, le bacon peut attendre.

Jason prit un air scandalisé.

— Jamais de la vie ! Le mien n'est déjà plus très chaud. A mon avis, le tien doit être immangeable.

Il fut conscient d'un geste d'agacement et d'un froncement de sourcils un peu plus prononcé.

— Mon cher enfant, tu ne réalises pas très bien la situation. Il va falloir que je contacte Gilbert. Et puis, il y a Roger... et Valentine. Le mariage est prévu pour deux heures et demie...

Jason prit un peu de moutarde.

— Il n'y aura pas de mariage, fit-il.

Tommy Martin écarquilla les yeux.

— Qu'est-ce que tu racontes ?

— Il n'y aura pas de mariage. La question de la bigamie de Gilbert n'a pas de raison de se poser car il ne va pas se marier. Valentine ne va pas l'épouser. Tu

100

n'as donc personne à contacter d'urgence. Détends-toi et prends ton petit déjeuner.

Tommy Martin s'approcha et se laissa tomber sur la chaise qu'il avait repoussée en ouvrant la lettre anonyme. Il s'affala dessus, mais ne l'approcha pas de la table. Il jeta sur Jason un regard inquisiteur et demanda :

— Qu'as-tu manigancé ?

— A ton avis ?

— Toi, tu as vu Valentine.

— Si on peut appeler ça voir. Il n'y avait pratiquement pas de lumière.

— Jason...

— D'accord, je vais mettre les points sur les *i*. Quand je suis arrivé hier soir et que j'ai appris que tu étais au manoir, j'ai eu une conversation fort instructive avec Mrs. Needham. Elle m'a mis au courant de tout. Ma première idée a été de monter au manoir et de me joindre aux festivités, mais comme je n'avais pas de tenue de soirée, j'ai reconsidéré la question. J'ai donc décidé d'écrire un mot à Valentine pour lui dire que je l'attendrais au belvédère jusqu'à minuit... et que si elle ne venait pas, j'irais frapper à l'huis de bon matin. Je suis donc allé à pied au manoir, je suis entré et suis monté dans la chambre de Valentine où j'ai laissé mon petit mot sur sa pelote à épingles. Je n'ai rencontré personne et personne ne m'a vu. Valentine est venue au belvédère et nous avons discuté. Elle a décidé qu'il valait mieux ne pas épouser Gilbert. Et voilà, Tommy, tu sais tout. Et tout cela s'est déroulé de manière excessivement convenable. Je ne l'ai même pas embrassée.

Tommy Martin avait l'air complètement ahuri.

— Elle a décidé de ne pas épouser Gilbert ?

— Absolument.

— Mais que lui as-tu dit pour la convaincre ?

— Très peu de choses. Tu ne vas pas prétendre que cette perspective la remplissait de joie ?

— Non, non, je sais... cela m'ennuyait, d'ailleurs. Mais elle n'était pas heureuse au manoir... elle voulait partir. Scilla et elle n'ont... » Il s'interrompit pour chercher le mot qui convenait : « ... pas grand-chose en commun ».

— Doux euphémisme !

Tommy Martin poursuivit sans tenir compte de l'interruption.

— Tu n'avais pas donné de tes nouvelles. J'ignorais quelles étaient exactement vos relations. Vous ne vous étiez pas fiancés... je ne me trompe pas ?

— Non, nous n'étions pas fiancés.

— Et tu aurais très bien pu ne jamais revenir.

— Il était plus que vraisemblable que je ne reviendrais pas.

— Valentine le savait-elle ?

— Elle ne savait rien. De son point de vue, elle pouvait considérer que je l'avais laissée tomber.

— C'était cruel de ta part.

Jason secoua la tête.

— Cela aurait été pire autrement. De plus, c'est ce que tout le monde devait penser. Elle n'aurait peut-être pas pu résister à la tentation de prendre ma défense, et je ne pouvais pas courir ce risque. Dans ces conditions, j'avais de bonnes chances de garder le secret, et je n'aurais rien dit, même hier soir, si tu n'avais pas deviné.

Tommy Martin approuva lentement de la tête.

— Je ne t'ai pas dit cela au hasard. James Blacker m'avait mis sur la piste. Vous avez fait vos études ensemble. Ce genre d'amitié ne dure pas toujours, mais la vôtre a tenu. Je suis tombé sur lui le lendemain de ton départ et il m'a dit où tu étais envoyé. Je peux t'avouer maintenant que quand je suis rentré hier soir et que tu es sorti du salon pour venir à ma rencontre, pendant un moment, je n'étais pas vraiment sûr... » Sa voix commença à trembler, puis il en reprit le contrôle. « Enfin, je n'étais pas vraiment sûr. »

Jason versa un nuage de lait dans son café.

— Je n'en étais pas très sûr non plus. Tu sais, il faut aussi bien considérer le point de vue du revenant que le point de vue de celui qui voit l'apparition. Quand on y réfléchit bien, il est préférable d'avoir quelque chose à faire plutôt que de traîner sur scène sans avoir de rôle dans la distribution. Je ne crois pas que le pauvre laissé-pour-compte apprécie tellement de voir ses proches tomber en pâmoison dès qu'il apparaît.

Tommy ne s'était pas évanoui, mais il avait légèrement verdi la veille au soir. Jason revit toute la scène — le hall chichement éclairé, Tommy jaillissant de l'obscurité et lui-même dont la silhouette se découpait en ombres chinoises sur le rectangle lumineux de la porte du salon. Pendant un instant, il avait vraiment eu la sensation d'être un fantôme revenu hanter l'endroit où il avait vécu. C'était un moment qu'ils avaient partagé et que jamais ils n'essaieraient d'exprimer. Tommy Martin se pencha en avant, tenant toujours la lettre à la main.

— Tu es ressorti... après cela ? demanda-t-il brusquement.

— Oh, oui.

— Je ne t'ai pas entendu.

Jason esquissa un sourire.

— C'est l'enfance de l'art dans mon métier de pouvoir entrer ou sortir d'une maison sans que personne n'entende.

Tommy Martin fixait la lettre. Une mèche indiscipli-née retombait sur ses sourcils touffus et froncés. Il releva la tête d'un geste brusque.

— Jason, je ne le pense pas... mais il faut quand même que je te pose la question. Ce n'est pas toi qui as fait cela ?

— Qui a fait quoi ? Oh, la lettre ? Mon cher Tommy !

— Je voudrais simplement que tu me dises que ce n'est pas toi, répéta calmement Tommy Martin.

Jason grimaça. Il avait avalé tout le bacon qui était dans son assiette et il tendait la main pour prendre un toast un peu dur et la confiture.

— Mais c'est parfaitement illogique ! Même en sup-posant qu'après avoir été élevé par toi, j'ai pu déchoir au point d'occuper mes loisirs à écrire des lettres anonymes, comment peux-tu t'imaginer que je reculerais devant un mensonge... ou même plusieurs mensonges, d'ailleurs ? Pourrais-tu me passer le beurre, s'il te plaît ?

Tommy Martin allongea le bras pour atteindre le beurre que Mrs. Needham avait placé de l'autre côté de la table. Il le poussa d'un geste agacé dans la direction de Jason et affirma d'une voix redevenue normale :

— Lorsqu'on cesse d'être illogique, on devient une machine.

Jason beurra son toast et recouvrit le beurre de confiture.

— D'accord, fit-il en riant, tu penses ce que tu veux ! Peut-être deviendrai-je un jour un maniaque de la lettre anonyme — *il ne faut pas dire, fontaine, je ne boirai jamais de ton eau* [1] —, mais je n'en suis pas encore là. Tu pourrais faire montre d'un peu plus de confiance en toi dans ton rôle de mentor de la jeunesse !

La grosse patte relâcha lentement son étreinte sur la lettre.

— Je t'ai dit que je ne le pensais pas. Mais il fallait que je te pose la question. Roger...

— Roger a peut-être eu la même pensée charmante. Si c'est le cas, tu pourras attirer son attention sur quelques faits très simples. Hier soir, en attendant ton retour, j'ai eu une conversation fort enrichissante avec Mrs. Needham. Elle m'a raconté toute l'histoire de vos lettres anonymes, et si j'ai bien compris, il y a pas mal de gens qui en ont reçu et ce petit jeu dure depuis un certain temps. Or, je te rappelle que ce n'est qu'hier que j'ai retraversé la Manche. Je présume que l'on peut considérer cela comme un alibi.

— Mais oui... mais oui... bien entendu.

Tommy Martin avait lâché la lettre, saisi son couteau et sa fourchette et commencé à attaquer son bacon froid quand la porte s'ouvrit violemment et Mrs. Needham entra tout de go, empourprée et pantelante.

— Oh, monsieur ! Oh, mon Dieu, quel malheur ! Qui aurait cru qu'une chose pareille puisse arriver ? Le

---

1. En français dans le texte.

jour même du mariage de miss Valentine et tout ! Oh, monsieur !

La main de Jason se referma sur le dossier de sa chaise. Tommy Martin était assis le dos tourné à la porte. Il pivota sur son siège et demanda :

— Que s'est-il passé, Mrs. Needham ?

— C'est miss Connie, monsieur... la pauvre miss Connie Brooke ! Oh, mon Dieu ! Je la revois encore la dernière fois qu'elle est venue et ça sautait aux yeux qu'elle avait l'air bien secouée, la pauvre !

Il se leva de son siège et s'avança jusqu'à elle, la dominant de sa haute taille.

— Connie Brooke ! Il est arrivé quelque chose à Connie Brooke ?

Les larmes coulaient à flots sur les grosses joues de Mrs. Needham.

— Oh, mon Dieu !... Oh, monsieur... elle est... morte !

— Morte ! s'exclama-t-il de la voix puissante qui, de sa chaire, emplissait toute l'église.

— Oh, monsieur, poursuivit-elle en hoquetant, c'est le boulanger qui vient de me l'apprendre ! Quand il est passé, il y avait la voiture du docteur Taylor et la police de Ledlington ! Elle est morte, monsieur... pour ça, il n'y a pas de doute ! C'est miss Penny qui l'a trouvée en arrivant... elle s'est précipitée chez miss Eccles, et miss Eccles a appelé le docteur... et il a appelé la police ! Mais il n'y avait plus rien à faire !

— Vous en êtes bien sûre ?

— Oh, oui... parole d'évangile !

« Évangile... c'est-à-dire bonne nouvelle », se dit Jason avec une ironie amère. Connie Brooke était

106

morte ! Il avait connu des endroits où les pertes en vies humaines étaient telles que seuls les intimes en étaient affectés, mais il s'agissait ici d'un paisible village anglais où aucune menace ne pesait sur la vie des gens. Et depuis sa plus tendre enfance, il connaissait Connie. Une créature simple et réservée, à qui personne ne portait d'intérêt particulier, mais qui faisait partie du décor.

— Il faut que j'y aille, fit brusquement Tommy Martin.

Il passa devant Mrs. Needham et s'engagea dans le hall. La porte d'entrée s'ouvrit et se referma derrière lui. Jason le vit s'éloigner à grandes enjambées et traverser la grand-place dans son vieux complet miteux. Il n'avait même pas pris de chapeau.

CHAPITRE XIII

Miss Silver apprit la nouvelle en descendant prendre son petit déjeuner. Elle avait déjà réalisé qu'il y avait une agitation inhabituelle. La Closerie était visible de la fenêtre de sa chambre. En voyant une voiture puis une seconde s'arrêter devant la porte, elle avait supposé qu'il s'agissait de parents qui déposaient leurs enfants à l'école. Il semblait évidemment être un peu tôt, mais on pouvait expliquer cela par l'existence d'autres obligations... un père qui se rendait à son bureau à Ledlington, par exemple. Mais lorsqu'elle vit le stationnement des véhicules se prolonger et d'autres indices d'une activité anormale, elle dut abandonner cette supposition, et quand elle descendit à neuf heures un quart, miss Wayne lui apprit d'une voix tremblante que Connie Brooke avait été trouvée morte dans son lit.

— Ça paraît tout à fait impossible à croire... tout à fait impossible ! Vous l'avez vue pas plus tard qu'hier après-midi, à la répétition. C'était la demoiselle d'honneur suppléante... la jeune fille pas très jolie qui portait un gilet rouge qu'elle avait tricoté elle-même. Tellement

108

peu seyant... oh, mon Dieu, mais ce n'est pas le moment de dire des choses comme cela. Pauvre Connie, j'ai trouvé qu'elle n'avait pas l'air d'être dans son assiette. En fait, vous savez, j'ai eu l'impression qu'elle avait pleuré, mais, bien entendu, je n'ai pas soupçonné qu'il pouvait y avoir quelque chose de vraiment *grave*. Quel choc affreux !... et la pauvre Penny Marsh qui l'a trouvée comme ça ! Elle a sa clé à elle, elle est entrée et elle a trouvé la pauvre Connie morte sur son lit ! Elle a couru jusque chez Mettie Eccles et elles ont appelé le docteur, mais il était trop tard. Mettie m'a dit que depuis le début, il n'y avait aucun espoir... elle devait être morte depuis des heures. Et comme ma chambre donne derrière, je n'ai, bien évidemment, rien entendu jusqu'à l'arrivée de Mettie qui m'a tout raconté il y a quelques minutes. Mais peut-être que vous...

Elle se frotta le bout du nez devenu tout rose et jeta à miss Silver un regard plein d'espoir.

Il apparut malheureusement qu'à huit heures et demie, miss Silver était dans la salle de bains et n'avait rien entendu. Miss Wayne continua à manifester toutes les marques d'une profonde affliction et à raconter par le menu tout ce que miss Mettie avait dit et tout ce que le docteur Taylor avait dit, sans omettre de signaler — et c'était le plus choquant de l'histoire — qu'on avait appelé la police.

Au manoir, Valentine téléphona à Gilbert Earle. De la cabine téléphonique du *George*, il entendit sa voix calme et grave.

— Peux-tu venir dès que possible ?

— Mais je croyais que je n'étais pas supposé te voir avant que nous nous retrouvions à l'église.

— Il faut absolument que tu viennes.

— Val... il s'est passé quelque chose ?

— Oui », répondit-elle sans autre explication. Puis elle ajouta : « Retrouve-moi directement dans mon boudoir. Je veux te parler seul à seul. »

Elle avait téléphoné du bureau. Dès qu'elle eut raccroché, elle monta directement à l'étage pour attendre. Sa résolution était prise et elle savait exactement ce qu'elle allait faire. Elle ne voulait voir personne avant que ce problème ne soit définitivement réglé. Elle venait d'avoir avec Maggie Repton une conversation au cours de laquelle on lui avait annoncé la mort de Connie.

— C'est une chose affreuse, et il est évident que nous en sommes tous très peinés. Mais cela ne doit rien changer... ce ne serait pas bien. Ma chère mère disait toujours qu'un mariage ne devrait être reporté sous aucun prétexte — pas même le décès d'un proche parent. La pauvre Connie n'est qu'une parente éloignée et quoi que puisse en dire le docteur Taylor, je me refuse à croire que ma responsabilité soit le moins du monde engagée. Elle avait une mine épouvantable... tu as dû le remarquer toi-même. Et elle m'a dit qu'elle ne pouvait pas dormir, alors je lui ai donné mes propres somnifères, avec la dose clairement indiquée sur le flacon. Enfin, je suppose qu'elle était indiquée... c'est en général le cas. Et il est parfaitement ridicule de la part du docteur Taylor d'espérer que je me souvienne du nombre exact de comprimés qu'il y avait. J'en suis bien incapable et je n'y peux rien.

La scène s'était achevée dans les larmes, après quoi on avait réussi à persuader Maggie Repton de s'allonger

110

quelques instants. Valentine en était sortie avec un sentiment d'irréalité totale. Rien de ce qui semblait se passer ne se passait vraiment. Ce n'était pas des choses qui se passaient dans la vie normale, mais à partir du moment où elles persistaient à s'enchaîner, on était bien obligé de jouer son rôle et de faire de son mieux. Elle resta debout devant la fenêtre de son boudoir en attendant l'arrivée de Gilbert Earle. Elle entendit son pas dans le couloir et se retourna pour l'accueillir. Il referma la porte derrière lui et vit qu'elle avait levé le bras, comme pour l'empêcher d'approcher. Il fit pourtant un pas dans sa direction.

— Non, fit-elle. Je t'ai dit qu'il s'était passé quelque chose. Il faut que nous en parlions.

Ces mots l'arrêtèrent. La nouvelle de la mort de Connie était parvenue au *George*... il l'avait appris juste après le coup de téléphone de Valentine. Le choc avait naturellement dû être affreux pour elle comme pour tout le monde. Il supposa qu'elle allait peut-être lui proposer de reporter le mariage après l'enterrement.

— Je sais... je viens de l'apprendre. Mais comment diable cela s'est-il passé ? Mrs. Simpson m'a parlé d'une surdose de barbituriques. Ils ne pensent tout de même pas qu'elle l'a fait volontairement, si ? Et j'espère que pour toi ça ne changera rien. Enfin, je veux dire... ce n'est pas comme si c'était une amie ou une parente proche...

Elle avait fait un ou deux pas en arrière et avait posé les mains sur le dossier d'une chaise.

— Je ne t'ai pas demandé de venir pour parler de Connie.

Il la fixa avec des yeux ronds.

— Mais c'est bien vrai, non... ? Elle est morte ?

— Oh, oui, c'est vrai. Nous pouvons utiliser cela comme prétexte, si tu veux. Tu vois, Gilbert, je ne peux pas t'épouser.

— Qu'est-ce que tu racontes ?

— Je te dis simplement que je ne peux pas t'épouser.

Une étincelle de colère s'était allumée dans son regard.

— Mais qu'est-ce que ça veut dire, tu ne peux pas m'épouser ? Tu ne crois pas qu'il se fait un peu tard pour cela, non ?

— C'est vrai, mais il n'est pas encore trop tard. Je suis au courant de certaines choses que je pourrais utiliser comme prétexte, mais je ne le ferai pas. J'y ai bien réfléchi et je pense que ce ne serait pas honnête. Je vais te dire la vérité. Je ne peux pas t'épouser parce que Jason est revenu.

— Mais que diable Jason a-t-il à voir avec notre mariage ?

— Je n'ai jamais cessé de l'aimer, répondit-elle avec une grande simplicité. Nous sommes faits l'un pour l'autre. Je n'aurais jamais dû accepter de t'épouser, mais il est parti sans rien me dire.

Il fit un pas vers elle.

— Écoute-moi, Valentine, tu n'as pas le droit de me traiter comme ça ! Tu sais ce que les gens vont dire ? Si tu ne le sais pas, je vais te le dire, moi. Il n'y a que deux solutions. Soit tu as appris quelque chose sur moi, soit j'ai appris quelque chose sur toi. Et c'est le genre de calomnies dont il reste toujours quelque chose. Et ne te fais aucune illusion, cela risque d'être bien pire pour toi que pour moi, parce qu'en ce qui me concerne, on ne m'attribuera probablement qu'une maîtresse, alors que je parie à cent contre un que l'on prétendra que tu allais avoir un enfant et que je t'ai laissée tomber. Allons, reprends tes esprits et fais preuve d'un peu de bon sens !

Elle secoua lentement la tête.

— C'est inutile, Gilbert. Je me moque totalement de ce que diront les gens et je ne peux épouser personne d'autre que Jason. J'aurais dû savoir cela depuis le début, mais j'étais si malheureuse que je crois que j'étais incapable de penser. Nous pouvons tout simplement dire que le mariage est reporté. Tout le monde mettra cela sur le compte de la mort de Connie.

Gilbert laissa exploser sa colère.

— Mais tu débloques complètement ! Tu sais ce qu'ils vont faire, les gens... ils vont essayer de me coller son suicide sur le dos ! Et si, avec ça, je ne deviens pas un objet de risée...

Valentine s'empourpra violemment.

— Gilbert !

— Connie Brooke... cette grosse gourde ! Je m'y vois bien !

Il partit d'un rire amer.

Elle n'avait pas eu l'intention de lui montrer la lettre, elle n'avait pas eu l'intention de s'en faire un bouclier. Si elle l'avait aimé, elle n'aurait pas cru ce que disait la lettre et elle ne la lui aurait jamais montrée. Et s'il n'avait pas dit du mal de Connie, elle ne la lui aurait pas montrée. Mais Connie ne lui avait jamais accordé une pensée et Connie était morte. Elle allait donc la lui montrer. Elle se dirigea vers son secrétaire et sortit la lettre d'entre les feuillets d'un livre de comptes où elle l'avait glissée par précaution. Elle revint vers lui en la tenant à la main, tellement absorbée par ce qu'elle faisait et par les raisons pour lesquelles elle le faisait qu'elle ignorait absolument si Gilbert avait continué à parler ou non. Quand elle lui tendit la lettre, il s'écria d'un ton hargneux : « Qu'est-ce que c'est que ça ? » et elle dut la lui mettre dans la main. « Lis donc cela », lui dit-elle, et elle recula jusqu'à la chaise sur le dossier de laquelle elle posa les mains.

Gilbert fixa le papier de mauvaise qualité et la grosse écriture maladroite. Il lut :

« Vous ne voyez peut-être pas d'inconvénients qu'il a abusé de la candeur de Doris Pell et l'a poussée au suicide ni qu'il fricote avec S. R. et si vous ne comprenez pas ce que je veux dire vous êtes encore plus bête que je pensais mais vous pourriez peut-être vous renseigner sur son mariage avec Marie Dubois sous un nom d'empreint quand il était au Canada ou vous risquez de vous retrouver dans le même pétrain que les autres pauvres filles qu'il a dévergondées. »

Il lut la lettre jusqu'au bout, leva vers Valentine des yeux furibonds et demanda :

— Qu'est-ce que c'est que cette saloperie ?

Le rouge n'avait pas quitté les joues de Valentine.

— Je l'ai reçue ce matin. Je ne voulais pas te la montrer... je ne l'aurais pas fait si tu n'avais pas dit ce que tu as dit à propos de Connie.

— Connie et moi n'étions pas du même monde ! Rien d'étonnant à cela !

Valentine ne put contenir une brusque flambée de colère.

— Elle est morte ! hurla-t-elle. Comment peut-on parler ainsi de quelqu'un qui vient de mourir ?

Ils se heurtaient de front maintenant. Mais où cette opposition farouche allait-elle puiser sa substance ? Elle se disait : « Oh, mon Dieu... dire que j'ai failli l'épouser ! » et lui, de son côté, se disait : « Elle ne voudra plus m'épouser maintenant. Cette satanée lettre parlait de Scilla. Il vaut mieux continuer à parler de Connie. »

Il baissa les yeux sur la feuille qu'il tenait et, en un éclair, Valentine comprit pourquoi : « ... ni qu'il fricote avec S. R... » Il parlait de Connie parce qu'il ne voulait pas parler de ça.

— Je me suis emporté, c'est idiot, fit-il d'une voix adoucie. Je ne voulais pas te faire de peine et je suis désolé si c'est ce qui s'est produit. Je connaissais à peine cette fille, mais, bien sûr, toi tu la connaissais, et puis le choc et tout cela. Je suis désolé et j'ai dit des choses que je n'aurais pas dû dire. Quant à ça... — il tapa sur la feuille du plat de la main — ce ne sont que d'odieuses calomnies. J'espère que tu ne vas pas me demander si j'avais vraiment l'intention de devenir bigame.

— Non, la question ne se pose pas. Je ne te demanderai rien sur Marie Dubois... je ne te demanderai rien sur Scilla.

— Scilla...

Valentine commençait à retrouver sa couleur normale.

— Il est inutile de parler de Scilla. Hier soir, je suis rentrée par le salon. La porte qui donne dans son boudoir était entrouverte et je vous ai entendus. Je suppose que je n'aurais pas dû écouter, mais je l'ai fait.

Il essaya de faire bonne figure.

115

— J'ignore ce que tu as entendu. Je la connais depuis longtemps. Il n'y a jamais rien eu de sérieux entre nous. Si tu as entendu quelque chose, tu as dû en conclure que quoi qu'il y ait eu, c'était terminé.

— Cela n'a aucune importance, répondit-elle. Non, je ne devrais sans doute pas dire cela, parce que pour Roger, cela a de l'importance. Mais pas pour moi... vois-tu, je savais déjà hier soir que je ne pouvais pas t'épouser. Je l'ai su dès que j'ai revu Jason. Nous sommes faits l'un pour l'autre, lui et moi. Maintenant, je te demande de partir.

CHAPITRE XIV

Le lendemain soir, miss Silver reçut un coup de téléphone. Comme l'appareil se trouvait dans la salle à manger et qu'elles étaient en train de dîner, elle se prit à espérer que son tact et sa discrétion ne seraient pas mis à trop rude épreuve..Mrs. Rodney lui avait passé le récepteur sans lui préciser qui la demandait, mais à peine eut-elle entendu une voix profonde et agréable prononcer son nom qu'elle reconnut Rietta March, la femme du commissaire divisionnaire.

— Ma chère miss Silver, comment allez-vous ? J'espère que je ne vous dérange pas. Vous n'êtes pas en plein milieu d'un repas ou autre chose ?

Miss Silver toussota.

— Nous sommes en train de dîner, mais je suis sûre que ma charmante hôtesse ne verra pas d'inconvénient à une brève interruption.

Rietta, ayant ainsi été informée qu'à l'autre bout du fil la discrétion n'était pas garantie, et ayant par ailleurs reçu pour consigne de ne rien dire qui n'ait pu être proclamé sur la place du village, reprit aussitôt :

— J'aurais dû vous appeler plus tôt, mais Randal

117

n'a pas eu une minute de libre. Alors, quand venez-vous nous voir ? Vous ne pouvez pas séjourner dans le Ledshire sans au moins venir prendre le thé. Est-ce que demain vous convient ?

— Eh bien, ma chère, je ne sais pas...

Rietta insista.

— Oh, faites un effort ! George a incroyablement grandi et vous n'avez même pas encore vu notre petite Meg. Écoutez, Randal m'a dit qu'il serait vers chez vous demain — encore une affaire assommante, sans doute — et qu'il pourrait passer vous prendre à trois heures et demie, si cela vous convient. J'espère que cela vous ira. Il m'a chargé de vous transmettre ses meilleures amitiés et cela nous ferait à tous deux très plaisir de vous voir.

Miss Silver revint s'installer devant son œuf brouillé. Le bout du petit nez de miss Wayne avait rosi et frémissait d'une manière qui évoquait une souris blanche en proie aux affres d'une curiosité irrépressible. Dans le courant de sa carrière d'enseignante, miss Silver s'était, à maintes reprises, trouvée confrontée à la passion irraisonnée que les garçonnets paraissent nourrir envers ces animaux. Passion qu'elle n'avait jamais réussi à partager. Elle se prit à souhaiter que miss Wayne ne les lui rappelât pas si souvent. Elle se hâta de l'éclairer sur l'appel téléphonique.

— Les March sont de vieux amis. Mrs. March m'a très gentiment invitée à prendre le thé demain. Son mari est un de mes anciens élèves. Personne ne s'en douterait à le voir aujourd'hui, mais quand il était enfant, on estimait que sa santé était trop fragile pour lui permettre d'aller à l'école, si bien qu'il partageait les leçons de ses sœurs.

Miss Wayne était suspendue à ses lèvres.

— Vous parlez du commissaire divisionnaire ? Quel bel homme ! Il est difficile d'imaginer qu'il avait une santé fragile ; alors, voyons... je crains qu'il ne vous faille partir de bonne heure, mais si vous prenez le car de trois heures et en changeant aux « Joyeux Moissonneurs »... non, il vaudrait mieux vérifier. Je ne suis pas très sûre de la correspondance. J'espère que nous avons un horaire suffisamment récent. Ma chère sœur était si méthodique pour toutes ces choses.

Miss Silver lui expliqua que Mr. March passerait la prendre puisqu'il avait du travail dans les environs.

Miss Renie se tamponna le nez.

— Mon Dieu, mon Dieu... croyez-vous que cela puisse avoir un rapport avec cette pauvre Connie ? Ce serait terrible que les gens s'imaginent qu'il puisse s'agir d'autre chose que d'un accident affreux ! Maintenant, je ne prétendrai pas que Maggie Repton n'a pas fait preuve de légèreté en confiant ses somnifères à la pauvre Connie. Esther faisait toujours extrêmement attention à ce genre de chose. Elle disait toujours qu'il ne fallait pas suivre les prescriptions faites pour quelqu'un d'autre, parce qu'il est bien évident que ce qui convient à l'un peut ne pas convenir à l'autre. Elle disait qu'ils feraient mieux d'aller voir le docteur eux-mêmes plutôt que d'emprunter des médicaments. Ah ! Maggie Repton n'aurait jamais dû faire cela, mais je crains que la pauvre Connie n'ait aussi été imprudente. Seulement je ne vois pas en quoi cela peut intéresser la police. Mettie m'a dit que la pauvre Maggie Repton était absolument prostrée. Il paraît qu'ils n'arrêtent pas de lui demander combien de comprimés il restait dans le flacon, et,

119

naturellement, elle n'en a pas la moindre idée. Comme si on s'amusait à compter ce genre de chose ! » Elle pouffa de rire et se tamponna de nouveau le nez. « Oh, mon Dieu... je ne voulais pas... il ne faut pas plaisanter avec cela. »

Miss Silver ramena la conversation sur les March.

— Je suis toujours restée en contact avec eux. Les filles sont mariées et très heureuses.

Elle s'étendit copieusement sur le sujet — les enfants d'Isobel, les activités de Margaret pendant la guerre, la précieuse amitié de la vieille Mrs. March.

Après le dîner, miss Silver et Joyce Rodney se retrouvèrent seules pendant quelque temps. Elles avaient débarrassé la table et Joyce faisait la vaisselle pendant que miss Silver, toujours désireuse de rendre service, la lui essuyait. Miss Wayne était dans la salle à manger, occupée à mettre la table pour le petit déjeuner. Bien que la porte de la cuisine ait été fermée, Joyce s'adressa à miss Silver à voix basse.

— Dès demain, j'emmène David à Ledlington chez une amie. Je ne veux pas qu'il apprenne quoi que ce soit... pour Connie. Penny a l'intention de continuer à leur faire l'école, mais ce ne pourra être que dans le bas Tilling. Sa mère y a une grande maison, mais cela ferait beaucoup trop loin pour David... il faudrait que je l'emmène sur ma bicyclette. De toute façon, je préfère l'éloigner jusqu'à ce que l'enquête soit terminée et jusqu'après l'enterrement...

Miss Silver opina du bonnet.

— C'est une excellente idée. Votre amie a des enfants ?

— Deux... et une adorable vieille nounou. David

120

adore aller là-bas, et moi je serai beaucoup plus tranquille.

Miss Silver essuya une cuiller à soupe et la posa sur un plateau.

— Il est déplorable de voir à quel point les gens ne prennent aucune précaution lorsqu'ils parlent devant les enfants, fit-elle.

— C'est incroyable ! Tenez, Hilda Price était ici ce matin — vous savez, elle vient le mercredi et le vendredi — et je peux vous assurer que pour le travail qu'elle a fait, elle aurait aussi bien fait de rester chez elle, parce qu'elle n'a pas arrêté une seconde de parler de Connie. Quand elle est arrivée, je lui ai dit que je ne voulais pas que David entende parler de quoi que ce soit, et elle m'a dit qu'elle était tout à fait d'accord. Il s'était à peine écoulé cinq minutes qu'elle était déjà en grande discussion avec tante Renie, lui racontant en détail toute une histoire selon laquelle Connie serait arrivée en larmes au presbytère le lundi soir.

Miss Silver essuya la dernière cuiller à soupe et passa aux fourchettes.

— Vraiment ? demanda-t-elle.

Joyce hocha vigoureusement la tête.

— Et il y avait David à moins d'un mètre d'elle, qui buvait toutes ses paroles. Tante Renie aurait quand même dû faire attention. Bien entendu, dès que j'ai vu cela, je l'ai envoyé jouer dans le jardin et je suis restée dans la pièce pour m'assurer qu'il ne revenait pas.

— Mais dites-moi, je vous prie, comment Hilda Price a fait pour savoir ce qui s'était passé au presbytère ? demanda miss Silver d'une voix songeuse.

— Eh bien, elle a une belle-sœur qui est une cousine

121

de Mrs. Gurney, qui tient l'épicerie du village. Et cette dernière le tenait de Mrs. Emmott qui est une amie de Mrs. Needham, la gouvernante du pasteur.

Miss Silver, qui avait une certaine habitude des villages, trouva l'explication fort plausible.

— Poursuivez, je vous prie, Mrs. Rodney.

— Je préférerais que vous m'appeliez Joyce.

— Je ne pense vraiment pas que ce soit prudent. J'aimerais savoir ce que l'on raconte sur la visite de Connie Brooke au presbytère.

Joyce posa la dernière assiette sur l'égouttoir à vaisselle et vida la cuvette.

— Mrs. Needham a confié à Mrs. Emmott, qui elle-même l'a raconté à Mrs. Gurney, que Connie avait pleuré. Il paraît qu'elle avait les yeux rouges et gonflés. Elle a d'abord téléphoné et Mr. Martin était sorti. D'après Mrs. Needham, Connie pleurait au téléphone et elle était affreusement déçue qu'il ne soit pas là. Et puis Mr. Martin est arrivé pendant la communication, et Connie a dit qu'elle allait passer le voir. Mrs. Needham était furieuse parce que c'était l'heure du dîner. Elle déteste que les gens viennent importuner Mr. Martin à l'heure des repas, alors elle est probablement restée dans le hall à faire du bruit avec son plateau. En tout cas, elle était encore là quand Connie est partie parce qu'elle a entendu Mr. Martin lui dire qu'elle ferait mieux de bien réfléchir à tout cela et que si elle savait vraiment qui était l'auteur de ces lettres anonymes, son devoir serait d'en informer la police. Mrs. Needham dit que Connie pleurait comme une Madeleine et gémissait : « Oh, la pauvre Doris ! » et disait qu'elle ne savait pas quoi faire, parce qu'une fois qu'elle l'aurait dit, elle ne pourrait plus le retirer. Et Mr. Martin lui a répondu que non, elle ne pourrait plus le retirer, et il a sorti son propre mouchoir pour le lui donner, ce qui semble avoir fort ennuyé Mrs. Needham. Et puis il a conseillé à Connie de rentrer chez elle et de bien y réfléchir. Et si tout le village était au courant dès le mercredi, et je suppose que c'est le cas, puisque nous l'avons su ici, l'auteur des lettres a dû en entendre parler aussi.

— Oui, répondit miss Silver.

— J'ai trouvé, à la répétition du mariage, que Connie donnait vraiment l'impression d'avoir beaucoup pleuré. Si elle savait réellement qui avait écrit ces lettres... mais comment serait-ce possible ?

— Elle a pu se trouver par hasard en possession d'un indice. Mais achevez plutôt ce que vous aviez commencé à dire.

Le visage de Joyce exprimait un grand désarroi.

— Eh bien, il semble que cela puisse être quelqu'un qu'elle connaissait très bien. Sinon, cela ne l'aurait pas autant perturbée. Cela expliquerait aussi qu'elle soit allée voir Mr. Martin et soit ressortie en pleurs sans rien lui avoir dit. Vous comprenez, quand Mrs. Needham l'a entendue dire : « Une fois que je l'aurais dit, je ne pourrais plus le retirer, n'est-ce pas ? » cela pourrait peut-être signifier qu'elle ne se sentait pas capable de faire face à cette situation et, alors, les comprimés de miss Maggie auraient pu être une solution. Vous croyez que c'est ce qui s'est passé ?

Miss Silver la regarda d'un air grave.

— Il y a une autre possibilité, Mrs. Rodney. Si

l'identité de l'auteur des lettres anonymes avait été dévoilée, c'en était fait de lui. Cela lui fournissait donc un mobile très puissant pour réduire Connie Brooke au silence.

CHAPITRE XV

Randal March s'arrêta devant Willow Cottage un peu après trois heures et demie le lendemain après-midi. Miss Silver en sortit, vêtue de son manteau de drap noir et du chapeau neuf qu'elle avait eu l'intention de porter pour le mariage. Après une suite ininterrompue de feutres noirs agrémentés de rubans et de petits bouquets de fleurs, c'était vraiment un changement total, comme l'avait affirmé Ethel Burkett. Celui-ci était une sorte de toque en velours noir. Trois pompons, un noir, un gris et un bleu lavande, se serraient frileusement contre la forme. Pendant qu'ils s'éloignaient de Tilling Green, Randal adressa un sourire affectueux à miss Silver.

— C'est sans aucun doute un nouveau chapeau, commença-t-il. J'aime bien ces petits machins sur le côté.

Miss Silver se sentit flattée par le compliment.

— Ce sont des pompons, expliqua-t-elle.

— Tout à fait charmants.

Après ce préambule encourageant, ils enchaînèrent sur une série de questions pleines de sollicitude posées

125

par miss Silver et une masse de nouvelles sur toute la famille fournies par Randal March. La fille cadette d'Isobel était démangée par l'envie de monter sur les planches. Margaret et son époux allaient s'occuper d'un élevage de volailles dans le Devon — « Comment l'on peut délibérément choisir de passer sa vie avec des poules, cela me dépasse complètement. » Miss Silver reconnut que cela ne l'attirerait pas non plus, mais elle ajouta que Margaret avait toujours exactement su ce qu'elle voulait, et qu'une fois sa décision prise, il était parfaitement inutile d'essayer de la faire changer d'avis.

— Elle est têtue comme une bourrique, conclut Randal March.

Il était évident qu'ils n'aborderaient aucun sujet sérieux tant qu'ils seraient sur la route. Arrivés chez les March, Rietta sortit pour les accueillir. Le bonheur avait adouci sa beauté naguère quelque peu austère. Miss Silver se souvint du vers qu'elle avait entendu citer à son propos lorsque la vie les avait pour la première fois mises en contact — « Une fille des dieux, d'une taille divine » — et que son cher lord Tennyson avait complété ainsi : « et d'une blondeur divine ». Mais Rietta Cray était une déesse brune et à cette époque une déesse tragique, car des soupçons de meurtre avaient pesé sur elle, soupçons que miss Silver avait contribué à lever. Elle paraissait maintenant plus jeune qu'à cette époque et avait un teint resplendissant. Elle embrassa affectueusement miss Silver et demanda :

— Quand préférez-vous discuter... maintenant ou après le thé ?

C'est Randal March qui répondit.

— Maintenant, je pense. Et j'aimerais que cela se

passe dans le salon. Il faut que cela ait toutes les apparences d'une visite de courtoisie, et on ne sait jamais ce que les gens iront raconter.

— Parfait, je vais monter voir les enfants. Vous m'appellerez quand vous serez prêts, fit Rietta.

Miss Silver la regarda s'éloigner et monter l'escalier, très gracieuse dans une robe de tissu rouge sombre. Puis Randal l'emmena dans une pièce très agréable aux sièges recouverts de tapisserie en chintz et garnie de grands vases de dahlias et de marguerites d'automne. Elle s'installa et regarda autour d'elle en se disant qu'il y avait dans cette maison une atmosphère de bonheur. Bien qu'elle se soit toujours astreinte avec la plus grande sévérité à ne pas avoir de chouchou parmi ses élèves, Randal March avait indiscutablement toujours occupé une place privilégiée dans son cœur. Lorsqu'elle était arrivée pour prendre en charge la salle d'étude qu'il partageait avec ses deux sœurs aînées, c'était un enfant gâté et délicat. Les précédentes gouvernantes l'avaient jugé indisciplinable et sa santé était trop fragile pour qu'on l'envoie à l'école. Après deux années où elle avait su combiner autorité, douceur et sollicitude, sa santé s'était améliorée et un respect profond et durable envers sa gouvernante s'était implanté dans son esprit. Quand, bien des années plus tard, il retrouva miss Silver, devenue détective privé, le respect qu'il éprouvait pour elle en fut encore accru et la vive affection de l'enfant se transforma en une amitié profonde et solide. C'était l'horrible affaire des chenilles empoisonnées qui les avait réunis et il avait toujours soutenu qu'elle lui avait sauvé la vie. Depuis lors, il avait été nommé, dans un premier temps, commissaire à Ledlington, et ensuite,

127

commissaire divisionnaire pour le comté. Et leurs chemins avaient continué à se croiser. Il s'enfonça dans un des confortables fauteuils recouverts de chintz et demanda :

— Et de votre côté, cela avance-t-il à Tilling Green ?

Miss Silver se donna quelques instants de réflexion avant de répondre très calmement :

— C'est bien difficile à dire. Tu n'ignores pas que la mort de Connie Brooke fait énormément jaser. J'ignore ce que tu as déjà entendu à ce propos.

— Admettons que je n'aie rien entendu. Ce n'est peut-être pas tout à fait vrai, mais j'aimerais connaître votre point de vue.

Elle répéta ce que Joyce Rodney lui avait raconté. Randal March avait pris un air songeur.

— Ainsi vous pensez qu'elle savait quelque chose à propos des lettres anonymes, qu'elle est allée voir le pasteur pour lui raconter ce qu'elle savait et qu'elle est repartie sans l'avoir fait, sous le prétexte qu'après avoir parlé, elle ne pourrait plus retirer ce qu'elle avait dit. Quelle est votre opinion là-dessus ?

— Je crois que la personne qu'elle soupçonnait, ou qu'elle était réellement en mesure d'accuser, était quelqu'un qu'elle connaissait et que l'on ne pouvait accuser à la légère.

Il acquiesça de la tête.

— Avez-vous eu l'occasion de rencontrer cette fille ? Quelle impression vous a-t-elle faite ?

— Je l'ai vue à la répétition du mariage de Valentine Grey. Miss Wayne m'avait proposé de l'y accompagner. C'était, comme tu le sais peut-être, le mercredi après-midi. Ce même soir, Connie Brooke était invitée à une soirée au manoir dont elle est revenue à pied par la grand-place en compagnie de miss Eccles qui demeure au Holly Cottage, la maison voisine de celle de miss Wayne.

— Oui, j'ai lu sa déposition. Elle déclare qu'elles se sont séparées devant chez elle et que Connie Brooke a continué toute seule.

— Oui, je crois les avoir entendues se souhaiter une bonne nuit.

— Vraiment ? Vous savez que cela pourrait être important.

— Je n'en jurerais pas, Randal. Je tombais de sommeil et j'ai eu l'impression d'entendre leurs voix.

— Je vois. Donc, vous avez vu cette fille le mercredi à la répétition du mariage. Ce devait être après la visite qu'elle a rendue au pasteur.

— Le surlendemain après-midi.

— Et quelle impression vous a-t-elle faite ?

— Elle suppléait une certaine miss Merridew qui venait d'avoir la rougeole. De la timidité, de la nervosité ou une certaine excitation n'auraient rien eu de surprenant, mais elle ne manifestait rien de tout cela. La première chose que j'ai remarquée, c'est qu'elle avait pleuré. Pas pendant les heures qui venaient de s'écouler, mais un peu avant cela... probablement pendant la nuit. Ses paupières étaient encore rouges et légèrement gonflées. Elle avait maladroitement essayé de dissimuler ces traces avec de la poudre. La répétition fut un fiasco total, le marié ayant été retardé par un accident de voiture dont il fut victime en compagnie de son garçon d'honneur avec qui il arrivait de Londres. Ce retard affecta plus ou moins tous ceux qui participaient à cette répétition. Il y avait une sorte de malaise général, tout le monde s'impatientait et chuchotait. Mais Connie restait indifférente à tout cela. J'ai eu l'impression qu'elle se rendait à peine compte de ce qui se passait.

— Vous croyez que quelque chose la perturbait ?

— Oui, je le crois.

— Et que pratiquement tous les habitants du village s'en étaient rendu compte ?

— Je présume que la plupart des gens avaient entendu parler de sa visite à Mr. Martin et savaient qu'elle était repartie sans lui avoir fait part de ce qu'elle savait.

Il se pencha en avant pour glisser une bûche sur le feu. Une gerbe d'étincelles fusa.

— C'est le genre de secret qu'il peut être dangereux de garder par-devers soi. Vous savez qu'elle a pris — ou qu'on lui a fait prendre — une dose invraisemblable de ces somnifères. J'ai reçu les résultats de l'autopsie. Il ne s'agit pas seulement d'un comprimé de trop et d'une défaillance cardiaque ou quelque chose dans ce genre. Elle avait pris au moins le double de la dose nécessaire pour entraîner la mort. Et une dose aussi massive ferait plutôt retenir l'hypothèse d'un suicide. On ne peut pas avaler une telle quantité de comprimés sans s'en rendre compte.

Miss Silver émit le toussotement qu'elle utilisait pour rétablir l'ordre dans une classe un peu agitée.

— Il est, je pense, de mon devoir de te signaler que Connie Brooke était dans l'incapacité d'avaler quoi que ce soit sous forme de pilules ou de comprimés. Miss Eccles, miss Wayne et Mrs. Rodney l'ayant mentionné séparément, je doute que quiconque à Tilling Green ait ignoré ce fait. Des somnifères sous forme de comprimés auraient donc dû être broyés et dissous, probablement dans son chocolat du soir.

— Elle avait l'habitude de boire du chocolat avant d'aller se coucher ?

— Certainement. Elle estimait que cela l'aidait à trouver le sommeil. Elle a, paraît-il, confié à miss Eccles en revenant à pied le mercredi soir qu'elle avait laissé son chocolat déjà prêt dans une casserole et qu'elle n'avait plus qu'à le réchauffer. Elles ont parlé des comprimés que miss Repton lui avait donnés et elle a dit qu'elle allait les dissoudre dans son chocolat. Miss Eccles lui a demandé pourquoi elle ne pouvait pas tout simplement les avaler. D'après miss Eccles, elles ont parlé de cela pendant toute la traversée de la place et elle insiste sur le fait qu'elle a conseillé à Connie de ne prendre en aucun cas plus d'un comprimé.

— Oui, c'est ce qu'elle déclare dans sa déposition. Je me demande si elle dit la vérité.

Miss Silver s'abstint de répondre. Quand il comprit qu'elle gardait volontairement le silence, il poursuivit :

— C'est facile de prétendre cela après coup. Et cela nous montre miss Mettie Eccles sous un éclairage très favorable. Est-elle de ces gens qui font en sorte que l'éclairage soit toujours favorable ?

Le visage aux traits fins de miss Silver restait impénétrable. Elle répondit d'un ton parfaitement neutre :

— Je suppose, Randal, que pour la plupart, nous attachons une certaine importance à l'impression que peut donner notre attitude dans des circonstances critiques.

— Vous voulez dire que nous tenons tous à nous montrer dignes d'estime devant autrui.

— Et devant la police, Randal.

Il fronça les sourcils.

— Et quelle impression vous fait miss Eccles ?

Elle lui jeta un regard pénétrant.

— C'est une femme très active. Elle participe de près ou de loin à tout ce qui se passe dans le village. Ses liens de parenté avec les Repton lui confèrent une position sociale enviable.

— Je vois, elle se mêle de tout et elle a toujours son mot à dire !

— Elle est très efficace. Ce qu'elle fait est bien fait. Elle parle énormément. Elle a des opinions bien arrêtées. Son intérieur est fort bien tenu et son jardin est bien entretenu.

Il éclata de rire.

— Je l'ai rencontrée, alors je sais de quoi elle a l'air. La plupart des gens auraient commencé par une description de son physique, mais vous l'avez complètement laissé de côté... je me demande bien pourquoi.

Elle le gratifia d'un sourire particulièrement charmant.

— Il n'y a là aucun mystère, mon cher Randal. Elle m'a dit qu'elle t'avait rencontré.

— Je vois. Bon... reprenons. Soit cette fille a dissous un grand nombre de comprimés dans son chocolat, soit quelqu'un d'autre l'a fait à sa place, attendant qu'elle le boive ou bien rentrant avec elle pour la persuader de le faire. Ni l'une ni l'autre de ces théories ne me paraît crédible. Pour la première, j'ai de la peine à croire qu'il y ait eu autant de comprimés dans le flacon que lui a donné miss Repton. J'ai personnellement interrogé

132

Maggie Repton. J'ai estimé que j'en apprendrais probablement plus que Crisp.

— Et tu avais raison ?

— Oui, je crois. C'est le genre de femme bien intentionnée et nerveuse... incapable de s'engager et de donner une réponse précise. Elle peut vous faire patienter une demi-heure en essayant de se souvenir s'il s'est passé quelque chose d'anormal à sept heures moins une ou à sept heures une ! Il m'a fallu un temps fou pour simplement la tranquilliser et pour qu'elle puisse commencer à parler, et même après, elle ne cessait de revenir sur ses précédentes déclarations, si bien que ni l'un ni l'autre ne savions plus où nous en étions. Mais j'en suis sorti avec l'impression — en fait, on pourrait presque dire la conviction — qu'il n'y avait pas énormément de comprimés dans le flacon.

— Vraiment, Randal ?

Il hocha la tête d'un air convaincu.

— Je sais que cela peut paraître un peu vague, mais Maggie Repton l'est aussi.

Miss Silver ne le quittait pas des yeux.

— Crois-tu qu'il soit possible qu'elle ait voulu te donner cette impression ?

— Ma chère miss Silver, il est tout simplement impossible de soupçonner Maggie Repton.

— Tu en as l'air absolument convaincu.

Il se mit à rire.

— Mais enfin, quel mobile pourrait-elle avoir ?

Elle répondit d'une voix très calme :

— La personne qui a écrit les lettres anonymes a un mobile. Et si, en fait, Connie Brooke a été délibérément supprimée, il ne peut y avoir eu qu'un seul mobile pour

133

se débarrasser d'elle, à savoir le fait qu'elle connaissait ou avait deviné l'identité de l'auteur des lettres anonymes. Cette personne, et cette personne seule, a un mobile suffisant.

— Il est bien évident que vous avez raison. Mais il est absolument impossible que ce soit Maggie Repton. C'est la plus douce et la plus irréprochable des femmes. Elle appartient à une race en voie d'extinction, cette race de filles et de sœurs profondément casanières. Elle a veillé sur ses parents, elle a tenu le ménage de son frère jusqu'à ce qu'il se marie... à vrai dire, je crois qu'elle le fait encore. Les vertus domestiques ne sont guère du goût de Scilla Repton.

Miss Silver émit un toussotement réprobateur.

— Mais ne vois-tu pas que c'est dans cette catégorie de gens que l'on trouve l'auteur de lettres anonymes ? Trop peu occupés par leurs propres affaires, n'ayant en fait aucune affaire qui puisse les occuper, trop réservés et velléitaires pour oser s'exprimer en public — ne vois-tu pas que c'est exactement le genre d'individu que le recours à une lettre anonyme pourrait séduire ? Cela leur offre la possibilité d'assouvir de vieilles rancunes, des dépits cachés et des désirs longtemps refoulés. Ils peuvent parfois être poussés par le sentiment d'avoir subi un préjudice, mais je crois que dans la plupart des cas, c'est un complexe d'infériorité ou un sentiment de frustration qui est à l'origine de ces pénibles affaires. Comme en tant d'autres circonstances, il n'y a que le premier pas qui coûte. Une fois que le pli est pris, le vice ne fait que se développer. Dans un village, on peut observer l'impact de chaque lettre. Un sentiment de puissance s'empare de l'auteur, les lettres deviennent plus nombreuses et plus venimeuses, car l'appétit vient en mangeant. Et puis commence à planer la menace de voir le pot aux roses découvert. Le timide ne devient pas brave du jour au lendemain, mais il peut devenir désespéré. Et sa timidité elle-même peut le pousser au crime. Si Connie Brooke était en position de perdre un individu de ce genre, cela ne fournirait-il pas un mobile suffisant pour l'assassiner ?

Le mot avait enfin été lâché. Miss Silver se souvint des paroles de la pauvre Connie : « Une fois que je l'aurai dit, je ne pourrai plus le retirer. » Ils avaient envisagé l'éventualité d'un crime, mais le mot n'avait pas encore été prononcé.

Randal March leva les mains.

— Vous avez entièrement raison dans tout ce que vous dites... mais si vous connaissiez miss Maggie...

— Je ne voudrais pas que tu penses que mon intention est de l'accuser. Je suis seulement anxieuse que, dans cette affaire, personne ne soit privilégié — que ce soit par sa fonction, sa position sociale ou sa réputation — au point de ne pas être soumis aux investigations les plus minutieuses. En ce qui concerne miss Repton, elle a d'une part l'attitude effacée sur laquelle je viens d'insister, et l'on sait d'autre part que c'est elle qui a forcé Connie Brooke à prendre son flacon de somnifères. Nous ne savons pas combien de comprimés il y avait dans le flacon, pas plus que nous ne savons si la dose à ne pas dépasser était indiquée quelque part. Si l'on pouvait prouver qu'il n'y avait qu'un petit nombre de comprimés, miss Repton serait mise hors de cause, puisqu'il ne lui a certainement pas été possible de quitter le manoir pendant cette soirée. Il semble d'ailleurs,

135

d'après les témoins, qu'elle ne l'a pas fait. Elle n'aurait donc pas eu la possibilité de toucher au chocolat que Connie avait laissé tout prêt pour son retour.

— Absolument, fit Randal. Et cela nous ramène à la seconde de mes deux théories. Comme je l'ai déjà dit, je ne crois pas qu'il y ait eu beaucoup de comprimés dans ce flacon. S'il y en avait beaucoup, la fille a pu se suicider, mais sinon, c'est quelqu'un qui l'a assassinée en mélangeant une dose mortelle de somnifères à son chocolat. Mais alors, cela devait avoir un goût infect. Comment l'assassin a-t-il pu s'imaginer qu'elle allait avaler ça ? Sa réaction naturelle aurait dû être de jeter le chocolat et d'en refaire.

Miss Silver se souvint d'un détail auquel elle n'avait pas, sur le moment, prêté d'attention particulière.

— Dans sa jeunesse, Connie a souffert d'une maladie qui a détruit chez elle le goût et l'odorat. J'ai déjà connu un cas semblable. Elle était donc incapable de remarquer le goût du médicament et la personne qui l'a assassinée n'en ignorait rien. Et même si elle a remarqué un goût désagréable, il ne faut pas oublier qu'elle était résolue à utiliser ce que miss Maggie lui avait donné.

Il eut un geste d'agacement.

— Je ne doute pas un instant que tout le monde ait été au courant à dix kilomètres à la ronde. Ce ne sont certainement pas les hypothèses qui manquent. Absolument n'importe qui aurait pu faire le coup, à condition d'avoir pu pénétrer dans la maison. Avez-vous quelque chose à dire à ce sujet ?

— Les gens sont extrêmement négligents avec leurs clés. Si quelqu'un avait l'intention de pénétrer dans la maison pendant l'absence de Connie, il a pu subtiliser une clé ou laisser une fenêtre entrouverte.

— Une *fenêtre* ?

— J'ai immédiatement pensé à cela, Randal. Si cette fille a été assassinée, c'est par quelqu'un qu'elle connaissait, quelqu'un qui pouvait avoir une raison parfaitement naturelle pour entrer dans la maison. Souviens-toi que c'est également une école. Les enfants les plus âgés y restaient jusqu'à quatre heures. En profitant de la bousculade qui accompagnait leur départ, il ne devait pas être bien difficile de refermer la porte de derrière et de partir avec la clé ou de la cacher sous un paillasson. Il était encore plus simple de s'arranger pour laisser une fenêtre entrouverte. On peut même envisager que la personne désirant s'introduire dans les lieux possédait une clé qui lui permettait d'ouvrir une des portes de la Closerie.

— Connaissez-vous quelqu'un qui ait eu l'occasion d'agir ainsi ?

— Mrs. Rodney et moi-même sommes allées à la Closerie pour chercher son petit garçon le mercredi à quatre heures.

— Allons-nous faire figurer Joyce Rodney sur la liste des suspects ?

— Je ne pense pas, bien qu'elle soit entrée dans la maison, ce qui est également le cas de miss Eccles qui était venue chercher une petite fille dont les parents demeurent juste à la sortie de Tilling Green. C'est un jeune couple du nom de Black et ils avaient invité miss Eccles à prendre le thé.

Randal March fronça les sourcils.

— Et miss Eccles a raccompagné Connie Brooke après la soirée.

— Elle l'a raccompagnée jusqu'à Holly Cottage, qui est la maison voisine de celle de miss Wayne.

— Et vous pensez, sans en être tout à fait sûre, qu'elles se sont séparées à ce moment-là. Même si c'est vrai, rien n'a pu empêcher miss Eccles de changer d'avis. Rien n'a pu l'empêcher, après tout, de proposer à Connie de la raccompagner jusque chez elle. Elle a très bien pu faire cela, entrer avec elle et profiter de l'occasion pour mélanger au chocolat les comprimés qu'elle avait sur elle. Cela suppose qu'ils étaient déjà réduits en poudre, mais tout avait dû être soigneusement prémédité. Mais je pense à une autre possibilité. Je me demande si miss Eccles a également accompagné Connie à la soirée. Car si elle est passée la prendre à la Closerie, elle a peut-être, à ce moment-là, eu l'occasion de verser sa poudre dans le chocolat.

— Je ne pense pas, Randal. Elles sont effectivement parties ensemble, mais c'est Connie qui est passée prendre miss Eccles à Holly Cottage. J'étais dans ma chambre et je les ai vues partir. Mais n'oublie pas qu'il y a une excellente raison pour mettre miss Eccles hors de cause. Il ne t'a probablement pas échappé que si les soupçons de Connie portaient sur elle, elle n'aurait certainement pas accepté de gaieté de cœur de faire en sa compagnie le trajet aller et retour jusqu'au manoir.

— Peut-être n'a-t-elle pas pu faire autrement.

— C'est exact. Tout cela avait peut-être été prévu avant que ses soupçons ne se portent sur miss Eccles. Il lui eût été difficile de renoncer à ce qui avait été convenu. Et elle ignorait que la fin de son entretien avec Mr. Martin avait été surpris et répété dans tout le village.

— Si bien que miss Eccles continue à faire partie des suspects.

Miss Silver prit un air légèrement distant.

— Je n'ai pas dit que je la soupçonnais. Je dis qu'elle a eu l'occasion de le faire, mais je me refuse à aller plus loin.

Il acquiesça de la tête.

— Comme vous dites. » Puis, après un silence, il reprit : « Il y a autre chose qui, je pense, devrait être porté à votre connaissance. Les bureaux de poste étaient à l'affût de ces lettres anonymes. Et trois d'entre elles ont été postées mercredi à Ledlington. Elles ont été mises dans une boîte aux lettres de la grand-rue et distribuées à Tilling Green le lendemain matin. Comme vous le savez, ce sont des enveloppes blanches d'un modèle très courant et l'écriture est irrégulière. »

— Pouvez-vous me dire à qui elles étaient adressées ?

— Bien sûr. Il y en avait une pour le colonel Repton, une autre pour miss Valentine Grey et le pasteur était le troisième destinataire.

— Alors, Randal ?

— J'ai cru comprendre que le mariage était reporté.

Elle acquiesça d'un signe de tête.

— A cause de la mort de Connie Brooke ? Ou bien à cause de ce qu'il y avait dans ces lettres ? A moins que ce ne soit à cause du retour de Jason Leigh.

Miss Silver le regarda et après un silence qui paraissait délibéré, elle poursuivit sans répondre à sa question :

— Mr. Gilbert Earle est reparti à Londres.

— Oui... nous sommes au courant. Cela peut avoir de l'importance, mais rien n'est moins sûr.

— On n'a pas manqué de remarquer qu'il n'avait ni

écrit ni téléphoné. Le facteur connaît son écriture et les deux jeunes filles du central téléphonique ont l'habitude d'entendre sa voix.

— En fait, il n'y a pas de secrets dans un village.

— Très peu, Randal.

— Alors peut-être pouvez-vous me dire qui est allé à Ledlington le mercredi matin.

Miss Silver réfléchit.

— J'ai moi-même pris le car de dix heures. Le mariage était prévu pour le lendemain et il y avait la répétition dans l'après-midi. Miss Wayne avait décidé d'acheter une paire de gants et je l'ai accompagnée. Et puis... voyons... il y avait également miss Eccles qui s'y est rendue dans le même dessein. Nous nous sommes rencontrées chez *Ashley*, où elle achetait une écharpe bleue. C'est une excellente maison. Je prends toujours plaisir à y aller. Nous avons passé un très bon moment. Miss Wayne a rencontré de nombreuses amies. » Elle marqua une légère hésitation. « Elle m'a également montré quelqu'un qui n'était pas précisément un ami. »

— Vous faites la mystérieuse ?

Sans tenir compte de la nuance d'ironie, elle poursuivit d'une voix grave.

— Non, j'essaie seulement d'être aussi précise que possible. La personne qu'elle m'a montrée était Mr. Barton, l'occupant de Gale's Cottage et le voisin de miss Wayne. Il fait énormément jaser parce qu'il s'occupe lui-même de son ménage et de sa cuisine et qu'il garde sa maison fermée. Il faut ajouter qu'il a sept chats qui l'accompagnent dans ses expéditions nocturnes. Je crois qu'il sort très rarement pendant la journée.

— Et il était à Ledlington mercredi matin ? Je présume qu'il n'avait pas emmené ses chats ?

— Effectivement. Miss Wayne m'a fait remarquer que la chose était tout à fait inhabituelle.

— Et quelle impression vous fait-il ?

— Il est grand et mince, ses vêtements sont vieux et usagés. Il a la tête légèrement penchée. Je me suis demandé s'il n'était pas un peu dur d'oreille.

— Je ne crois pas.

— Cela m'a rappelé l'air qu'ont parfois les gens âgés.

— Vous ne l'aviez jamais vu auparavant ?

— Pas à la lumière du jour. Mais je ferais peut-être mieux de vous dire que je l'ai vu le mercredi soir.

— A quelle heure ?

— Un peu après dix heures et demie. Je venais d'éteindre la lumière et étais en train d'ouvrir la fenêtre, quand j'ai entendu, d'abord un bruit de pas, puis le bruit du loquet d'une barrière. Je me suis légèrement penchée par la fenêtre et j'ai vu qu'il s'agissait de la barrière de Gale's Cottage. Mr. Barton était debout, immobile. Après quelques instants, il a refermé la barrière et s'est dirigé vers la porte d'entrée qui est sur le côté de la maison. Il a allumé une torche et a ouvert la porte en éclairant par terre. Sept gros chats sont entrés, il les a suivis et a refermé la porte derrière lui.

— Rien d'étonnant à ce qu'il y ait tant de commérages. On dirait une scène tirée des *Mille et Une Nuits*. Avez-vous remarqué de quelle direction il venait ?

— De la direction de la Closerie. Deux ou trois voitures venaient juste de quitter le manoir et mon attention était plutôt tournée vers ce côté-là de la grand-place, mais j'ai entendu les pas et le bruit du loquet.

Randal March fronça les sourcils.

— Vous devez être consciente qu'une bonne partie des habitants de Tilling Green est intimement persuadée que Mr. Barton est l'auteur des lettres anonymes.

Elle répondit d'un ton très mesuré :

— Il est parfaitement naturel qu'ils soupçonnent un étranger dont, de surcroît, le style de vie n'est pas en conformité avec les usages établis.

— Personne ne vous a encore suggéré qu'il pourrait être l'auteur des lettres ?

— Mon cher Randal, hormis Mrs. Rodney, personne n'a encore fait mention devant moi des lettres anonymes.

— Eh bien, cela me paraît assez naturel. Vous êtes également une étrangère et cela fait partie des affaires intérieures du village. Mais il est hors de doute qu'ils soupçonnent Barton, et si vous l'avez vu rentrer à dix heures et demie, il aurait très bien pu être à la Closerie en train de prendre des mesures pour réduire Connie Brooke au silence, bien qu'il soit difficile d'imaginer un assassin présumé en train de commettre une scélératesse entouré d'une ribambelle de chats.

— Comme il a l'habitude de les entraîner dans ses sorties nocturnes, fit miss Silver, il aurait beaucoup plus risqué d'attirer l'attention en les laissant chez lui qu'en les emmenant... toujours dans l'hypothèse où il se livrait à des activités répréhensibles.

Randal se mit à rire.

— Dont nous n'avons d'ailleurs pas l'ombre d'une preuve ! Mais revenons plutôt à votre expédition de mercredi matin à Ledlington en compagnie de miss Wayne. Êtes-vous restées ensemble pendant toute la matinée ?

142

— Oh, non. J'ai vu qu'ils avaient de la laine absolument ravissante chez *Ashley*. J'en ai acheté suffisamment pour tricoter un pull-over et un gilet pour le cadeau de Noël de ma nièce Ethel Burkett... un très joli rouge. Et puis j'ai eu l'immense plaisir de rencontrer cette chère Mrs. Jerningham.

Cela leur évoqua des souvenirs communs. Il y avait bien des années, Lisle Jerningham était restée longtemps entre la vie et la mort et tous deux avaient veillé sur elle.

— Elle est toujours très belle, fit Randal March, et Rafe est un chic type. Ils sont très heureux maintenant. Mais revenons aux habitants de Tilling. D'après ce que les conducteurs de cars ont pu nous apprendre, il y en avait un certain nombre à Ledlington mercredi matin. La nature humaine est décidément bien étrange. Alors que les gens ont le choix entre tous les jours de la semaine, ils vont tous en ville comme des moutons le mercredi, qui est le jour où les magasins sont fermés l'après-midi, si bien que les cars et les boutiques sont pleins à craquer. C'est sans doute l'instinct grégaire. Il y avait une flopée de gens de Tilling qui étaient à Ledlington ce matin-là. Le révérend Thomas Martin y était. Roger Repton y était, accompagné de sa charmante femme et de sa sœur Maggie. Il y avait également Valentine Grey, avec une jeune fille qui devait être une de ses demoiselles d'honneur, Daphne Hollis. Nous pouvons ajouter miss Mettie Eccles et au moins une douzaine d'autres. Même moi qui ne suis pas de Tilling Green, j'étais à Ledlington mercredi matin, et Rietta y était aussi, et j'ai reconnu bien des visages de Tilling. Et n'importe lequel de tous ces gens aurait pu poster ces trois lettres.

Miss Silver resta silencieuse pendant quelques instants, puis elle demanda :

— Et comment réagissent les destinataires des lettres ?

— Tommy Martin reconnaît avoir reçu une lettre, mais refuse de me dire ce qu'elle contenait. Ce n'est pas tout à fait le secret de la confession, mais ce n'en est pas très éloigné. Cela ne servirait probablement pas à grand-chose s'il m'en dévoilait la teneur, et, de toute façon, il n'en était pas question. Valentine Grey a commencé par rougir de manière tout à fait charmante, puis elle est devenue blême. Elle a fini par reconnaître qu'elle avait reçu une lettre odieuse qu'elle avait jetée au feu et qu'elle n'avait pas envie d'en parler. Nous lui avons rappelé qu'il était de son devoir d'aider la police, mais cela n'a fait que glisser sur elle. Je ne sais pas si vous...

Elle secoua lentement la tête.

— Je ne l'ai pas encore rencontrée. Il me faut une occasion qui paraisse naturelle.

— Nous pouvons essayer d'arranger quelque chose. Jusqu'à présent, il n'y a rien de bien extraordinaire... un pasteur dans son bureau, une jeune fille avec ses petits secrets. Mais pour la troisième lettre, il se passe quelque chose de beaucoup plus étrange. Le facteur assure l'avoir distribuée, mais Roger Repton prétend ne jamais l'avoir reçue.

CHAPITRE XVI

Après un agréable intermède au cours duquel elle exprima sa sincère admiration pour les enfants des March devant une tasse de thé, miss Silver reprit le chemin de Tilling Green. Loin de montrer une quelconque réticence à propos de la visite qu'elle venait de rendre, elle s'étendit longuement sur le sujet.

— Ils ont une maison charmante et ce sont des gens adorables. Mrs. March avait l'air absolument radieuse.

Elle alla jusqu'à citer lord Tennyson.

Miss Wayne était tout yeux, tout oreilles.

— Je ne l'ai jamais rencontrée, mais enfin, n'y avait-il pas une histoire qui courait sur elle ?

Miss Silver lui adressa un charmant sourire.

— Il ne peut y avoir d'histoire sur Mrs. March qui ne soit tout à son honneur.

La confusion la plus totale s'empara de miss Renie.

— Ah, mais... bien entendu... je ne voulais pas dire... je n'avais aucune intention de suggérer... c'est le drame lorsqu'on vit dans un village, il y a tellement de racontars. Comme une vieille amie de ma mère le disait toujours, on dirait qu'il n'y a pas

145

suffisamment de mots gentils pour que chacun en ait sa part. Vraiment, je n'aurais jamais dû faire allusion à ce qui ne peut être que des méchancetés gratuites. Ma chère sœur me disait : « Quoi que tu fasses, ne répète jamais ce que tu entends, Renie » mais, vous savez, parfois cela m'échappe. Et tout cela, parce que l'on s'intéresse à ses voisins. Tenez, si ma chère Esther était encore de ce monde, même elle trouverait difficile de ne pas parler de la pauvre Connie. Rien de *méchant*, bien entendu, mais enfin, on ne peut éviter de se poser des questions, n'est-ce pas ?

Miss Silver était en train de dévider la laine rouge qu'elle avait achetée chez *Ashley*. La laine se tenait beaucoup mieux en pelotes. Comme miss Renie lui avait proposé son aide pour tenir les écheveaux, les deux dames étaient toutes proches l'une de l'autre. Rien n'aurait pu surpasser en chaleur et en sympathie la voix de miss Silver lorsqu'elle répondit :

— Oh, non. Il ne faut pas se désintéresser de la vie de la communauté. Comme le dit saint Paul : « Si un membre souffre, tous les membres doivent partager sa souffrance. »

Miss Wayne, qui tentait de se tamponner le nez avec son mouchoir, lâcha une des extrémités de l'écheveau.

— C'est très joliment dit. Oh, mon Dieu, je crains d'avoir emmêlé les fils de cet écheveau ! Suis-je maladroite !

Miss Silver démêla la laine avec la dextérité que confère une longue pratique.

— Voilà... si vous pouvez le maintenir bien tendu maintenant. Je ne pense vraiment pas que vous ayez à vous reprocher de penser à Connie Brooke. C'est un accident extrêmement regrettable et tous ses amis doivent en être affectés.

Miss Renie renifla.

— J'avais bien pensé lors de la répétition qu'elle avait l'air d'avoir pleuré, mais on n'aurait jamais pu imaginer...

— Oui ? fit miss Silver d'un ton interrogatif.

L'écheveau tomba une seconde fois et miss Renie éclata en sanglots.

— Je n'arrête pas de penser à la mine qu'elle avait. Tout le monde voyait bien qu'elle avait pleuré et ils disaient que quelque chose devait la tourmenter. Si seulement quelqu'un l'avait raccompagnée chez elle pour essayer de savoir de quoi il s'agissait. Mais personne ne l'a fait, et maintenant il est trop tard.

Elle avait complètement lâché l'écheveau et pressait sans grand succès le mouchoir contre son visage :

— C'est à cause de ces épouvantables lettres. » Elle jeta un coup d'œil par-dessus le coin de son mouchoir et poursuivit : « Mais vous n'êtes peut-être pas au courant... si ? »

Miss Silver répondit d'un ton très calme :

— J'ai lu dans un compte rendu de l'enquête sur Doris Pell quelque chose sur une lettre anonyme. C'est le genre de chose qui peut faire beaucoup de mal.

Miss Wayne eut un sanglot étouffé.

— Elles sont affreuses ! Je me demandais si vous étiez au courant, mais je n'ai pas osé en parler... même si parfois on a l'impression que cela pourrait être un soulagement. Joyce est terrifiée à l'idée que David pourrait surprendre une conversation. Ce qui est parfaitement ridicule, car je ne vois pas comment un enfant

de cinq ans pourrait comprendre quelque chose à propos
de lettres anonymes. Enfin, il ne sait même pas ce que
signifie le mot.

— Il est étonnant de voir ce que de très jeunes
enfants peuvent comprendre et se rappeler, répliqua
miss Silver avec gravité.

Miss Wayne sortit de derrière son mouchoir en
secouant la tête.

— Joyce n'a pas été très sympathique. J'avais l'habitude de parler absolument de tout avec ma chère sœur.
Elle aurait été horrifiée par ces lettres. Vous savez qu'il
y a quelques années, ils ont eu le même genre d'ennuis
à Little Poynton, qui n'est guère qu'à une quinzaine de
kilomètres d'ici. Il y a eu deux suicides et ils ont fait
appel à Scotland Yard. Cela a mis un terme à l'affaire,
mais ils n'ont jamais découvert l'auteur des lettres. Il y
a des gens qui pensaient que c'était la receveuse des
postes, mais ma sœur et moi n'avons jamais voulu le
croire. Elle était très pratiquante et tellement affable
quand on entrait dans la boutique. Ils faisaient épicerie
en même temps que bureau de poste. Nous avions une
vieille tante qui habitait juste à côté, si bien qu'Esther
et moi étions très bien placées pour suivre toute l'affaire.
Et tante Marian nous a toujours dit qu'elle refusait de
croire cela de la part d'une femme aussi aimable que
Mrs. Salt. C'est sa sœur, Mrs. Gurney, qui s'occupe de
la poste ici... et je suppose qu'il ne viendra jamais à
l'esprit de personne de la soupçonner, *elle*, d'avoir quoi
que ce soit à voir avec les lettres que les gens ont reçues
à Tilling Green.

Miss Silver continua à défaire l'écheveau de laine
rouge.

— Y aurait-il des raisons de la soupçonner ?

Miss Wayne en resta interloquée.

— Oh, non... mon Dieu, bien sûr que non ! Oh, mon Dieu, ai-je dit quelque chose qui puisse vous faire croire cela ? Il est évident que Mrs. Gurney ne peut éviter de savoir pas mal de choses sur tout ce qui se passe au village, parce que c'est le perpétuel va-et-vient et quand ils se rencontrent, les gens discutent. Ma chère sœur disait que nous perdions un temps fou comme cela. Je me souviens qu'elle me disait : « Quand tu vas faire les courses, achète ce que tu as à acheter et rentre à la maison. Lambiner et cancaner, c'est du pareil au même, et ça fait bien du tort. » Bien sûr, ce n'est pas toujours facile de s'éclipser, mais je fais de mon mieux... Je suis bien sûre que personne moins que moi n'écoute ce qui se dit. Tenez, avant que Hilda Price n'insiste absolument pour me raconter toute l'histoire, je n'avais pas la moindre idée que la pauvre Connie Brooke était supposée savoir qui avait écrit ces épouvantables lettres. Il paraît que tout le monde au village était au courant, mais moi, je n'en avais pas la moindre idée.

— Qu'est-ce qui leur permet de penser que Connie était au courant pour les lettres ?

Miss Renie raconta avec une certaine réticence l'histoire du coup de téléphone au presbytère et de la visite de Connie Brooke, émaillant le début de son récit de « Je n'aime pas répéter ce que j'entends » et de « On a vraiment de la peine à le croire ». Sa version ne divergeait pas sensiblement de celle que Joyce Rodney avait présentée à miss Silver. Connie avait pleuré en téléphonant au presbytère et elle pleurait encore en partant. Elle savait quelque chose à propos des lettres et elle était venue pour en faire part à Mr. Martin, mais elle était repartie sans rien lui avoir dit. D'après Mrs. Needham, ses paroles exactes avaient été : « Une fois que je l'aurais dit, je ne pourrai plus le retirer », ce à quoi Mr. Martin avait répondu : « Non, tu ne pourras plus, alors il vaut mieux que tu réfléchisses bien. Mais si tu sais vraiment qui a écrit ces lettres anonymes, alors tu verras où est ton devoir. »

— Et maintenant, fit Renie Wayne en étouffant un sanglot, quoi qu'elle ait su, il est trop tard pour le découvrir, parce qu'elle est morte ! Et cela nous montre encore une fois que lorsqu'il y a quelque chose à faire, il faut le faire tout de suite. C'est ce qu'Esther disait toujours. Elle disait même qu'il y avait un proverbe latin qui parlait de cela, mais j'ai peur de ne pas m'en souvenir.

Comme les connaissances en latin de miss Silver s'étendaient aux proverbes les plus courants, elle fut en mesure de combler cette lacune : *bis dat qui cito dat* — « il donne deux fois celui qui donne promptement ».

CHAPITRE XVII

L'enquête judiciaire sur la mort de Connie Brooke eut lieu le samedi matin à onze heures. La police se contenta de recueillir les dépositions, puis fit une demande de renvoi. Miss Wayne ayant manifesté son intention d'y assister, miss Silver lui proposa de l'accompagner, ce qui lui valut d'être remerciée avec effusion par son hôtesse.

— Oh, si vous pouviez faire cela ! Votre présence serait un tel réconfort ! Ce genre de chose est si pénible, et jusqu'à l'an dernier, je n'allais nulle part sans ma chère sœur.

En d'autres circonstances, miss Silver aurait pu lui faire remarquer que l'on pouvait éviter cette pénible expérience en restant tout simplement chez soi. Mais sa conscience professionnelle était telle qu'elle se garda bien d'essayer de dissuader miss Wayne qui ressortit les vêtements de deuil qu'elle avait portés à l'enterrement de miss Esther. Elle n'oublia pas de prendre un mouchoir de rechange et confia à miss Silver qu'une enquête ne manquait jamais de la faire pleurer : « Et j'ai l'impression que cela fait si peu de temps que j'étais à celle de la pauvre Doris Pell. »

151

L'enquête avait lieu au *George*, dont la salle de réception avait été mise à la disposition du coroner. Elle était pleine à craquer. Après que le médecin légiste eut confirmé que la victime avait absorbé un grand nombre de comprimés, miss Maggie Repton fut invitée à prendre place sur le siège qui avait été installé à l'extrémité de la table où le coroner s'était assis. Elle prêta serment en hoquetant et s'assit en tirant sur les coins de son mouchoir. Il est permis de supposer que le coroner parvenait à entendre les réponses qu'elle donnait aux questions qu'il lui posait, mais le reste de l'assistance n'arrivait à suivre que lorsqu'il répétait les réponses. Le coroner lui demanda si elle avait donné un flacon de somnifères à Connie Brooke et l'on crut comprendre qu'elle confirmait l'exactitude de ce fait.

— Qu'est-ce que vous a poussé à faire cela, miss Repton ? Le murmure qui suivit devait être interprété comme : « Elle ne pouvait plus dormir. »

— Lui avez-vous dit combien de comprimés elle devait prendre ?

Elle fit un vague signe de tête négatif suivi d'un nouveau murmure inaudible.

— Ah, vous pensiez que la quantité était indiquée sur le flacon ! Mais vous n'en êtes pas sûre ?

A ce moment-là, l'inspecteur de police intervint pour déclarer que la quantité figurait effectivement sur l'étiquette, mais que l'inscription était effacée et presque indéchiffrable. On apporta le flacon qui fut examiné avec le plus grand soin et le coroner conclut :

— C'est exact, ce n'est vraiment pas clair. Et maintenant, miss Repton, combien de comprimés contenait ce flacon ?

152

Il apparut que miss Maggie n'en avait aucune idée. Malgré une série de questions telles que : « Si vous ne pouvez donner un chiffre précis, pouvez-vous au moins faire une estimation approximative ? Était-il à moitié plein... Y en avait-il un quart... Était-il presque vide ? », il demeura impossible de lui faire émettre une opinion quelconque. Elle hoquetait, elle marmonnait, elle pressait contre ses yeux son mouchoir roulé en boule, mais elle ne put apporter aucune lumière sur le nombre de comprimés que contenait le flacon qu'elle avait remis à Connie Brooke.

Miss Eccles lui succéda, prêtant serment d'une voix très claire et apportant son témoignage avec assurance et précision. Elle avait raccompagné Connie Brooke jusqu'à Holly Cottage, où elles s'étaient séparées. Elles avaient parlé des somnifères et elle avait mis Connie en garde contre le danger de prendre plus d'un comprimé. Lorsqu'on la pressa de questions sur ce point, elle réaffirma avec force :

— Elle n'avait pas l'habitude des somnifères et je lui ai fortement conseillé de ne pas en prendre plus d'un.

— A-t-elle formulé une objection ?

— Non, aucune. Puis nous sommes passées à son incapacité à avaler tout médicament sous forme de pilules. Elle m'a dit qu'elle allait broyer le comprimé et le dissoudre dans le chocolat qu'elle avait laissé sur sa cuisinière. Je lui ai dit que cela allait avoir un goût horrible, puis je me suis souvenue et je lui ai dit : « Oh, mais c'est vrai que tu as perdu le goût. »

— Oui, cela figure dans la déposition du docteur Taylor... elle a perdu le goût à la suite d'une maladie. Et maintenant, miss Eccles, lorsque vous avez parlé de

153

la dose qu'elle allait dissoudre dans son chocolat, vous avez utilisé les mots *le comprimé*. Est-ce bien en ces termes que miss Brooke s'est exprimée ?

Miss Eccles réfléchit quelques instants avant de répondre.

— Je n'en suis pas sûre. Dans mon esprit, il ne pouvait s'agir que d'*un* comprimé. Je venais juste de lui dire qu'il ne fallait pas en prendre plusieurs, mais je ne me souviens pas si elle a dit *un comprimé* ou *des comprimés*. Je suis désolée, mais je ne peux rien vous garantir.

Répondant aux questions du coroner, elle fit ensuite un récit très clair et très précis de ce qui s'était passé le lendemain matin quand Penny Marsh avait accouru la chercher et comment elles avaient trouvé Connie Brooke morte sur son lit. On lui posa également des questions sur la casserole qui avait contenu le chocolat.

— L'avez-vous lavée et rangée ?

— Oh, non. Elle a dû le faire elle-même.

— Nous ne sommes pas ici pour présumer les faits et gestes de miss Brooke.

Mettie Eccles ne haussa pas les épaules, à proprement parler. Mais il parut évident qu'elle l'aurait fait si le respect qu'elle devait à la cour ne l'avait retenue. Mais elle n'hésita pas à affirmer d'une voix très ferme :

— Jamais Connie n'aurait laissé une casserole sale.

Après cela, il ne se passa plus grand-chose. La police demanda un renvoi. Le coroner se leva, les spectateurs sortirent par petits groupes et la grande salle du *George* retrouva sa destination habituelle.

CHAPITRE XVIII

Valentine Grey marchait dans le bois derrière le manoir. Elle avait rendez-vous avec Jason. Quand il arriva, il passa son bras autour de ses épaules et ils restèrent ainsi pendant un long moment ; puis il lui demanda :

— Quand allons-nous nous marier ?

— Je ne sais pas. Tu ne m'as jamais demandée en mariage.

— Ce n'est pas la peine. Je ne pouvais pas le faire avant de partir, parce qu'il me paraissait bien improbable que je revienne. Et maintenant ce n'est pas la peine, et tu le sais bien.

— Et si moi, j'avais envie que tu le fasses ?

— Le genou fléchi dans la plus pure tradition romanesque !

Il s'agenouilla sur le tapis d'aiguilles de pin et lui baisa les deux mains.

— Voulez-vous me faire le très grand honneur de m'épouser ?

Elle baissa les yeux vers lui, les lèvres agitées d'un léger tremblement. Ce n'était plus la Valentine qui était

155

restée debout devant les marches de l'autel pour la répétition de son mariage avec Gilbert Earle. Sa main tremblait dans celle de Jason et elle avait les yeux brillants.

— Je ne sais pas..., fit-elle d'une voix mal assurée.

— Mais si, tu le sais fort bien. Et fais bien attention, c'est ta seule et unique chance, car jamais je ne te laisserai épouser quelqu'un d'autre.

Elle esquissa un sourire tremblant.

— Comment pourrais-tu m'en empêcher ?

Il se leva sans lui lâcher la main.

— Je ferais opposition à ce mariage. Tu sais que c'est quelque chose que j'ai toujours rêvé de faire.

— Y a-t-il des gens qui le font ?

— Oh, oui, je crois que ça se fait. On se lève et on dit à voix haute ce qu'on a sur le cœur. Alors le pasteur s'interrompt et il dit qu'il vous verra dans la sacristie après la cérémonie. Et plus personne n'écoute un seul mot de l'office, vous le premier, parce qu'il faut, bien entendu, préparer ce que l'on va dire dans la sacristie.

— Et alors, que dirais-tu ? Tu sais qu'il faut que ce soit une juste cause ou un empêchement légal.

— J'ai un anneau ancien qui appartenait à ma mère et que je voudrais t'offrir, répondit Jason. Il se transmet dans la famille depuis l'époque de l'Invincible Armada ou presque. Le texte gravé à l'intérieur est écrit en caractères si petits qu'il faut utiliser une loupe pour pouvoir le lire et la gravure a été refaite à plusieurs reprises. Voici le texte :

Si l'amour que j'éprouve pour toi est partagé,
Seule la mort un jour pourra nous séparer.

« Tu ne crois pas que c'est une juste cause ou un empêchement légal suffisant pour que tu n'épouses personne d'autre ?

— Je suppose... oui, peut-être...

Ce n'est qu'un long moment plus tard qu'elle demanda :

— Seras-tu... obligé... de repartir ?

— Pas aux mêmes endroits. Je suis grillé là-bas, alors je ne pourrais pas être très utile. Cela te tenterait de t'installer quelque part dans une ferme ?

— J'adorerais cela.

— Alors, quand nous marions-nous ?

— Je ne sais pas, Jason. Tu comprends, aux yeux de tous, je suis encore fiancée avec Gilbert. Les gens s'imaginent simplement que le mariage a été reporté à cause de la mort de Connie Brooke.

Il partit d'un petit rire amer.

— Et tu t'imagines cela ! Mrs. Needham m'a mis au parfum. La moitié du village plaint le pauvre Mr. Earle et l'autre moitié estime que quelque chose a dû fortement nuire à sa réputation, sinon tu n'aurais jamais fait cela. Mais ils sont tous persuadés qu'il a été évincé et que tout projet de mariage est définitivement oublié. Le facteur a remarqué qu'il ne t'a pas écrit et les filles du standard affirment qu'il n'a pas appelé, alors, pour eux, l'affaire est réglée. Tu ferais mieux de continuer à prévenir la famille et de faire insérer une annonce dans les journaux.

— Oh, j'en ai déjà parlé à Roger et à Maggie, et je présume que Roger a mis Scilla au courant. Mais elle ne m'a rien dit.

— Et comment ont réagi Roger et Maggie ?

157

Elle leva la main et la posa contre sa joue.

— Oh, Maggie a fondu en larmes et a dit que le mariage était toujours une entreprise incertaine et qu'elle se réjouissait souvent d'y avoir échappé.

— Pauvre vieille Maggie.

— Tu sais, chéri, elle était tout à fait pathétique. Elle m'a rappelé à quel point mon père et ma mère avaient été malheureux et elle a parlé de Roger et de Scilla.

— Et Roger, qu'a-t-il dit ?

— Il n'a presque rien dit. Je lui ai annoncé que je ne pouvais pas épouser Gilbert et il ne m'a même pas demandé pourquoi. Il est resté debout devant la fenêtre en me tournant le dos et il m'a dit une seule chose : « Eh bien, je suppose que tu sais ce que tu as à faire. » Alors, je lui ai répondu oui, et c'est tout ce qui s'est passé.

Jason garda le silence et, après quelques instants, Valentine poursuivit :

— J'ai reçu une autre de ces épouvantables lettres jeudi matin. Et je me demande bien si Roger n'en a pas eu une aussi.

— Tommy en a reçu une.

— Tommy !

— Oui, je l'ai vue.

— Jason...

— Écoute, cela doit rester entre nous.

— Naturellement. Que disait-elle ?

— Elle accusait Gilbert d'avoir l'intention de devenir bigame. Et elle demandait à Tommy s'il était disposé à se rendre complice de la chose. Il était complètement coincé ! D'un côté, il ne faut tenir aucun compte d'une

158

lettre anonyme, et de l'autre, on ne peut pas laisser une jeune fille contracter un mariage avec quelqu'un qui est déjà marié. Tommy devrait nous bénir de l'avoir sorti de ce pétrin.

Valentine s'était appuyée contre lui. Gilbert n'était plus qu'un souvenir et elle se sentait bien et en sécurité.

— La lettre qu'a reçue Tommy disait-elle que Gilbert a épousé au Canada une fille du nom de Marie Dubois ?

— Effectivement. Sans préciser quand ni où. Anonymat rigoureusement garanti sur toute la ligne. Dis-moi... il est bien allé au Canada, n'est-ce pas ?

— Oui, il y a bien longtemps. Il ne devait guère avoir plus de vingt ans. Je me demande s'il a vraiment épousé cette Marie.

— C'est possible. S'il s'est fait pigeonner alors qu'il était si jeune et si elle est morte depuis, il n'a peut-être pas estimé utile d'en parler. Il peut aussi avoir divorcé. J'ai de la peine à croire qu'il courrait le risque de se faire épingler pour bigamie. Il faudra lui demander un de ces jours. Comme ça, mine de rien, tu vois... à un cocktail ou sur le quai d'une gare ou dans n'importe quel autre endroit où l'on est susceptible de se trouver nez à nez avec des gens que l'on n'a pas la moindre envie de voir.

— Chéri, quel idiot tu fais !

C'était divin de pouvoir rire de ce qui avait été un cauchemar. Jason lui demanda en riant :

— Tu paries que je le fais ? Un jour, quand nous serons mariés et que nous ne risquerons plus rien. Chiche ? Quelque chose du genre : « Oh, à propos, qu'est devenue cette fille que tu avais épousée au Canada, cette Marie Dubois ? »

— Tu n'oserais pas !

— Attends, et tu verras bien !

CHAPITRE XIX

Scilla Repton souleva le récepteur du bureau et demanda un numéro à Londres. Il était bien évident que la standardiste allait écouter si elle estimait qu'il y avait quelque chose d'intéressant à apprendre, mais quelle importance ? Quand on habite dans un village, on ne peut pratiquement pas avoir de vie privée. Si l'on entretenait une correspondance suivie avec quelqu'un, Mrs. Gurney, à la poste, finissait par reconnaître l'écriture et elle arrivait à deviner qui en était l'auteur. Scilla l'avait entendue dire avec une grande simplicité derrière son guichet : « Oh, non, Mrs. Lawson, il n'y a rien de votre Ernie aujourd'hui... juste une carte de votre sœur de Birmingham. »

Elle attendit la tonalité en réfléchissant à ce qu'elle allait dire. Il lui fallut un certain temps pour joindre Gilbert Earle, et quand elle l'eut au bout du fil, il avait l'air absolument sinistre. Il entendit son rire fuser.

— Vraiment, Gilbert... quelle voix tu as ! On croirait que nous nous sommes disputés !

— Un peu de discrétion, je te prie, répondit-il en excellent français.

161

Cela parut amuser Scilla.

— Ça m'est complètement égal. Et puis, pourquoi s'inquiéter ? Roger m'a appris que le mariage était reporté, et c'est aussi bien comme ça. Tu connais le proverbe, tel se marie à la hâte qui s'en repent à loisir ; alors tu es beaucoup plus tranquille comme ça, si tu veux mon avis.

— Je ne te l'ai pas demandé.

Elle poursuivit d'une voix adoucie :

— Allons, chéri, ça se tassera. Écoute, il faut que j'aille à Londres, et j'avais pensé que nous pourrions peut-être déjeuner ensemble. Qu'en dis-tu ?

— Le moment ne me paraît pas très bien choisi.

— Allons, ne sois pas injuste ! C'est Val qui t'a laissé tomber, pas moi. Je croyais pouvoir t'apporter un peu de réconfort... apparemment, cela ne te ferait pas de mal. Rien de tel que de se montrer avec quelqu'un d'autre immédiatement après. Enfin, chéri, c'est quand même beaucoup plus agréable d'entendre les gens te demander qui était la blonde époustouflante avec qui tu déjeunais plutôt que de traîner ton cafard en solitaire dans un snack-bar sordide. Tu sais, ce dont tu as besoin en ce moment, c'est d'un remontant, et il se trouve que moi aussi. Je vais dire que je vais voir mon dentiste. Cela passe toujours comme une lettre à la poste, et, en réalité, il faudrait que je prenne un rendez-vous chez lui. Mamie pourra nous prêter son appartement et ne posera pas de questions. Alors, disons lundi à une heure, à l'endroit habituel. Je t'embrasse très fort !

Elle raccrocha précipitamment, car elle croyait avoir entendu un bruit derrière elle.

Mais elle avait raccroché trop tard. Le bruit qu'elle

avait entendu n'était pas celui de la porte qui s'ouvrait, mais celui de la porte qui se refermait. Roger Repton avait déjà pénétré dans la pièce. Il s'adossa aux boiseries et demanda d'une voix étrangement éteinte :

— A qui parlais-tu ?

Elle lui donna le premier nom qui lui vint à l'esprit, celui qu'elle venait de mentionner au téléphone.

— Mamie Foster. Il faut que j'aille chez le dentiste et j'avais pensé passer chez elle après, pour me reposer un peu avant de revenir. Il me fera peut-être une anesthésie locale.

Roger Repton ne bougeait pas, la main posée sur la porte.

— C'est un mensonge.

— Roger !

La voix du colonel Repton n'avait pas changé. Elle savait qu'il pouvait être violent. Il y avait quelque chose d'inquiétant dans cette voix sourde.

— Tu ne parlais pas à Mamie Foster, fit-il, tu parlais d'elle. Tu parlais à Gilbert Earle et tu lui fixais un rendez-vous. Tu as dit : « Je vais dire que je vais voir mon dentiste... cela passe toujours comme une lettre à la poste. Mamie pourra nous prêter son appartement et ne posera pas de questions. » Et tu as dit que tu le retrouverais à l'endroit habituel, lundi à une heure. Tu vois, ça ne sert à rien de continuer à mentir, parce que je sais. Si tu avais l'habitude de le retrouver chez Mamie Foster, il devrait m'être possible d'en avoir la preuve, auquel cas je demanderai le divorce. Quelqu'un a poussé la gentillesse jusqu'à m'envoyer une lettre anonyme pour m'informer que tu avais une liaison avec Gilbert Earle. Il est probable que Valentine en a également

163

reçue une. Je ne lui ai pas demandé et elle ne m'en a pas parlé, mais j'imagine que tu as ta part de responsabilité dans leur rupture. Tu peux aller retrouver Gilbert Earle, ou tu peux aller chez ton amie si complaisante, tu peux même aller au diable si bon te semble, mais j'aimerais que tu ne restes pas sous mon toit.

Il s'écarta de la porte et l'ouvrit.

— Tu ferais mieux d'aller préparer tes bagages.

Elle était partagée entre la peur et la colère. Quelque chose de désespéré en elle l'incitait à brûler ses vaisseaux. Après tout, pourquoi ne pas tout chambarder et renouer avec la bonne vieille vie ? Elle était plus jolie que jamais et sa ligne était toujours parfaite. Elle pourrait retrouver le monde du spectacle et quant à Gilbert, elle saurait le mettre au pas. Elle en avait ras le bol de la campagne et de Roger. Mais elle avait peur, en même temps, de céder à cette impulsion désespérée. Elle se souvenait de l'époque où elle n'avait pas d'emploi... où elle était épuisée, transie, affamée et où tout le monde se fichait royalement qu'elle vive ou qu'elle meure. Si Roger demandait le divorce, elle allait perdre l'argent qui devait lui revenir. Il y avait ces mots affreux qui figuraient dans le contrat et que le notaire avait pris grand soin de lui expliquer : *dum casta* — tant qu'elle sera une épouse honnête. Si le divorce était prononcé, elle n'aurait pas un sou. Mais si elle pouvait rester ici — si elle réussissait à tenir bon — et que Roger meure... elle ne serait pas du tout à plaindre... après tout, il allait avoir...

Toutes ces pensées se bousculaient dans sa tête comme des oiseaux venant heurter le grillage d'une volière. Mais c'est la peur qui ouvrit une brèche. Elle s'entendit dire d'une voix forte et méprisante :

— Une lettre anonyme ? Une de ces cochonneries dont on est inondés ! Tu as du culot !

Sans tenir compte de son emportement, il répondit :

— Une cochonnerie qui m'a révélé d'autres cochonneries.

— C'est faux... c'est faux... *c'est faux* !

Il secoua la tête.

— Je ne crois pas. La lettre était très circonstanciée. Tu étais avec Gilbert Earle et vous avez été espionnés, et je crois savoir par qui. Je pense connaître l'auteur de la lettre.

Elle porta la main à sa gorge. Elle sentait son pouls que la peur et la colère accéléraient.

— Qui est-ce ?

— Tu aimerais bien le savoir, hein ? D'ailleurs, c'était peut-être toi. Quel excellent moyen de rompre le mariage de Valentine ! Et une excellente solution pour mettre un terme au tien ! Le divorce est sans importance pour toi et les gens de ton espèce... il ne représente rien pour vous ! Mais avant de décider de partir, tu ferais mieux de t'assurer que Gilbert t'épousera.

Elle s'écria d'une voix où perçait la colère :

— Je croyais que c'était *toi* qui me mettais à la porte ! Et supposons que je n'aie nulle part où aller ! Supposons que je décide de rester !

Il eut la sensation d'avoir été trop loin, de s'être engagé dans une voie qui allait inéluctablement les précipiter dans un effroyable scandale. Il approchait du point de non-retour. Et elle, jusqu'où était-elle allée... jusqu'où avait-elle eu l'intention d'aller ? Gilbert ne l'épouserait pas s'il pouvait s'en dispenser. Il y avait un titre vacant qui allait lui échoir. Il ne pouvait pas se permettre d'être éclaboussé par un scandale, pas plus qu'il ne pouvait se permettre d'épouser une sans-le-sou. Ses pensées éparses se succédaient dans sa tête sans aucun lien entre elles.

Ils avaient tous deux oublié que la porte était restée ouverte. C'est Roger qui le remarqua le premier. Il la referma en disant :

— Je n'ai aucune envie de me mettre dans mon tort en te jetant à la rue. Tu peux prendre toutes les dispositions utiles et tu peux prendre ton temps pour le faire. De toute façon, il faudra que tu restes au moins jusqu'à mardi. Il ne doit pas y avoir de scandale avant les obsèques de cette pauvre fille.

Florrie Stokes fut extrêmement déçue quand la porte du bureau se referma. Elle traversait le hall pour vaquer à une de ses tâches quotidiennes qui consistait à raviver les feux dans les cheminées et à tirer les rideaux avant le dîner, et n'avait pu éviter d'entendre les éclats de voix qui s'élevaient dans le bureau qui se trouvait être la première pièce sur son chemin. Mais en entendant la manière dont le colonel Repton parlait, elle avait jugé plus sage de ne pas y entrer. Elle n'avait pas eu l'intention d'écouter — enfin, pas vraiment — mais avec la voix qu'avait prise le colonel, pas forte, mais à la fois si distincte et si amère, eh bien, elle n'avait pas pu y résister. Et la toute première phrase qu'elle entendit disait qu'il devait être possible d'avoir la preuve que Mrs. Repton rencontrait Mr. Gilbert chez son amie Mamie Foster et qu'il allait demander le divorce. Et il avait continué en disant : « Tu peux aller retrouver Gilbert Earle, ou tu peux aller chez ton amie si complaisante, tu peux même aller au diable si bon te semble, mais j'aimerais que tu ne restes pas sous mon toit. » Et, à ce moment-là, la porte avait commencé à s'ouvrir et elle avait juste eu le temps de s'éloigner. Et si Mrs. Repton était sortie, elle l'aurait surprise. Mais Mrs. Repton n'était pas sortie. Elle avait dit, d'une voix très claire et d'un ton furieux, quelque chose à propos d'une lettre anonyme, et elle avait ajouté : « Tu as du culot ! »

Après cela, Florrie n'avait pas réussi à s'arracher de son poste d'observation. La porte du bureau restant ouverte, elle s'était plaquée contre la porte matelassée qui desservait les communs. Si l'un d'eux mettait le pied dans le hall, il lui suffirait de faire semblant d'arriver pour son travail, et rien n'indiquerait depuis combien de temps elle était là. Elle entendait absolument tout ce qu'ils disaient et cela valait un bon film. Tout le monde savait, bien entendu, que Mrs. Repton était un peu volage, de même qu'ils savaient qu'elle voyait Mr. Gilbert en cachette. Et c'était bien fait pour elle si le colonel avait découvert le pot aux roses. Elle avait un mari à elle, n'est-ce pas, et c'était une honte d'agir ainsi et d'empêcher le mariage de miss Valentine. Seulement, bien sûr, maintenant que Mr. Jason était de retour, jamais elle ne voudrait épouser un autre que lui... cela, tout le monde le savait.

Quand Scilla, les pommettes colorées, sortit du bureau, la porte capitonnée se refermait juste sur Florrie.

CHAPITRE XX

C'était l'après-midi de repos de Florrie. Sa mère travaillait au *George*, puisque Mr. Stokes était valétudinaire. Il y avait trois filles et un garçon qui habitaient encore chez leurs parents et contribuaient à pourvoir aux besoins de la maison. C'était une famille très unie, et même si Mr. Stokes n'avait pas travaillé depuis quinze ans, il fallait reconnaître qu'il était un excellent cuisinier et que tous les jours un succulent en-cas attendait tous les membres de sa famille lorsqu'ils rentraient pour le thé. Il faisait de remarquables pâtisseries et, comme le disait Florrie — qui attendait toutefois que Mrs. Glazier ait le dos tourné —, il n'avait pas son pareil pour faire frire du bacon, des saucisses ou du poisson. Il était de notoriété publique qu'il avait reçu plusieurs propositions alléchantes, mais Mr. Stokes n'était pas homme à se laisser allécher. Il souffrait d'une maladie sur laquelle aucun docteur n'avait jamais pu porter de diagnostic. En réalité, si sa confiance dans la faculté était fort limitée, la réciproque était tout aussi vraie, le docteur Taylor n'hésitant pas à le qualifier de vieux charlatan. C'était sans aucun doute le cas, mais il n'en était pas moins vrai que toute la famille était très gaie et très unie.

Quand Florrie arriva, il était en train de lire le journal en sirotant une tisane d'herbes, un breuvage absolument infect dont la recette était transmise dans sa famille depuis des générations et était un secret farouchement gardé. Florrie eut un mouvement de recul devant l'odeur, posa un baiser sur le sommet du crâne de son père et se lança sans perdre de temps dans les commérages.

— Il y a eu une de ces scènes de ménage au manoir !

Mr. Stokes en laissa tomber le journal qu'il tenait. Il ne contenait certainement rien d'aussi excitant que le roman-feuilleton des Repton. Que n'avait-on raconté sur Mrs. Repton — sur ses vêtements, son maquillage, les rumeurs qui couraient sur son passé de modèle, sans parler de son attitude qu'il stigmatisait en la qualifiant de provocante. Puis il y avait eu le report du mariage de miss Valentine — il n'était pas difficile d'en deviner la raison — et Connie Brooke qui mourait tout d'un coup, et la police qui venait y mettre son nez, enfin, on n'avait pas eu le temps de s'ennuyer un seul instant. Il demanda avec avidité :

— Alors... qu'est-ce qui se passe maintenant ? Il y a eu d'autres lettres ?

Florrie secoua la tête.

— Pas à ma connaissance.

— Miss Valentine en a reçu une jeudi ?

— Je t'ai déjà dit que oui.

— Et le colonel aussi ? Sam Boxer m'a dit qu'il y en avait une adressée au presbytère... toutes faites sur le même modèle. Et la police est venue le tarabuster. Je lui ai dit sans mâcher mes mots qu'il aurait pas dû se laisser faire et leur dire : « Moi, j'suis facteur... j'suis pas détective. J'ai bien assez de travail comme ça à distribuer mon courrier. Ça fait pas partie de mon boulot d'examiner les lettres. » Voilà ce qu'il aurait dû leur dire, et ça lui aurait évité bien des embêtements. Il a rien à voir dans tout ça, et c'est ce que je lui ai dit. Et personne a rien à voir là-dedans. Ce qui est fait est fait et une rupture de mariage, c'est une rupture de mariage. Et police ou pas, ça ne changera rien. Alors, cette scène ?

Florrie mourait d'envie de raconter son histoire, mais il était parfaitement inutile d'essayer de placer un mot avant que son père n'ait fini de parler. On aurait pu être témoin d'un meurtre, s'il avait quelque chose à raconter, il fallait qu'il passe d'abord.

Mais dès que le champ fut libre, elle se lança dans son récit.

— Jamais le colonel et Mrs. Repton n'avaient eu une scène pareille. Je les entendais dans le bureau. Ils criaient à tue-tête — pas le colonel, mais il y avait quelque chose dans sa voix — et j'avais l'impression que leurs voix traversaient les murs. Moi, j'arrivais pour tirer les rideaux et j'ai entendu le colonel lui dire qu'elle pouvait aller retrouver Mr. Earle, ou qu'elle pouvait aller chez son amie Mamie Foster — c'est celle à qui elle écrit toujours — ou qu'elle pouvait aller au diable.

Mr. Stokes était assis, son bol de tisane dans la main. Il se préparait à en boire une gorgée, mais il avait interrompu son geste. Il avait les yeux pétillants et ses traits légèrement simiesques exprimaient le plus vif intérêt.

— C'est pas Dieu possible ! s'exclama-t-il.

Florrie hocha frénétiquement la tête.

— Parole d'honneur ! Et il lui a dit de partir, et que le plus tôt serait le mieux — enfin, c'est l'impression que j'ai eue — et puis il a ouvert la porte et il lui a dit d'aller préparer ses bagages.

— Ça alors, mais c'est pas possible !

Le hochement de tête de Florrie redoubla de vigueur.

— Et il s'en est fallu d'un cheveu qu'ils me surprennent. Je ne sais pas comment j'ai fait pour m'éloigner à temps, vraiment j'sais pas. Heureusement qu'ils ne sont pas sortis... pas à ce moment-là. Et la porte était restée ouverte, alors j'ai entendu tout le reste... ah, bonté divine, quelle scène de ménage ! Ils parlaient d'une lettre qu'il avait reçue — ce doit être celle qui est arrivée jeudi matin — et il a dit que c'était une cochonnerie qui lui avait révélé d'autres cochonneries.

— Quoi ! Il a dit ça ?

— Il a dit ça, carrément ! Et elle s'est mise à hurler que c'était faux. Et puis il lui a dit qu'il savait très bien qui était l'auteur de ces lettres, alors elle lui a demandé qui c'était et il lui a dit qu'elle aimerait bien le savoir. Et puis... papa, qu'est-ce que tu crois qu'il lui a dit après ? Tu ne vas jamais le croire ! Il lui a dit que c'était peut-être elle-même qui les avait écrites. Ça ne m'a pas eu l'air très sensé, mais c'est ce qu'il a dit. Il a dit que c'était un excellent moyen de rompre le mariage de miss Valentine et de mettre un terme au sien, mais qu'avant de partir, elle ferait mieux de s'assurer que Mr. Gilbert l'épouserait !

Mr. Stokes but avec un apparent plaisir une gorgée du liquide verdâtre et écœurant que contenait le bol.

171

— Qui aurait cru ça ! s'exclama-t-il. Est-elle partie ?

Florrie secoua la tête.

— Non... et si tu veux mon avis, elle n'a aucune intention de le faire. Elle lui a demandé comment il comptait s'y prendre pour la mettre à la porte si elle refusait de partir. Et je pense que ça l'a fait réfléchir, mais, pour être juste, je n'ai rien entendu de plus, parce qu'il a refermé la porte à ce moment-là et je n'ai pas osé me rapprocher.

— Alors, comment sais-tu qu'elle ne part pas ?

Florrie poussa un petit ricanement.

— J'ai des yeux pour voir et des oreilles pour entendre, non ? Le colonel est sorti en claquant la porte... et il a pris la voiture. Il a juste pris le temps de dire à miss Maggie qu'il ne serait pas là pour déjeuner et, hop, il est parti. Mrs. Repton est descendue comme si de rien n'était et je peux te dire qu'elle n'avait pas fait ses bagages, parce que j'ai regardé dans sa chambre. Et pendant le déjeuner, quand miss Maggie a parlé de l'enterrement de miss Connie et a dit que, bien évidemment, ils iraient tous, miss Valentine a dit qu'elle n'avait pas autre chose que du gris, mais qu'elle pourrait mettre un chapeau noir avec. Et Mrs. Repton — tu sais qu'elle ne met que des habits de couleur vive — elle a dit qu'elle n'avait en tout et pour tout qu'un tailleur bleu marine qui était loin d'être idéal pour un enterrement, mais qu'elle supposait que cela ferait l'affaire. Et comme l'enterrement n'est prévu que pour mardi, elle ne semble pas avoir l'intention de prendre tout de suite ses cliques et ses claques.

— Elle veut probablement éviter les racontars, fit Mr. Stokes. Cela ferait pas mal jaser si elle partait avant l'enterrement. Comme si, de toute façon, les gens n'allaient pas jaser.

Les Stokes firent tout ce qui était en leur pouvoir pour ne pas les en priver. Quand Betty, la sœur aînée, arriva, Florrie répéta toute l'histoire. Quand Ivy, l'autre sœur, accompagnée de son frère Bob, rejoignit le reste de la famille et quand le petit ami de Florrie et le petit ami de Betty vinrent grossir leurs rangs, il fallut à chaque fois reprendre le récit. Et progressivement se dessina une tendance à insister de plus en plus sur le fait que le colonel Repton avait déclaré connaître l'auteur des lettres anonymes.

Un peu plus tard dans la soirée, Florrie et son ami prirent le car pour aller au cinéma à Ledlington. Dans la file d'attente se trouvaient Jessie Peck et Hilda Price. Après un préambule du genre : « Vous savez ce que je pense des racontars » ou « Surtout, vous gardez cela pour vous », Florrie entra dans le vif du sujet et son récit dura une bonne partie du trajet en car, à tel point que son petit ami qui ne s'intéressait guère qu'à lui-même et à sa moto — Florrie arrivant loin derrière en troisième position — commença à donner des signes d'une impatience croissante. Il n'est pas possible de dire avec exactitude combien de personnes Hilda et Jessie mirent au courant, mais toutes deux étaient de grandes colporteuses de nouvelles.

Betty Stokes, qui sortait depuis deux ans avec Reg, le fils de Mrs. Gurney, et devait se fiancer à Noël, alla passer la soirée chez la mère du jeune homme. Entre deux tours de rummy[1], elle raconta le tout dernier

---

1. Jeu de cartes anglais.

épisode du feuilleton des Repton, pour le plus grand plaisir de Mrs. Gurney.

Ivy, qui n'avait pas seize ans, passa chez une camarade qui appartenait à une famille nombreuse. Sa version de la scène du manoir fut certainement la moins fidèle des trois, mais elle n'en fut pas pour autant moins intéressante. Elle avait une imagination débridée et le sens de l'effet théâtral. Son interprétation dans une pièce montée pour son école avait fait l'objet d'un article élogieux dans le *Ledshire Observer*. Le récit qu'elle fit de la scène entre les époux Repton fut très excitant : « Florrie, elle était juste à côté de la porte et elle l'a entendu lui dire qu'il n'ignorait rien de tout ce qu'elle manigançait derrière son dos et qu'elle pouvait aller au diable. Ce sont ses propres termes et vous pouvez vous imaginer si Florrie était toute retournée. Elle était dans tous ses états parce qu'elle se demandait ce qu'elle pourrait faire si le colonel devenait vraiment méchant. Elle pouvait tout de même pas rester là derrière la porte et laisser Mrs. Repton se faire à moitié égorger. Et le colonel aurait pu s'en prendre à elle si elle s'était interposée. C'était comme dans un film. Florrie avait le cœur qui battait, qui battait. Alors, le colonel, il dit : « Hors de chez moi ! » il dit. Et elle répond : « Comment m'y obligeras-tu, j'aimerais bien le savoir. » Et puis ils en arrivent aux lettres anonymes, il l'insulte affreusement et il dit qu'il sait qui les a écrites. » Et elle poursuivit son récit en brodant quelque peu, pour la plus grande joie de la famille de sa camarade.

C'est très tard cette nuit-là, au moment de s'endormir, que la mère de la camarade en question vit l'image de

Connie Brooke. L'image manquait de netteté, mais elle l'accompagna dans son sommeil et était encore là au réveil. S'il lui avait fallu exprimer cela, elle aurait dit quelque chose comme : « Connie Brooke connaissait l'auteur des lettres, et elle est morte. »

CHAPITRE XXI

Il est des jours si beaux et si lumineux que l'on a de la peine à croire qu'ils puissent appartenir au monde de tous les jours. Quand miss Silver se leva pour découvrir un soleil radieux et un ciel d'azur, elle se dit qu'il était à la fois réjouissant et approprié que ce temps superbe serve de parure à un dimanche. Elle se souvint des vers de George Herbert :

C'était un si beau jour, si calme et si radieux,
Célébrant l'hyménée de la terre et des cieux...

Elle se rendit dans la vieille église du village pour assister à l'office qu'elle trouva fort apaisant et elle apprécia les leçons lues d'une voix claire, le prêche limpide, les cantiques chantés avec une bonne volonté maladroite et l'orgue tenu par Mettie Eccles.

En revenant de l'office, miss Renie dit d'une voix gémissante :

— Mettie a toujours joué. Elle a tellement d'énergie, mais ma chère sœur disait que son toucher est un peu dur. Esther avait une énorme culture musicale.

176

Miss Silver observa qu'elle avait apprécié le prêche de Mr. Martin. Le très léger reniflement de miss Renie aurait pu échapper à une oreille un peu moins fine.

— Cela fait longtemps qu'il est à Tilling Green et les gens l'aiment bien, mais il y a parfois chez lui comme un manque de dignité. » Puis, passant du coq à l'âne : « Je suppose que vous avez remarqué qu'il n'y avait personne sur le banc du manoir. »

Le lendemain fut triste et pluvieux. C'était le tour de miss Maggie de recevoir le comité d'entraide qui, créé pendant la guerre, avait pris une telle importance dans la vie sociale de la communauté que son existence avait été maintenue depuis lors. Il restait malheureusement encore bien des déshérités et des malheureux à secourir et ce n'étaient pas les appels à la générosité du comité qui manquaient. Ces dames se réunissaient chaque semaine chez l'une d'entre elles et rivalisaient d'ingéniosité dans la confection des pâtisseries qu'elles offraient. On avait longuement débattu la question de savoir si miss Maggie allait prendre son tour ou allait le laisser pour cette fois à quelqu'un d'autre. Les avis étaient très partagés, une partie de ces dames estimant que les Repton en avaient bien assez sur les bras et que la décence voulait qu'ils gardent une certaine discrétion, au moins jusqu'à l'enterrement de la pauvre Connie Brooke, alors que d'autres soutenaient que le comité était avant tout une œuvre de bienfaisance et que rien ne devait entraver son bon fonctionnement. Mettie Eccles se fit le porte-parole de cette tendance et fit savoir que miss Maggie l'avait consultée, ce qui contribua à renforcer son autorité.

— Elle m'a demandé mon avis, et je n'ai pas hésité

une seconde à lui dire que si elle se sentait capable d'être à la hauteur de la situation, le comité d'entraide devait se réunir comme prévu. Après tout, il peut nous arriver à toutes de perdre du jour au lendemain des parents éloignés. Si une œuvre de bienfaisance comme notre comité d'entraide doit en pâtir à chaque fois que cela se produit, nous ne saurons plus où nous en sommes. Et j'ai dit à Maggie avec la plus profonde conviction que cela ne devait rien changer pour nous, à condition, bien entendu, qu'elle se sente capable de nous recevoir. Et elle m'a immédiatement répondu que cela lui ferait le plus grand bien. Alors je lui ai dit : « Ce n'est pas comme si la pauvre Connie était autre chose qu'une parente *vraiment* très éloignée. C'est Florence, la sœur de ton grand-père, qui est devenue la troisième femme de l'arrière-grand-père de Connie, du côté de sa mère. Et elle n'a jamais eu d'enfants, ce qui n'est pas plus mal, puisqu'il en avait déjà eu quinze, mais je crois qu'elle a été une belle-mère parfaite. »

Après cela, il n'y avait plus rien à dire.

En dépit du temps humide, les membres du comité s'étaient déplacés en nombre. Le manoir avait polarisé l'attention générale pendant toute la semaine, et comme si cela ne suffisait pas, le bruit courait maintenant qu'il y avait eu une épouvantable scène de ménage entre les époux Repton.

« On l'a appris par une des bonnes... On l'a appris par Florence Stokes... Ils ont tous la langue bien pendue chez les Stokes mais le pire est peut-être encore le père. Il paraît que Scilla Repton avait une aventure avec Gilbert Earle, et que c'est la raison pour laquelle le mariage n'a pas eu lieu... Oh, ma chère, tout cela est affreux !... Il paraît que le colonel Repton va demander le divorce... C'était de la folie d'épouser cette fille — à son âge, il n'aurait jamais dû faire ça... Eh oui, ma chère, un homme n'est jamais trop vieux pour se rendre ridicule à cause d'une femme... »

Et, comme un leitmotiv :

« Il a dit qu'il savait qui envoyait les lettres anonymes... Florrie n'en croyait pas ses oreilles... La porte était ouverte et il hurlait... il disait qu'il savait qui avait écrit les lettres et que c'était peut-être Scilla elle-même... »

Personne à Tilling Green n'avait l'intention de laisser passer l'occasion d'approcher les principaux protagonistes d'un drame si excitant. Ces dames n'espéraient pas vraiment que Roger se mêlerait à leur groupe. Ce qu'elles pouvaient espérer au mieux était une brève rencontre dans le hall, à leur arrivée ou à leur départ. Il ne fallait pas non plus compter sur Scilla Repton. Il lui arrivait à l'occasion de faire une fugitive apparition, vêtue d'un pantalon de velours côtelé cramoisi ou émeraude et d'un pull-over de couleur vive. Elle lâchait quelques mots d'un ton blasé avant de disparaître. Quand le comité d'entraide se réunissait au manoir, elle passait en général à l'heure du thé. Si elle s'absentait aujourd'hui, cela apporterait une confirmation à l'histoire de Florrie. Et, de toute façon, il y aurait miss Maggie et Valentine, et d'après leur mine et leur attitude, il devrait être possible de savoir s'il se passait vraiment quelque chose.

Quand Maggie Repton était inquiète, ses doigts ne pouvaient rester en repos. Il fallait qu'elle tripote ceci ou qu'elle triture cela. Lorsqu'elle les accueillit cet

179

après-midi-là, il fut immédiatement évident pour toutes ces femmes qui la connaissaient si bien qu'elle était fort préoccupée. Sa figure longue et jaunâtre frémissait nerveusement et quand elle n'était pas en train de serrer des mains, ses doigts osseux tiraillaient sans trêve la chaîne qu'elle portait autour du cou ou partaient à la recherche du mouchoir qu'elle avait constamment égaré. Elle s'était crue capable d'arriver au bout de cet après-midi, mais maintenant elle commençait à se poser la question. Roger lui avait dit qu'il fallait le faire et Mettie lui avait dit qu'il fallait le faire. Voilà pourquoi elle se retrouvait dans le salon, avec la robe qu'elle avait toujours portée dans les occasions de ce genre. Ce n'était pas sa plus belle robe, parce que cela ferait prétentieux, et bien qu'elle fût mauve, c'est-à-dire parfaite pour un demi-deuil, elle tenait à attendre que l'enterrement de Connie soit passé pour la porter. Sa robe de tous les jours convenait heureusement fort bien — vieille de deux ans et d'un gris très sombre, avec une petite broderie fantaisie noire sur l'empiècement et aux poignets.

Roger lui avait dit avec force :

— Mais oui, mais oui... vas-y, fais la réunion de ton comité ! Qu'est-ce que cela changera ? D'ailleurs, si tu ne le fais pas, les gens vont jaser de plus belle.

Il s'était dirigé vers la porte, avait posé la main sur la poignée et lui avait dit sans se retourner :

— Il va y avoir de quoi alimenter les conversations, mais attendons d'abord que l'enterrement soit passé.

Maggie poussa un petit cri.

— Que... que veux-tu dire ?

Il lui jeta un rapide coup d'œil par-dessus son épaule.

— Divorce... Scilla débarrasse le plancher. Autant te le dire maintenant que plus tard.

— Débarrasse le plancher...

— Sans espoir de retour. Elle avait une liaison avec Gilbert Earle... s'il n'y a pas pire que cela. Je suis à bout. Il faut qu'elle parte.

Il tourna violemment la poignée et sortit en claquant la porte derrière lui.

Maggie Repton tâtonna jusqu'à un fauteuil dans lequel elle s'écroula. Il lui fallut un certain temps avant de se sentir capable de passer au salon. Quand elle y réussit, les gens commençaient déjà à arriver. Ils lui jetaient un rapide coup d'œil et se regardaient d'un air gêné. Maggie Repton était naturellement jaune comme un coing, mais cet après-midi-là, sa peau avait pris une teinte grisâtre assez inquiétante. C'était peut-être en partie dû à l'éclairage, la pluie s'étant transformée en une de ces brumes qui ternit toutes les couleurs, mais l'éclairage n'était certainement pas responsable de son air égaré et du tremblement de ses mains.

Valentine, au contraire, n'avait rien de la veuve éplorée. Elle portait un pull-over crème et une jupe de tweed gris, une mise discrète qui recueillit l'approbation générale. Mais il émanait d'elle une sorte de rayonnement dont l'absence, pendant les jours ayant précédé ce qui aurait dû être son mariage, n'avait échappé à personne. Un seul regard avait suffi à ces dames pour acquérir la conviction que si quelqu'un était plongé dans le désarroi, ce n'était certes pas cette chère Valentine.

Miss Silver avait déjà rencontré un certain nombre des dames présentes. Elle fut impressionnée par l'efficacité avec laquelle miss Eccles semblait présider une réunion qui, somme toute, se tenait chez quelqu'un d'autre. Un étranger n'eût probablement pas pris miss Maggie pour l'hôtesse. Certes, elle ne portait pas de chapeau, mais après quelques minutes, cela cessa de la distinguer, puisque Mettie Eccles et bon nombre des autres dames avaient préféré se débarrasser de leur couvre-chef avant de s'asseoir pour commencer leurs travaux d'aiguille. Pour ce faire, elles se rendirent dans le hall, soit seules, soit par petits groupes. Il y avait un miroir et une commode sur laquelle elles pouvaient entasser manteaux, écharpes et chapeaux.

Une fois revenues dans le salon, elles s'installaient dans les fauteuils et les canapés confortables et anciens. Puis elles sortirent tout leur matériel de couture et de tricot. Miss Silver avait pris place sur un canapé et avait pour voisine une femme plantureuse, vêtue de tweed noir et blanc et qui prenait de grands airs. Elle était la seule personne à ne pas avoir apporté d'ouvrage. Après avoir passé quelque temps à échanger signes de tête et salutations avec plusieurs des autres femmes, elle se tourna vers sa voisine et engagea la conversation.

— Vous tricotez remarquablement. Voyons, vous êtes bien l'hôte payante de Renie Wayne, n'est-ce pas ? Miss Silver, c'est bien ça ? Je suis Nora Mallett... lady Mallett. Je suis une parente des Repton et je suis ici sous un prétexte fallacieux, parce qu'en réalité, c'est Maggie que je suis venue voir. Avec la mort si soudaine de cette pauvre Connie et la rupture du mariage de Valentine, j'ai pensé qu'il valait mieux m'assurer que Maggie n'avait pas tout simplement plié bagage. Si j'avais pu soupçonner qu'il y aurait cette réunion du comité d'entraide, jamais je ne serais venue. En l'occurrence, j'attends l'occasion de sauter sur Maggie et de l'accaparer cinq petites minutes. Alors, vous comprenez, je ne veux pas m'engager dans une discussion avec quelqu'un qu'il me sera difficile de laisser tomber.

Aussi bizarre que cela puisse paraître, ce franc-parler n'avait rien d'offensant, tant il y avait de chaleur et de bonté dans la voix et tant de gentillesse dans toute l'attitude de Nora Mallett. La première impression de miss Silver était plutôt favorable et elle adressa à sa voisine un charmant sourire.

— Mon propre ouvrage a, je le crains, un caractère tout à fait privé. Je tricote un ensemble pour la petite fille de ma nièce. J'en suis maintenant au cardigan.

Lady Mallett admira le point de tricot et posa maintes questions sur la petite Joséphine, ses frères et ses parents. Toujours prête à parler de sa chère Ethel, miss Silver y répondit avec grand plaisir, et ce n'est qu'au bout d'un certain temps qu'elles revinrent à leur entourage immédiat, miss Silver se reprochant d'avoir retenu trop longtemps l'attention de lady Mallett.

Nora Mallett s'esclaffa.

— Oh, vous savez, les gens me passionnent, et puis, rien ne me presse vraiment.

Elle poursuivit en baissant la voix :

— Je veux surtout éviter de me faire cramponner par Mettie Eccles. Nous sommes vaguement cousines, vous savez, et elle essaie toujours de faire la loi. Et pour ce qui est d'avoir Maggie pour moi toute seule, je crois que je peux faire une croix là-dessus.

Elle porta les yeux vers l'autre bout de la pièce, à

l'endroit où Maggie Repton, en compagnie de trois autres dames, était penchée sur un patron qu'elle essayait d'adapter à ce qui était visiblement une longueur insuffisante de tissu. Puis elle détourna les yeux en haussant les épaules.

— Elles feraient mieux d'abandonner... et moi aussi, par la même occasion ! Je me demande combien de temps Mettie... tiens, elle y va. Et maintenant, ma chère miss Silver, observez la manière dont ce patron, qui voulait faire des siennes, va rentrer dans le droit chemin. Quand Mettie veut que les choses prennent une certaine tournure, elle finit toujours par avoir gain de cause. Le seul échec qu'elle ait jamais connu était malheureusement pour quelque chose d'essentiel.

Nora Mallett était d'une indiscrétion notoire, mais elle en serait probablement restée là si miss Silver n'avait été une auditrice particulièrement attentive, ce qui lui avait déjà valu maintes confidences. Et, après tout, le fait que Mettie Eccles avait toujours eu une véritable dévotion pour Roger était un secret de Polichinelle.

— C'est quand même bizarre de voir à quel point on peut cesser d'être intelligent dès qu'on tient trop à quelqu'un. Elle aurait fait une épouse idéale pour Roger, mais je suppose qu'il n'a jamais envisagé cette possibilité. Les hommes sont si affreusement bornés ! Elle était là, devant son nez — il la voyait absolument tous les jours — et à cause de cela, il ne l'a jamais vraiment regardée ! Vous connaissez sa femme ?

— Je l'ai vue une fois.

Lady Mallett haussa ses larges épaules sous le tweed noir et blanc.

— Ah ! dans ces conditions, il n'est pas utile d'ajouter quoi que ce soit, n'est-ce pas ?

Comme tant de gens qui font ce genre de réflexion, elle entreprit illico de la développer. « Elle a trente ans de moins que lui et elle est beaucoup trop décorative ! Que disait déjà je ne sais quel poète à propos de quelqu'un qui était trop bon et trop brillant pour faire je ne sais quoi ? Je ne sais pas si j'irais jusqu'à utiliser le qualificatif de bonne à son sujet, mais il est indiscutable qu'elle est trop brillante pour Tilling Green. »

Miss Silver toussota et fournit les renseignements demandés, à savoir que le poète en question était Wordsworth et que ses paroles exactes étaient :

... ni trop brillante ni trop bonne
Pour suffire aux besoins de la nature humaine.

Nora Mallett éclata d'un rire jovial.

— Je sais bien que je suis affreusement indiscrète, mais c'est parfois tellement bon de se laisser aller et de dire tout ce que l'on a sur le cœur, et quand on le fait avec un étranger, cela a tellement moins d'importance que lorsqu'on se confie à un intime qui s'empressera plus que probablement de le répéter autour de lui.

Les aiguilles de miss Silver cliquetaient en cadence. Elle baissa les yeux sur la ruche bleue qui s'allongeait lentement.

— Il est parfois beaucoup plus facile de parler à un étranger, fit-elle.

Lady Mallett acquiesça de la tête.

— C'est toujours l'étranger qui est le mieux placé pour suivre le déroulement de la partie ! Mais dites-moi... quel est le sentiment général à propos du mariage ? Les gens pensent-ils que ce n'est que partie remise ou quoi ?

— L'absence de Mr. Earle a donné lieu à bien des commentaires.

Lady Mallett ne put retenir un petit rire.

— Cela vous étonne, vous ? Gilbert disparaît de la circulation, l'autre vient prendre sa place et Val rayonne de bonheur. Je dois reconnaître que j'ai une légère préférence pour Jason, mais je serais bien en peine d'expliquer pourquoi. Il est parfois d'une impolitesse choquante et il a rendu Val bien malheureuse. Mais si c'est lui qu'elle veut, autant qu'elle le prenne, à condition qu'il ne recommence pas à disparaître comme la dernière fois, pour lui briser le cœur.

Comme elle n'avait fait qu'entr'apercevoir Jason Leigh, miss Silver se contenta de répondre qu'il était extrêmement malaisé d'établir des règles pour garantir la félicité conjugale, mais qu'il convenait, dans tous les cas, de faire preuve de douceur, d'abnégation et de respect de l'autre.

— Tout cela doit sembler bien démodé aux yeux de la plupart des gens !

Miss Silver répondit en souriant :

— Le mariage est une institution qui se perpétue depuis un certain temps déjà.

— Et les gens continuent à en faire un beau gâchis ! Heureusement que quelques-uns d'entre nous ont de la chance. Quand j'ai épousé Tim, vous ne pouvez vous imaginer toutes les choses que j'ai pu entendre !

Elle eut un petit rire satisfait.

— Mais j'avais de la repartie ! « Mais il est de basse extraction », et à cela, je répliquais : « Un homme de

valeur ne peut rester indéfiniment dans l'ombre. »
« Personne n'a jamais entendu parler de sa famille »,
et je leur disais : « C'est peut-être vrai, mais sa famille
va entendre parler de lui. » Ou bien : « Il ne paie
vraiment pas de mine. » « Oh, moi, vous savez, peu
m'importe la façade ! » Vous voyez, je crois que c'est
pour cette raison que je n'aime pas beaucoup Gilbert
Earle... il y a tellement de façade chez lui que j'en
arrive à me demander s'il reste quelque chose derrière.
Dans le cas de mon mari, il y avait tellement de fond
que je n'ai pas encore fini de tout découvrir. La seule
chose qui n'ait pas marché comme nous l'aurions
souhaité, ce sont les enfants que nous n'avons pas pu
avoir. Ça n'a pas marché, c'est tout, et je suppose que
c'est la raison pour laquelle Mettie et moi-même sommes
sans cesse en train de nous mêler des affaires d'autrui.
S'il m'avait fallu m'occuper d'une demi-douzaine de
mioches, je n'aurais certainement pas eu autant de
temps pour aller fourrer mon nez dans les affaires des
autres.

Pendant quelques instants, les beaux yeux de jais
parurent plus brillants et légèrement humides, puis lady
Mallett poursuivit avec un rire un peu forcé :

— Enfin, j'ai bien assez à faire comme cela. De quoi
parlions-nous avant que la conversation ne commence
à rouler sur moi ? Ah, oui, Scilla. Je vais vous dire
une chose, cela ne m'étonne pas qu'elle s'ennuie à
mourir ici. Moi, je ne m'ennuierais pas, et vous non
plus, mais pensez à ce que peut ressentir une fille qui a
toujours connu les lampadaires dans les rues, les
autobus, les enseignes au néon, une pléthore de magasins
et un cinéma à chaque coin de rue. Tenez, durant la

187

guerre, par exemple, il y avait de pauvres femmes qui étaient évacuées dans des villages comme celui-ci... eh bien, il ne leur fallait pas deux jours pour se remettre d'avoir reçu une bombe sur la tête pendant la nuit et pour commencer à aspirer de toutes leurs forces à regagner la ville. Et je comprends leur point de vue. Aussi longtemps qu'elle n'était pas effectivement bombardée, la ville leur apportait tout ce qu'elles désiraient... de la compagnie, des boutiques, du monde et quantité de spectacles. Et que pouvait leur proposer la campagne à la place... des chemins creux sombres et inquiétants, l'épicerie-bazar, personne à qui parler et rien à faire. Vous voyez ce que je veux dire ? Et Scilla n'a même pas le prétexte des bombes pour rompre avec la vie qu'elle a toujours menée. Je n'irai pas jusqu'à prétendre que je l'aime beaucoup, mais je ne puis m'empêcher de la plaindre un peu.

CHAPITRE XXII

Elles passèrent dans la salle à manger pour prendre le thé. Au moment où elles traversaient le hall, Scilla Repton sortit de son boudoir. Le qualificatif que lui avait appliqué lady Mallett vint immédiatement à l'esprit de miss Silver — brillante. La mise de Mrs. Repton formait un contraste saisissant avec le noir, le gris et le brun dont toutes les autres femmes étaient vêtues et pouvait, pour le moins, être qualifiée de voyante. Elle portait une jupe en imitation tartan dont les couleurs dominantes étaient le rouge, le jaune et le vert. Elle avait des chaussures rouges et ses blonds cheveux brillants retombaient sur un pull-over de laine émeraude. Peut-être était-ce cet assemblage de couleurs qui lui donnait un air étrangement dur. Il vint à l'esprit de miss Silver que sans maquillage, elle devait être très pâle. Elle adressa quelques mots à deux ou trois dames et au moment où elle pénétrait dans la salle à manger, elle se trouva nez à nez avec Maggie Repton. Miss Silver, qui la suivait, put observer le mouvement de recul de miss Maggie, qui non seulement s'immobilisa, mais fit un pas en arrière en levant une main tremblante

189

comme pour se protéger d'un éventuel contact. Pendant quelques instants, son visage se tordit. Ce fut comme si elle avait éprouvé soudain une violente répulsion. Plus tard, quand miss Repton se fut confiée à elle, miss Silver comprit ce qui avait provoqué son mouvement de recul... elle s'était trouvée face à face avec l'épouse infidèle de Roger, qui allait le quitter, avec la femme qui avait amené la rupture du mariage de Valentine. Elle avait reculé d'horreur devant cette vision et toute la pièce avait commencé à tourner. La main qui vint la soutenir fut celle de miss Silver. Elle se sentit guidée jusqu'à un fauteuil dans lequel elle se laissa tomber avec plaisir. Elle entendit alors une voix aussi douce que ferme qui lui conseillait de se pencher en avant.

— Si vous pouviez laisser tomber le mouchoir que vous tenez et vous pencher pour le ramasser, personne ne s'apercevrait de rien. Ne bougez pas, je vais aller vous chercher une tasse de thé.

Tout le monde se dirigeant à ce moment-là vers la grande table sur laquelle était servi le thé, l'incident était heureusement passé inaperçu. Quand miss Silver revint avec une tasse dans chaque main, miss Maggie avait eu le temps de reprendre ses esprits et s'empressa de la remercier.

— Vous êtes vraiment très gentille. Je ne sais pas ce qui m'a pris d'un coup. Vous êtes bien chez Renie Wayne, n'est-ce pas ? Je crois vous avoir vue avec elle mercredi à l'occasion de cette malheureuse répétition.

— C'est exact.

— Alors vous comprendrez que nous avons eu notre compte de malheurs cette semaine. Je n'arrive pas à fermer l'œil. Je crains de ne pas être aussi résistante que j'aimerais l'être.

190

Miss Silver continuait à l'entourer d'attentions.

— Pourquoi ne vous esquivez-vous pas pour aller vous allonger quelques minutes ? Mrs. Repton pourrait s'occuper des dames du comité et je suis persuadée que personne ne vous en tiendrait rigueur.

Miss Maggie avait à peine eu le temps de dire : « Vous êtes vraiment très aimable... » qu'elle vit miss Mettie Eccles se dégager de la foule qui entourait la grande table et s'avancer vers elles. Elle tenait une grande tasse de thé dans une main et une assiette garnie de sandwiches de pain de mie et d'une tranche de cake dans l'autre. Elle s'arrêta devant miss Maggie et lui dit :

— Je vais porter cela à Roger. Florrie m'a dit qu'il était dans son bureau. Il ne faut pas espérer qu'il viendra se mêler à toute cette tribu de femmes.

— Ma chère Mettie !

Mettie Eccles eut un petit rire.

— Eh bien quoi, nous sommes une tribu de femmes, non ? Les hommes préfèrent les voir en tête à tête, ma chère.

Elle poursuivit son chemin, mais fut rapidement de retour, le visage froid et fermé. Miss Maggie parut contrariée.

— Voilà... je savais bien qu'il n'aimerait pas ça — qu'elle lui apporte son thé, je veux dire. Je suis sûre que c'était un geste qui venait du cœur, mais je pense qu'il aurait préféré qu'elle n'en fasse rien. J'ai bien peur qu'elle ait remarqué que cela ne lui faisait pas plaisir et qu'elle se soit vexée. C'est une cousine, vous savez, assez éloignée, mais nous l'avons toujours connue. Mon Dieu, que vous êtes bonne avec moi ! Je

191

me sens vraiment revivre. Croyez-vous que je puisse rester assise ici encore un peu ? Je trouve cela si reposant. Ou bien croyez-vous que cela va se remarquer ?

Miss Silver la gratifia d'un sourire empreint de bienveillance.

— Quel mal pourrait-on trouver au fait que vous consacriez quelque temps à une étrangère ?

Un peu plus tard, alors que le thé touchait à sa fin, miss Eccles passa de nouveau devant elles. « Je vais voir si Roger veut une autre tasse », fit-elle d'une voix résolue avant de se diriger vers la porte pour quitter la pièce.

La salle à manger commençait à se vider. Les dames dont l'ouvrage était de couleur claire allaient se laver les mains. Scilla Repton avait disparu. Il ne restait guère plus d'une demi-douzaine de personnes dans la pièce. Un nombre à peu près équivalent traversait le hall, parmi lesquelles figuraient miss Maggie et miss Silver, quand la porte du bureau s'ouvrit avec violence. Mettie Eccles resta sur le seuil. Les traits décomposés, elle s'agrippait au chambranle. Ses lèvres remuaient, mais pour une fois les mots lui manquaient. Puis, pendant que miss Silver se dirigeait rapidement vers elle, elle finit par dire d'une voix blanche :

— Il est mort... Roger est mort !

CHAPITRE XXIII

Elle avait parlé d'une voix si faible que l'on peut douter que quelqu'un se trouvant à plus de un mètre d'elle l'eût entendue. Mais cela avait suffi à miss Eccles elle-même. La main qui s'agrippait au chambranle remonta jusqu'à sa gorge. Puis elle fit demi-tour et rentra dans la pièce. Miss Silver, qui la suivait, vit que Roger Repton s'était effondré sur son bureau. Il avait les poings crispés et on ne voyait pas son visage. La tasse de thé que miss Eccles lui avait apportée avait été renversée. Les sandwiches et la tranche de cake imbibée de thé baignaient dans leur assiette. Sur la droite du bureau se trouvait un carafon. Il était vide et son bouchon était juste à côté. Un verre s'était brisé en plusieurs morceaux. Le colonel Repton s'était fait une coupure à la main droite, mais le sang ne coulait pas. Une partie de l'esprit de miss Silver enregistrait tous ces détails. L'autre partie, totalement féminine, éprouvait une profonde compassion envers Mettie Eccles, agenouillée près du corps de la victime et qui répétait son nom comme une douloureuse litanie.

— Non... non... non, Roger ! Oh, Roger, *non* !

193

Un feu flambait dans la cheminée et la pièce était pleine de tabac. Dans l'air chaud et immobile flottait une odeur d'amande. Ce n'était pas la première fois que miss Silver la respirait dans une affaire de meurtre. Elle l'avait déjà décelée en s'agenouillant près du corps d'une femme empoisonnée au cyanure. Quand elle posa une main ferme sur le poignet de Roger Repton, elle n'avait aucun espoir de trouver le pouls. Elle ne le trouva pas.

Pendant ce temps, quelques personnes avaient commencé à s'attrouper devant la porte du bureau et à regarder à l'intérieur. Scilla Repton les bouscula pour se frayer un chemin. Elle s'avança jusqu'au bureau et demanda sèchement :

— Que se passe-t-il ? Roger est malade ?

Miss Silver lâcha le poignet sans vie et se tourna vers elle.

— Mrs. Repton... je crains...

Mettie Eccles se releva d'un bond.

— Ce n'est pas la peine de prendre des précautions oratoires avec elle, fit-elle, elle est déjà au courant.

Sous le maquillage délicat de Scilla, le sang se retira lentement, laissant sur son visage un masque hideux aux lèvres carmin.

— Que voulez-vous insinuer ? demanda-t-elle, et Mettie Eccles répondit :

— Vous savez très bien que Roger est mort, parce que vous l'avez tué.

Lady Mallett s'interposa. Elle posa la main sur le bras de Mettie et s'écria d'un ton horrifié :

— Tu ne peux pas dire des choses comme ça... allons, ma chère Mettie, tu ne peux pas...

Mettie Eccles se débarrassa de la main qui pesait sur son bras. Ses yeux bleus se mirent à flamboyer et elle s'écria :

— Je dirai la vérité et nul ne m'en empêchera ! Elle ne l'a jamais aimé et elle vient de le tuer ! Crois-tu que je vais garder le silence ? Elle le trompait, mais il l'a appris ! Il allait la chasser et il allait demander le divorce ! Alors elle l'a tué !

Miss Silver intervint de sa voix calme.

— Lady Mallett, il faut prévenir la police et que personne d'autre n'entre dans cette pièce. Je crois qu'il vaudrait mieux fermer la porte. Si vous vouliez bien vous en occuper. Mrs. Repton...

Scilla Repton se retourna brusquement vers elle.

— Pour qui vous prenez-vous... pour donner des ordres chez moi ! Et pour qui Mettie Eccles se prend-elle... pour me parler comme elle le fait ! Tout le monde sait qu'elle a passé toute sa vie en adoration devant Roger et qu'il ne lui a jamais accordé un regard ! Ce n'est qu'une vieille fille frustrée qui a toujours le nez fourré dans les affaires des autres ! Je vais la traîner en justice... Voilà tout ce qu'elle aura gagné ! Vous avez entendu ce qu'elle a dit, eh bien, ça va lui coûter cher de m'avoir accusée !...

Pendant que cette voix atteignait l'aigu, miss Silver se disait que le vernis mondain ne mettait pas longtemps à se craqueler sous la poussée de la peur et de la colère. La jeune femme à l'air langoureux, à la grâce étudiée et dont les intonations se conformaient aux derniers critères de la mode, cette jeune femme-là avait disparu. Elle avait fait place à la Londonienne qui défendait chèrement ses propres intérêts et qui était rompue à ce genre d'exercice. La colère lui avait fait affluer le sang au visage.

Mettie Eccles semblait pétrifiée. Toute sa colère s'était envolée. Elle avait les jambes lourdes et les yeux étincelants. Elle ne désirait plus qu'une chose, c'était de pouvoir s'asseoir dans le noir et de s'abandonner à son chagrin. Mais son instinct combatif reprit le dessus... pas question de retirer ce qu'elle avait dit. Elle répéta d'un ton très sec :

— Vous l'avez tué...

C'est à ce moment-là, et juste avant que lady Mallett ne referme la porte du bureau, que Maggie Repton traversa le hall. Elle avait pris conscience d'une agitation anormale et avait entendu des chuchotements. Si Roger était malade, sa place était auprès de lui. Et même si elle ne se sentait pas bien elle-même, elle devait aller le voir.

Nora Mallett essaya de lui barrer le passage, mais rien ne pouvait l'arrêter.

— Maggie...

— Si Roger est malade, je dois être auprès de lui.

Elle franchit l'obstacle et découvrit ce qu'il y avait à découvrir — Roger écroulé sur son bureau et trois personnes qui l'entouraient mais ne faisaient rien pour lui porter secours...

Miss Silver, cette dame si gentille... mais c'était une étrangère. Scilla, la femme de Roger, sa femme infidèle.

Et Mettie qui l'avait toujours aimé.

Mais pourquoi ne faisaient-elles rien pour venir en aide à Roger ? Elle entendit Mettie Eccles dire : « Vous l'avez tué... », et elle vit Scilla Repton faire un pas en avant et la gifler à toute volée.

CHAPITRE XXIV

Maggie Repton était allongée sur son lit, l'édredon remonté jusqu'au cou. Comme tout ce que contenait la chambre, il était vieux et en piètre état. Miss Repton se souvenait que sa mère l'avait acheté à l'*Army and Navy Stores*[1] dans Victoria Street. L'enveloppe était en coton, mais le duvet était de toute première qualité, et il avait coûté deux livres et dix shillings, ce qui, à l'époque, était un prix très élevé pour un édredon. Il était encore très chaud, léger et réconfortant. Elle sentit qu'on lui avait mis une bouillotte sous les pieds. C'était également un réconfort. Mais il y avait autre chose... la sensation d'une présence douce et rassurante. La nuit tombait lentement. On avait allumé une petite lampe à abat-jour sur le lavabo. Elle était hors de son champ de vision et ne l'éblouissait pas, mais la lumière qu'elle répandait dans la chambre était bien agréable. Elle tourna la tête sur son oreiller et elle identifia la personne dont la présence avait cette qualité si rassurante. Miss Silver était assise à son chevet et tricotait.

---

1. Comptoir de l'Armée et de la Marine, près de Victoria Station.

Pendant quelques instants, la chaleur de la pièce, la lumière tamisée, la sensation de confort et de sécurité qu'elle éprouvait réussirent à faire oublier à Maggie Repton toutes les choses qui s'étaient passées pendant la réunion du comité d'entraide. Mais elles ne tardèrent pas à revenir en force... Roger, mort, effondré sur son bureau — le verre brisé et le carafon vide — Mettie désespérée accusant Scilla, et Scilla la giflant. Elle sortit le bras de dessous l'édredon et tendit la main. « Oh, non, ce n'est pas vrai ! » gémit-elle.

Miss Silver posa son tricot et prit la main tendue.

— Mais si, ma chère, c'est malheureusement vrai. Il faut vous montrer courageuse.

Deux grosses larmes dégoulinèrent lentement sur les joues de miss Maggie. Son cerveau aussi semblait fonctionner au ralenti. Roger était mort. Elle ne devait pas être une bonne sœur, une sœur aimante, parce que ces mots ne provoquaient aucune réaction en elle. Elle avait l'impression d'être incapable de ressentir quoi que ce soit. Elle le dit à voix haute.

— J'ai l'impression d'être incapable de ressentir quoi que ce soit.

— C'est l'effet du choc, répondit miss Silver dont la main était chaude et ferme.

Maggie Repton resserra son étreinte.

— J'ai discuté avec lui juste avant la réunion du comité. Il a dit qu'il était à bout. Vous croyez qu'il voulait dire... vous croyez...

Miss Silver lui jeta un regard empreint de gravité.

— Vous allez devoir raconter à la police très exactement ce qu'il vous a dit.

— Je n'aurais jamais dû le laisser seul, fit miss

198

Maggie d'une voix larmoyante. Mais je ne pensais pas...
non, vraiment je ne pensais pas...

— Allons, ma chère, que voulait-il dire, à votre avis ?

— Il parlait de Scilla. Ils avaient eu une scène
épouvantable. Il m'a dit... qu'elle avait une liaison avec
Gilbert Earle. Quelle horreur, quelle iniquité ! Vous
savez que Gilbert allait épouser Valentine, mais que le
mariage a été rompu. Et Roger m'a dit qu'il voulait
demander le divorce. Jamais je n'aurais cru que nous
aurions cela dans la famille, mais il m'a dit qu'il ne
pouvait plus continuer ainsi. Tout cela est si *affreux* !
On a de la peine à croire que cela puisse être vrai.

C'était un soulagement pour elle de parler, de s'épan-
cher. Après quelque temps, miss Silver dégagea doucement sa main et reprit son tricot. Quand elle se leva de
sa chaise, miss Maggie lui demanda avec un sanglot
dans la voix :

— Vous ne partez pas ?

— Pas si vous désirez que je reste.

— Oh, si vous vouliez bien..., fit-elle d'une voix
défaillante.

Puis après un silence, elle reprit :

— Valentine est une enfant merveilleuse, mais elle
est jeune encore, et... et Scilla...

Elle se redressa dans son lit.

— Elle est infidèle... Roger allait la chasser. Il
faudrait que quelqu'un reste ici pour s'occuper de
Valentine, et Mettie... non, Mettie ne peut pas venir.
Scilla l'a giflée, n'est-ce pas ? Quelle horreur ! La
pauvre Mettie ne peut plus revenir après cela ! J'ai vu
Scilla la gifler, mais après, je n'arrive pas à me souvenir
de ce qui s'est passé.

— Vous vous êtes évanouie, ma chère.

— Oh, mon Dieu !... jamais je n'aurais dû faire ça... cela a dû vous causer bien des soucis.

Puis, d'une voix tremblante et à peine audible, elle demanda :

— Est-ce que... est-ce que quelqu'un... a prévenu la police ? Vous avez dit... j'ai cru vous entendre dire...

— Oui, ma chère, ils sont ici. Vous verrez, ils sont très gentils et pleins d'égards.

La porte s'entrouvrit. Valentine Grey passa d'abord la tête dans l'entrebâillement, puis pénétra dans la chambre. Voyant que miss Maggie était éveillée, elle se pencha pour l'embrasser. Miss Silver, qui s'était retirée près de la fenêtre, percevait leurs chuchotements.

Après quelques instants, Valentine s'approcha d'elle. Son air radieux n'était plus qu'un lointain souvenir et le chagrin se peignait sur son visage au teint blafard. Mais elle semblait parfaitement se contrôler. Elle demanda à voix basse :

— Elle va mieux ?

— Tout ira très bien maintenant.

— Le commissaire divisionnaire est en bas. Il m'a dit de vous demander si elle était en état de le voir. Il m'a dit qu'il attendrait si vous estimiez que non.

Miss Silver se dirigea vers le lit.

— Demandons-lui. Peut-être préférera-t-elle se débarrasser de tout cela.

Miss Maggie s'était remontée contre ses oreillers. Elle découvrit, à sa grande surprise, qu'elle était en chemise de nuit et qu'elle portait la liseuse bleue que Valentine lui avait offerte pour son anniversaire.

— Tu as dit que Mr. March était en bas ? Et qu'il

veut me voir ? Je ne sais pas... je ne sais pas si je serai capable de me lever et de descendre.

Valentine se pencha vers elle.

— Mais non, ma petite tante chérie, bien sûr que non. C'est lui qui montera.

— Oh, il est bien bon, murmura miss Maggie. C'est vraiment très gentil à lui d'être venu. C'est quand même bien utile d'avoir un homme. Et si tu crois qu'il n'y voit pas d'inconvénient... Mais, mon Dieu, suis-je présentable, au moins ?

On avait débarrassé sa chevelure rebelle des épingles dont les tentatives pour la maintenir en ordre se soldaient bien souvent par un échec. Elle était maintenant bien plaquée de chaque côté du front étroit. Miss Maggie ajouta un bonnet de dentelle et demanda de nouveau si elle était présentable. Miss Silver la rassura totalement sur ce point.

— Mais vous allez rester ? demanda miss Maggie pleine d'appréhension. Je connais bien Mr. March... c'est un homme absolument charmant. Mais vous n'allez pas me laisser seule avec lui, n'est-ce pas ? Renie Wayne m'a dit que vous le connaissiez très bien. Elle m'a dit que vendredi vous aviez été invitée à prendre le thé chez lui. Mrs. March est une très belle femme... et ils ont deux enfants adorables. » Des larmes commencèrent à embuer ses yeux. « Vous savez, quand tout va de travers, comme cela a été le cas chez nous ces temps-ci, cela fait du bien de penser qu'il y a des gens vraiment heureux. »

Randal March pénétra dans la chambre et prit la chaise qui avait été avancée pour lui. Tout dans son attitude respirait la bienveillance pendant que d'une voix infiniment douce il affirmait à miss Maggie qu'il était désolé de la déranger et lui assurait qu'il eût préféré la rencontrer en d'autres circonstances.

— Mais j'espère que vous ne verrez pas d'inconvénient à répondre à quelques questions. Il peut être important d'agir vite et miss Silver veillera à ce que je ne vous fatigue pas trop. Nous sommes de vieux amis, vous savez.

Miss Maggie manifesta un vif intérêt.

— Oh, oui, Renie Wayne m'en a parlé. Miss Silver a été très bonne avec moi... tellement bonne.

— C'est une femme merveilleuse, fit-il avec chaleur.

Puis il poursuivit :

— Et maintenant, miss Repton, pouvez-vous me dire quand vous avez vu votre frère pour la dernière fois ?... je veux dire, bien entendu, avant d'entrer dans le bureau, quand il était entouré de miss Eccles, miss Silver et Mrs. Repton.

Miss Maggie le regarda avant de répondre.

— Il y avait aussi Nora Mallett. C'est une cousine, vous savez, au même titre que Mettie Eccles.

— Oui, je sais. Alors, quand avez-vous vu le colonel Repton pour la dernière fois avant cela... et où ?

Elle répondit d'une voix larmoyante :

— C'était dans le bureau, juste avant que tout le monde n'arrive. Nous avons eu une réunion du comité d'entraide... mais je suppose que vous êtes au courant. Et Roger était dans une colère noire. Oh, pas à propos du comité... non, cela n'avait rien à voir. C'était... oh, faut-il vraiment que je vous le dise ?

Miss Silver avait approché une chaise de l'autre côté du lit. Elle dit d'une voix douce mais ferme :

— J'ai peur que vous ne puissiez faire autrement, ma chère. Mr. March est certainement déjà au courant des dissensions entre votre frère et sa femme.

— En effet. Miss Maggie, il vaudrait mieux tout me dire. Était-ce ce qui motivait la colère de votre frère ?

— Oh, oui. Il m'a dit qu'il était à bout.

Randal March tourna les yeux vers miss Silver qui lui fit un imperceptible signe de tête et prit la parole.

— Je crois que Mr. March aimerait savoir exactement la manière dont il a dit cela. Il venait de vous informer que sa femme partait définitivement, n'est-ce pas ? Et il avait prononcé le mot divorce ?

Miss Maggie prit une longue inspiration.

— Oui, c'est exact. Il pensait qu'elle l'avait... qu'elle lui avait été infidèle.

— Avec Gilbert Earle ?

— Oui... oui.

— Il a effectivement dit qu'elle le quittait et il a parlé de divorce ?

— Oh, oui... mon pauvre Roger.

— Et maintenant, à quel moment de votre conversation vous a-t-il dit qu'il était à bout ? Pouvez-vous retrouver les termes exacts qu'il a employés ?

— Oh, je ne sais pas... cela me paraît tellement horrible à répéter.

Le regard de Randal March se porta de nouveau sur miss Silver par-dessus le lit.

— Je crois qu'il faut qu'elle comprenne bien tout ce que ces paroles impliquent. Je pense que vous serez capable de l'expliquer mieux que moi.

— Ma chère miss Repton, fit miss Silver d'une voix à la fois douce et autoritaire, je sais que ce doit être insupportable pour vous, mais énormément de choses dépendent des paroles exactes qui ont été prononcées. Les mots : « Je suis à bout » pris en eux-mêmes laisseraient présumer qu'il s'agit d'un suicide.

— Oh, non…, fit miss Maggie en articulant à peine.

— Si vous ne croyez pas qu'il ait voulu dire cela, poursuivit miss Silver, alors il faut essayer de vous souvenir de ce dont il parlait à ce moment-là. Un homme ayant l'intention de se suicider ne se préoccuperait certainement pas de divorcer. Vous êtes sûre qu'il a mentionné le mot ?

Un peu de sang était monté au visage de miss Repton. Elle répondit d'une voix plus assurée :

— Oui, j'en suis certaine, parce que cela m'a profondément choquée. Nous n'avons jamais eu cela dans la famille. Et Roger n'aurait jamais mis fin à ses jours… il avait beaucoup trop de principes pour cela.

— Mais alors, dans quel contexte en est-il arrivé à dire qu'il était à bout ? demanda March.

Maggie Repton porta la main à sa gorge.

— Il a dit que Scilla partait sans espoir de retour. Il a dit : « Elle avait une liaison avec Gilbert Earle… s'il n'y a pas pire que cela. » Et il a ajouté : « Je suis à bout. Il faut qu'elle parte. » Et puis il est sorti en claquant la porte.

Randal March regarda miss Silver en hochant la tête.

— Enfin, nous y sommes. Nous avons les cinq mots qui font toute la différence. Il était à bout de patience avec sa femme. Tout devient clair avec ce : « Il faut qu'elle parte. » Mais vous êtes bien sûre que cela s'est passé comme ça, miss Maggie ?

Oui, elle en était absolument sûre. Maintenant qu'elle l'avait dit, elle se sentait soulagée. Elle répéta très lentement toute leur conversation et, quand il eut fini d'écrire, elle apposa sa signature au bas de la page.

CHAPITRE XXV

Miss Silver redescendit avec le commissaire divisionnaire. Dès qu'ils s'étaient trouvés seuls sur le palier, il
lui avait dit :

— Je veux voir la jeune Florrie. Crisp a pris sa
déposition. Je veux la relire avec elle et j'aimerais
énormément que vous soyez présente. Lorsqu'on est en
présence d'une jeune fille, je pense qu'il est toujours
préférable qu'il y ait une autre femme. Croyez-vous
qu'elle y verra une objection ?

Miss Silver secoua très légèrement la tête.

— Je l'ai trouvée extrêmement sympathique et servia-
ble. Mais peut-être me laisserez-vous lui annoncer
que vous désirez la voir. Ma présence paraîtrait ainsi
beaucoup plus naturelle.

Il entra dans le bureau. De son côté, miss Silver,
après avoir signalé à Valentine que Maggie Repton était
seule et qu'à son avis, un repas léger pourrait maintenant
lui être salutaire, l'informa du désir du commissaire
divisionnaire d'interroger Florrie Stokes. Valentine agita
une sonnette. Florrie accourut pour y répondre et, loin
d'élever une quelconque objection à la présence de miss

206

Silver, elle manifesta clairement son désir de ne pas la lâcher d'une semelle. Elle avait encore les yeux gonflés de larmes et était visiblement terrorisée et bouleversée, ce qui amena March à se féliciter de la présence de miss Silver. L'inspecteur Crisp, qui avait déjà rencontré miss Silver lors d'une affaire, répondit aussi brièvement et cérémonieusement que possible à son salut courtois.

Le corps du colonel Repton avait été enlevé. La pièce avait été aérée, mais elle sentait encore le tabac. Le verre brisé, le carafon, la tasse et sa soucoupe et l'assiette apportées à la victime avaient disparu. Il y avait une marque humide sur le tapis vert — déjà bien usagé et taché — qui recouvrait le bureau. Quand elle serait sèche, rien n'indiquerait plus qu'il avait été le témoin muet d'une mort violente. A l'endroit où Roger Repton s'était effondré, le commissaire divisionnaire était assis, la déposition de Florrie à la main, pendant que Crisp, à sa gauche, tenait son stylo et son calepin prêts.

Florrie prit place sur le canapé à côté de miss Silver. Elle était encore toute tourneboulée, mais elle était aussi fort excitée. C'était la chose la plus affreuse qui lui était jamais arrivée, mais en même temps, c'était quelque chose dont elle pourrait parler jusqu'à la fin de ses jours. Le commissaire était vraiment très bel homme, et Mrs. March était très belle aussi. Et miss Silver était si gentille. Elle était ravie de ne plus avoir affaire à cet inspecteur Crisp. Il vous sautait à la gorge que c'en était affreux, exactement comme les fox-terriers de Joe Blagdon quand ils étaient après un rat. Elle n'aimait pas les rats, mais elle n'aimait pas non plus qu'on tue quelque chose devant elle.

March relut toute sa déposition qui commençait avec son arrivée dans le hall le samedi, lorsqu'elle avait entendu le colonel et Mrs. Repton se disputer dans le bureau. Ils se disputaient à propos de Mr. Gilbert Earle. Elle avait si souvent raconté cette histoire que c'était comme quelque chose qu'on a appris par cœur et elle était capable de la répéter sans pratiquement changer un seul mot. Le colonel avait dit qu'il savait que Mrs. Repton avait une liaison avec Mr. Gilbert — il avait reçu une de ces saletés de lettres à propos de ça. Ils se rencontraient chez Mrs. Foster, l'amie de Mrs. Repton, et il allait en avoir la preuve et demander le divorce.

— Vous l'avez entendu prononcer le mot divorce ? demanda March.

— Oui, oui, je l'ai entendu.

— Vous en êtes bien sûre ?

— Oh, oui, monsieur.

Il changea de sujet.

— Bon, parlons maintenant de ces lettres anonymes... vous dites que le colonel Repton en a parlé ?

— Oui, monsieur.

— Il a dit qu'il en avait reçu une ?

— Oui, monsieur... et c'est la vérité. C'est moi qui la lui ai montée.

L'inspecteur Crisp releva brusquement la tête.

— Vous la lui avez montée ? demanda March.

— Oh, oui, monsieur. Il y en avait une pour lui et une pour miss Valentine.

— Mais comment saviez-vous qu'il s'agissait des lettres anonymes ?

Florrie se sentait de plus en plus à l'aise au fil de l'interrogatoire. Et s'il y avait un sujet qui avait été

208

discuté dans les moindres détails à Tilling Green, c'était bien celui des lettres anonymes — le papier blanc de mauvaise qualité sur lequel elles étaient écrites, les enveloppes bon marché qui l'accompagnaient et la grosse écriture maladroite. Sam Boxer, le facteur, en avait donné une description beaucoup trop précise pour qu'il subsiste le moindre doute dans son esprit à ce sujet. Et d'ailleurs, elle avait vu de ses propres yeux celle que Mrs. Pratt avait reçue, parce qu'elle était chez elle quand Mrs. Pratt était venue la montrer à ses parents — une lettre d'une méchanceté épouvantable qui prétendait que son Joe avait été arrêté pour avoir brisé la vitrine d'un magasin. Pourtant ce n'était pas un mauvais garçon, un peu indiscipliné, c'est tout. Mais la lettre disait que tout le monde espérait qu'il irait en prison et que, de toute façon, il finirait mal. Et Mrs. Pratt avait terriblement accusé le coup.

Florrie expliqua tout cela avec beaucoup de candeur.

March se tourna vers Crisp.

— Étiez-vous au courant pour cette lettre ?

Crisp ressemblait réellement au fox-terrier de l'imagination de Florrie. Pour l'instant, il ressemblait à un fox-terrier qui voyait lui filer sous le nez le rat qu'il guignait. Il répondit d'un ton extrêmement sec :

— Non, monsieur.

March se sentit bouillir d'exaspération. Comment pouvait-on venir en aide aux gens si jamais ils ne demandaient rien ? Ils en discutaient interminablement entre eux, mais dès qu'il s'agissait de prévenir la police, ils devenaient muets comme la tombe. Sam Boxer ayant déjà déclaré que le colonel, miss Valentine et le pasteur avaient reçu chacun une lettre répondant à la description

209

des lettres anonymes, et les ayant lui-même distribuées lors de sa première tournée du jeudi matin, March en conclut que l'on pouvait considérer que le témoignage de Florrie attestait le fait que la lettre adressée à Roger lui était bien parvenue, même s'il n'avait pas jugé utile de le reconnaître. Comme la lettre avait apparemment traité de l'infidélité de sa femme, il n'y avait rien de surprenant dans cette attitude.

Florrie soutint que non seulement le colonel avait parlé de la lettre, mais que Mrs. Repton et lui avaient eu une violente altercation à ce propos et que le colonel avait dit à sa femme qu'il savait qui envoyait les lettres anonymes. Et il avait ajouté que c'était peut-être Mrs. Repton elle-même.

— Vous êtes sûre qu'il a dit ça ?

Elle répéta les termes de sa déposition.

— Mrs. Repton a dit que tout ça, c'était des mensonges, et le colonel a répondu que c'était une cochonnerie qui lui avait révélé d'autres cochonneries et qu'il croyait connaître l'auteur. Et Mrs. Repton lui a demandé qui c'était, mais le colonel lui a dit qu'elle aimerait bien le savoir, et que d'ailleurs, c'était peut-être elle parce que ce serait un bon moyen d'empêcher le mariage de miss Valentine et de mettre un terme au sien. Et il lui a dit que le mariage ne représentait rien pour elle et pour ses amis, mais qu'elle ferait mieux de s'assurer que Mr. Gilbert l'épouserait avant de décider de partir.

Tout au long du récit de la scène de ménage qui avait eu lieu dans la pièce où ils se trouvaient, elle aurait pu avoir sa propre déposition devant les yeux tellement elle s'en écarta peu. Randal March et miss Silver eurent une impression très claire de la manière dont cela s'était

210

déroulé — un soupçon se transformant soudain en certitude et explosant en un accès de fureur ne connaissant plus de bornes et terminé par un violent échange d'injures. Puis un relatif retour au calme, si bien que ce qui avait commencé par l'ordre intimé à Scilla Repton de quitter sur-le-champ le domicile conjugal semblait s'être conclu par la prise de conscience du scandale que ne saurait manquer de provoquer une telle attitude et le désir de Roger d'avoir l'opinion publique derrière lui.

Comme March le dit un peu plus tard à miss Silver quand ils se retrouvèrent seuls : « Il a d'abord laissé exploser sa colère, et puis je suppose qu'il a réalisé ce à quoi il s'exposait s'il la flanquait à la rue sans autre forme de procès. D'après ce que j'ai appris, il était supposé être sorti, mais il avait oublié une lettre urgente qu'il voulait absolument poster. Il est revenu la chercher et il l'a trouvée en grande conversation — pour le moins compromettante — avec Earle. De manière assez compréhensible, il s'est emporté, mais il n'a pas tardé à retrouver son calme et sa dignité. Mais d'après miss Maggie, il était encore fermement résolu à demander le divorce après quarante-huit heures de réflexion, et il attendait simplement que l'enterrement de Connie Brooke soit passé pour demander à Scilla de quitter la maison. » Miss Silver acquiesça de la tête.

— Croyez-vous qu'il parlait sérieusement lorsqu'il a suggéré que Mrs. Repton aurait pu lui envoyer la lettre où elle s'accusait elle-même ?

— C'est difficile à croire. Il était absolument furieux contre elle et, si vous voulez mon avis, il utilisait tous les arguments qui lui passaient par la tête. Ils parlaient de la lettre qu'il avait reçue et, dans le feu de l'action, il a sauté sur la première chose qui lui est venue à l'esprit pour essayer de lui faire peur.

— Vous pensez donc qu'il ne connaissait pas vraiment l'auteur des lettres ?

Il leva les mains et les laissa retomber.

— Il a dit qu'il le connaissait. Florrie est absolument formelle sur ce point et elle me donne l'impression d'être un témoin digne de foi.

— Digne de foi et très précis.

Il hocha lentement la tête.

— Donc il prétendait le connaître. Les événements semblent malheureusement le confirmer, vous ne trouvez pas ? Connie Brooke prétendait savoir qui envoyait les lettres anonymes, et on s'est débarrassé d'elle. Roger Repton disait la même chose et il a subi le même sort. On dirait que quelqu'un ajoutait foi à leurs paroles.

Mais toute cette scène n'eut lieu que plus tard. Pour l'instant, ils étaient avec Florrie, pas mécontente d'elle-même et qui se représentait l'histoire qu'elle allait avoir à leur raconter à la maison. Elle aurait également à la raconter lors de l'enquête... perspective qui n'avait rien de réjouissant, mais en même temps assez grisante.

La voix de miss Silver interrompit ces considérations. Après avoir toussoté, elle s'adressa au commissaire divisionnaire.

— Je me demande si vous verriez une objection à ce que je pose une question à Florrie.

En entendant cela, l'inspecteur Crisp fronça les sourcils qu'il avait fort touffus. Il avait déjà eu affaire à miss Silver et il estimait qu'elle prenait un peu trop de libertés et que l'on ne faisait rien pour l'en empêcher.

Il ne douta pas un instant qu'on allait lui permettre de prendre celle-là. Et, bien sûr, ça ne rata pas, le commissaire divisionnaire se laissa faire.

— Mais très volontiers, miss Silver, de quoi s'agit-il ?

— Je vous remercie, Mr. March, répondit-elle fort courtoisement. Lorsque nous avons pris le thé dans la salle à manger, j'étais assise près de la porte en compagnie de miss Repton qui avait eu un malaise, quand miss Eccles est passée devant nous en portant la tasse et l'assiette que l'on devait plus tard retrouver sur le bureau du colonel. Elle a dit que Florrie l'avait informée que le colonel Repton était dans son bureau et qu'elle lui portait une tasse de thé. J'aurais aimé demander à Florrie comment elle savait que le colonel Repton était dans son bureau — si elle l'y avait effectivement vu, et quand, et s'il était seul à ce moment-là.

— Alors, Florrie ? demanda March.

Elle s'empourpra violemment.

— Je ne pensais pas à mal en en parlant à miss Eccles.

Il lui adressa un sourire rassurant.

— Mais non, ne vous inquiétez pas. Votre aide nous est précieuse, vous savez.

Se voyant ainsi encouragée, Florrie se détendit.

— Eh bien, il y était depuis le déjeuner. Miss Maggie, elle était avec lui juste avant l'arrivée des dames du comité. Elle est sortie au moment où je traversais le hall pour aller ouvrir la porte. Et comme elles arrivaient par deux ou par trois, j'ai fait des aller et retour jusqu'à la porte pendant pas loin d'une demi-heure. A un

213

moment, je suis passée devant la porte du bureau, et il y avait le colonel Repton qui parlait avec un autre homme.

— Un autre homme !

Florrie hocha la tête.

— Comme ce n'était pas moi qui lui avais ouvert, je me suis posé des questions, et puis je me suis dit : « Bon, ce doit être Mr. Barton, et il a dû faire le tour de la maison et frapper à la fenêtre pour que le colonel lui ouvre. » Miss Maggie avait laissé la porte du bureau entrebâillée, comme ça lui arrive souvent. Alors je me suis approchée doucement, et c'était bien lui.

— Vous avez dit Mr. Barton ?

— Oui, oui... il venait pour le loyer, monsieur. Et je me suis dit qu'il ne devait pas être au courant de la réunion du comité d'entraide, sinon il ne serait pas monté ici pour tout l'or du monde, vu son attitude devant les femmes.

— Mr. Barton avait l'habitude de venir ici pour payer son loyer ?

— Oui, monsieur... une fois par mois, il venait. Et c'était un drôle de loyer, d'ailleurs. La plupart du temps, il venait à la tombée de la nuit, et des fois il sonnait, et d'autres fois il faisait le tour jusqu'à la fenêtre du bureau.

— Vous avez dit que son loyer était un drôle de loyer. Qu'entendez-vous par là exactement ?

Florrie pouffa de rire.

— Eh bien, monsieur, c'était ce que le colonel était en train de dire quand j'ai écouté à la porte. Il disait : « Alors, James, on est venu accomplir la petite formalité du loyer ? » Et il a dit que cela lui faisait toujours plaisir de le voir, et après, il a ajouté : « Fais donc une entorse à tes principes, pour une fois, et prends un verre. » Et Mr. Barton a répondu : « Si tu n'as pas encore compris que tu perdais ton temps à me le demander, jamais tu ne le comprendras. Et toi aussi, tu ferais mieux de laisser tomber cette saleté. »

March haussa les sourcils.

— Ah, je vois qu'ils étaient en excellents termes.

Florrie prit un air réservé.

— Oui, monsieur... le colonel avait des relations très amicales avec Mr. Barton.

— Et cet après-midi aussi ?

— Oui, monsieur, pour autant que je sache. Je vous ai dit tout ce que j'avais entendu.

— Vous êtes sûre que c'était bien Mr. Barton ?

— Oh, oui, monsieur.

— Comment pouvez-vous en être si sûre ?

— A cause de ce que disait le colonel, et de la voix de Mr. Barton. Il a une voix tellement grave, et un peu rauque aussi. Mon père dit qu'il a été gazé pendant la guerre... la première, bien sûr, pas celle que mon père a faite.

— Donc, d'après vous, Mr. Barton a été la dernière personne à voir le colonel Repton avant que miss Eccles ne lui porte son thé ?

— Oh, non, monsieur.

— Comment cela ? Qui d'autre y a-t-il eu ?

Jusqu'à présent, tout avait été facile pour Florrie, mais maintenant les choses se compliquaient. Elle n'aurait pas accepté qu'on l'accuse d'avoir peur... il n'y avait pas de quoi avoir peur. Seulement, avec le colonel qui était mort et la police au manoir, cela ne

215

lui paraissait pas très bien de raconter ce qu'elle avait entendu, mais elle savait bien qu'elle finirait par le faire. Elle ouvrit la bouche et la referma aussitôt.

— Alors... qui était-ce ? demanda March.

Elle fut éberluée d'entendre un filet de voix sortir de sa propre bouche.

— Ce n'était que Mrs. Repton.

— Je vois. Et vous vous trouviez à passer devant le bureau ?

— Oui, monsieur.

— Vous avez peut-être entendu ce qui se disait ?

— Eh bien, monsieur...

En un éclair, elle revit toute la scène et fut incapable de continuer — la porte s'ouvrant à la volée et Mrs. Repton se retournant sur le seuil. Elle avait été terrifiée sur le moment et elle éprouvait encore une terreur rétrospective en revoyant l'air furieux de Mrs. Repton et en pensant aux paroles qu'elle avait prononcées. Florrie avait été élevée dans le respect et la crainte de Dieu et elle remercia avec ferveur le Seigneur de ne pas avoir été vue par Mrs. Repton.

Miss Silver posa une main apaisante sur le bras qui avait commencé à trembler.

— Vous n'avez rien à craindre, Florrie.

Florrie cligna des yeux.

— Oh, miss Silver, si vous l'aviez vue.

— Vous avez vu Mrs. Repton ? demanda March.

Elle déglutit en hochant la tête.

— Racontez-moi exactement ce qui s'est passé.

Les mots franchirent ses lèvres en se bousculant. Cela lui fit du bien de s'en débarrasser.

— Je traversais le hall pour aller dans la salle à

manger. Ils parlaient tellement fort... j'entendais leurs voix et ils avaient l'air furieux. Et puis la porte s'est ouverte d'un seul coup, et Mrs. Repton est sortie. Je ne voulais pas qu'elle me voie, alors je me suis plaquée contre le mur, mais elle s'est retournée pour regarder dans la pièce — oh, monsieur, jamais je n'ai vu un regard aussi terrifiant — et elle a dit au pauvre colonel Repton... oh, monsieur, elle lui a dit : « Tu me serais beaucoup plus utile mort que vivant », elle lui a dit, et elle est partie en claquant la porte.

CHAPITRE XXVI

Florrie, bien remise de sa frayeur rétrospective, était repartie. Randal March attendit que la porte se referme derrière elle pour dire :

— Les choses étant ce qu'elles sont, je crois qu'il faudrait voir Mrs. Repton. J'ai estimé, en l'occurrence, qu'il valait mieux que ce ne soit pas Florrie qui la prévienne. Crisp, si vous n'y voyez pas d'inconvénient, peut-être pourriez-vous...

Quand l'inspecteur fut sorti, March reprit :

— Alors, qu'en dites-vous ?

Elle toussota, comme elle avait coutume de le faire pour attirer l'attention sur un point particulier.

— Je pense qu'il est encore prématuré de tirer une conclusion quelconque. Nous savons que leurs rapports étaient très tendus, mais la colère peut pousser les gens à dire des choses qu'ils ne pensent pas vraiment.

Il ne répondit pas. Après quelques instants, miss Silver reprit :

— Je ne crois pas que Mrs. Repton acceptera que je reste, auquel cas...

— Il vous faudra vous retirer ? Oui, je le crains. Mais je préférerais de beaucoup que vous restiez.

Scilla Repton pénétra dans le bureau, Crisp sur ses talons. Elle portait encore sa jupe en imitation tartan et son pull-over émeraude, mais elle avait pris le temps de se remaquiller et la suspension jetait des reflets brillants sur l'or de ses cheveux. Elle avait envisagé de passer une robe noire et de jouer la veuve éplorée, mais quelque chose en elle s'était insurgé contre cette idée. Et puis, à quoi bon, puisqu'il n'y avait pas un seul individu dans toute la maison qui ignorait encore que tout était fini entre Roger et elle. Il en avait parlé à sa sœur — il le lui avait dit lui-même — et il était hors de doute qu'elle avait tout raconté à la police, alors pourquoi ne pas jouer la carte de la franchise et en finir au plus vite. Il allait encore y avoir une de ces insupportables enquêtes et la moindre des choses était de rester pour l'enterrement, mais dès que tout ça serait terminé, Tilling Green ne la reverrait pas de sitôt. Alors, qu'importait ce que pensaient ces gens ou ce qu'ils pouvaient dire d'elle. Elle s'en fichait éperdument.

Puis, remarquant soudain la présence de miss Silver, elle haussa la courbe parfaite de ses sourcils et demanda d'un ton très sec :

— Qu'est-ce qu'elle fait là ?

— Miss Repton et Florrie Stokes préféraient qu'une autre femme soit présente, répondit March, et miss Silver a eu la gentillesse...

Elle l'interrompit d'un petit rire méchant.

— Un chaperon ! Ah, cher monsieur, est-ce préhistorique ! J'aurais cru que Maggie avait passé l'âge d'avoir un chaperon, mais vous voyez, on ne peut jamais savoir.

— Si vous voyez une objection à la présence de miss Silver...

Elle approcha une chaise du bureau, s'installa et commença à allumer une cigarette.

— Non, non, aucune objection. Pourquoi en aurais-je ? Si Maggie a besoin d'un chaperon, pourquoi pas moi ?

Elle éteignit son allumette et la jeta au beau milieu des stylos et des crayons que Roger Repton n'aurait plus jamais l'occasion d'utiliser. Elle tira sur la cigarette dont l'extrémité rougeoya. Elle avait délibérément tourné le dos à miss Silver qui, tout aussi délibérément, changea de position, passant d'un coin du divan en cuir au coin opposé, manœuvre qui lui permit d'avoir une excellente vue de Mrs. Repton assise sur sa chaise, les jambes croisées, la couture de ses bas si discrète qu'elle était presque invisible, avec ses chaussures rouges aux talons beaucoup trop hauts.

Si miss Silver, pour sa part, avait une mise délicieusement surannée, c'était d'abord parce que cela lui convenait parfaitement, et ensuite parce qu'elle s'était aperçue que ce personnage de gouvernante d'un autre temps était un précieux atout dans la profession qu'elle avait faite sienne. Le fait d'être considéré comme quantité négligeable peut être le meilleur moyen de recueillir le genre de renseignement que les gens ne fournissent qu'une fois leur vigilance endormie. Elle était parfaitement consciente d'être traitée comme quantité négligeable en cet instant. Elle se dit que Scilla Repton jouait un rôle et elle se demanda pourquoi elle avait choisi d'affecter l'insensibilité. Elle ne s'attendait pas à ce que Scilla fasse preuve de bon goût, mais que cachaient ces couleurs vives et cette indifférence soigneusement étudiée ? Une mort subite dans une famille devait bouleverser tous ses membres, y compris les plus endurcis, et n'était-elle pas la femme de Roger Repton ?

Randal March avait pris la parole.

— Il paraît, Mrs. Repton, que vous avez eu samedi une dispute très violente avec votre mari.

Elle retira sa cigarette de sa bouche et exhala un petit nuage de fumée.

— Qui vous a dit cela ?

March s'abstint de répondre.

— Au cours de cette dispute, vous avez soulevé la question des lettres anonymes.

— Quelles lettres anonymes ?

— Oh, vous avez dû en entendre parler. L'une d'elles a été montrée lors de l'enquête sur la mort de Doris Pell. Le colonel a interrompu une conversation téléphonique entre Mr. Gilbert Earle et vous-même. Immédiatement après, il vous a signalé avoir reçu une de ces lettres, qui vous accusait d'avoir une liaison avec Mr. Earle. Une dispute très violente a suivi, au cours de laquelle le mot divorce a été prononcé et il vous a demandé de quitter immédiatement sa maison. Il a été jusqu'à dire que vous pouviez aller au diable. Il a par la suite sensiblement modifié sa position. Il avait commencé à réfléchir aux retombées du scandale et il dit qu'il était préférable que vous restiez ici jusqu'après l'enterrement de miss Brooke.

— Vous écoutiez derrière la porte ? demanda-t-elle d'une voix encore plus traînante qu'à l'accoutumée.

— Effectivement, il y avait quelqu'un, répondit sèchement March. Des voix qui s'élèvent lors d'une violente dispute ne peuvent manquer d'attirer l'attention et, pendant une partie du temps tout au moins, j'ai cru comprendre que la porte était restée ouverte.

Elle eut un haussement d'épaules à peine perceptible.

— Quel couple n'a jamais de querelles ? demanda-t-elle. Nous en avons eu des tas avec Roger, mais nous finissions toujours par nous raccommoder.

— Est-ce à dire que ce n'était pas la première fois qu'il vous accusait d'infidélité ?

— Mais non, ce n'est pas ce que je veux dire, et vous le savez fort bien !

— Est-ce à dire alors que la dispute dont nous parlons n'était pas plus grave que certaines autres qui avaient déjà eu lieu et que vous aviez des chances de vous réconcilier ?

Elle répondit d'un ton dégagé :

— Il ne m'aurait pas jetée à la rue, vous savez.

— Et maintenant, Mrs. Repton, miss Maggie Repton a déclaré avoir eu une conversation avec son frère cet après-midi, au cours de laquelle il lui a dit qu'il était à bout et qu'il fallait que vous partiez. Il était à ce moment-là à peine trois heures, mais je pense que vous l'avez vu après.

— Qui vous a dit cela ?

— On vous a vue sortir du bureau.

Elle tira sur sa cigarette et laissa les volutes de fumée s'élever entre eux.

— C'est vrai... et après ?

— La personne qui vous a vue déclare que le colonel et vous-même parliez extrêmement fort. Elle a eu l'impression que vous étiez en train de vous quereller. Puis la porte s'est ouverte et on vous a vue sortir, mais vous vous êtes retournée et vous avez parlé au colonel. Et elle a entendu ce que vous avez dit.

Un peu de cendre tomba sur le devant du pull-over émeraude.

Scilla Repton s'en débarrassa d'une chiquenaude nonchalante.

— Vraiment, Mr. March ?

— Elle déclare vous avoir entendue dire : « Tu me serais beaucoup plus utile mort que vivant. » Et après cela, vous êtes partie.

— Très jolie sortie, fit Scilla Repton.

March la regarda et dit d'une voix grave :

— Et une heure plus tard, il était mort.

— Cela ne voulait rien dire. C'est le genre de chose qu'on dit sans en penser le premier mot.

— Pas lorsqu'on a une réconciliation en vue.

Elle se pencha pour écraser sa cigarette dans le plumier où elle avait jeté son allumette.

Ce geste fit crépiter en lui une étincelle de colère. Elle avait eu une scène avec son mari qui avait découvert son infidélité, elle avait souhaité sa mort devant lui, elle avait entendu une autre femme l'accuser à côté de son cadavre, et maintenant, à l'endroit même où tout cela s'était passé, elle trouvait le moyen de se pencher pour écraser sa cigarette dans le plumier de son mari ! Ce n'était pas grand-chose, mais il ne put le supporter.

— Vous avez souhaité sa mort et une heure plus tard, il était mort, fit-il d'un ton sec. On vous a accusée de l'avoir tué.

Elle éclata de rire.

— Je vois que vous avez écouté Mettie Eccles. Enfin, cher monsieur, un peu de bon sens ! Elle était follement amoureuse de Roger — elle l'avait toujours été, je ne comprends pas pourquoi. Et elle a toujours été follement jalouse de moi, alors, naturellement, s'il se passait quelque chose, ce ne pouvait être que de ma faute.

— Il y avait du cyanure dans la remise, n'est-ce pas ? demanda abruptement March.

— Du cya... quoi ?

— Du cyanure. Je suppose que vous en avez entendu parler.

— Non. Qu'est-ce que c'est ?

— Je n'ai pas encore reçu le rapport du médecin légiste, mais il est possible que ce soit le poison qui a causé la mort du colonel Repton.

Elle le regarda en ouvrant de grands yeux.

— Et qu'est-ce que cela ferait dans la remise ?

— On l'utilise pour détruire les nids de guêpes.

Un frisson la parcourut.

— Je ne peux pas supporter d'avoir une guêpe dans la pièce où je suis ! C'est ce qu'il y a de pire à la campagne... tous ces insectes ! Mais si ce cya-je ne sais quoi était utilisé contre elles, comment est-il arrivé à la maison... à moins que... oh, vous voulez dire que Roger l'a pris volontairement ?

Randal March répondit de sa voix la plus grave :

— Non, Mrs. Repton, ce n'est pas cela que je voulais dire.

CHAPITRE XXVII

A peu près une demi-heure plus tard, March arrêta sa voiture de l'autre côté de la grand-place, souleva le loquet d'une barrière et, s'éclairant avec une torche électrique, avança jusqu'à la porte latérale de Gale's Cottage. Une voix réticente répondit après un certain temps aux coups qu'il avait frappés à la porte à l'aide de sa torche, puisqu'il n'y avait ni sonnette ni heurtoir. Il entendit un pas traînant approcher de la porte qui s'entrouvrit de quelques centimètres. Il entendit par l'ouverture le cliquetis facilement reconnaissable de la chaîne de sûreté que l'on mettait.

Une voix rauque demanda :

— Qui est là ?

— Je m'appelle March. Commissaire divisionnaire pour le comté. J'aimerais m'entretenir avec vous.

— Pourquoi ? demanda la voix.

— Parce que vous êtes une des dernières personnes à avoir vu le colonel Repton.

Il y eut un hoquet, le cliquetis de la chaîne de sûreté que l'on dégageait et le grincement de la vieille porte tournant sur ses gonds. Il n'y avait pas de lumière dans

225

le couloir étroit, mais sur la droite, une porte était entrouverte, d'où filtrait un peu de lumière, suffisamment pour permettre de distinguer la silhouette d'un homme de haute taille qui se tenait à environ un mètre du seuil.

— Qu'y a-t-il à propos du colonel Repton ?

— Je crois que vous êtes une des dernières personnes à l'avoir vu.

Dans un souffle, Barton répéta les derniers mots.

— A l'avoir vu ?

— Mr. Barton, dit March, si le colonel Repton était un de vos amis, je crains qu'il ne faille vous préparer à recevoir un choc, parce qu'il est mort.

— Oh, mon Dieu ! s'exclama James Barton. Mais ce n'est pas possible... je lui ai parlé... oh, entrez donc !

La pièce dont la porte était entrouverte était la cuisine, chaude et confortable, avec une lampe à huile sur le buffet, un bon feu dans l'âtre et de lourds rideaux rouges à la fenêtre. Il y avait une nappe rouge sur la table, un vieux fauteuil recouvert de cuir et un petit tapis devant la cheminée, sur lequel se prélassaient sept gros chats tigrés.

A la lumière, le commissaire vit que Barton était maigre et légèrement voûté, le cheveu poivre et sel et abondant, la barbe rare. Mais ni cette barbe ni les sourcils broussailleux ne pouvaient dissimuler l'hideuse balafre qui lui traversait le visage d'un côté à l'autre. Avant que March ait eu le temps d'enregistrer tous ces détails, Barton demandait :

— Le colonel Repton... que s'est-il passé ? Je suis allé là-haut... il n'était pas malade.

— Je sais. C'est pour cette raison que je suis venu

vous voir. Il n'était pas malade, mais il est mort. Je crois qu'on l'a assassiné.

— Assassiné...

Il y avait deux chaises de cuisine très simples dans la pièce. Barton se laissa tomber sur l'une d'elles et se pencha sur la table, repliant les bras et y enfouissant la tête. March entendit quelques sanglots étouffés. Au bout d'une minute ou deux, Barton se redressa.

— C'était un très bon ami à moi. Je suis complètement bouleversé. Voulez-vous me dire ce qui s'est passé ?

— Il a été empoisonné... Nous pensons qu'il s'agit de cyanure.

— C'est ce qu'on utilise contre les guêpes ?

— Exactement.

— Mais qui aurait pu faire ça ?

March avait pris l'autre chaise.

— J'espère que vous pourrez nous aider à le découvrir.

Barton leva la main et la laissa retomber.

— N'est-ce pas ce que dit toujours la police quand ils parlent du type qu'ils ont dans leur collimateur ?

— Si vous voulez dire que nous avons une raison particulière de vous soupçonner dans l'état actuel des choses, la réponse est non. Mais comme vous êtes une des dernières personnes à avoir vu le colonel Repton vivant... A propos, à quelle heure exactement l'avez-vous quitté ?

— Il devait être quatre heures, ou un petit peu plus. Je n'ai jamais de montre sur moi.

— Cela vous ennuierait-il de me dire pourquoi vous êtes allé le voir, et de quoi vous avez parlé ?

227

— Je suis allé payer mon loyer.

— Je vois. Et combien payez-vous exactement pour ce cottage ?

Barton était appuyé sur un coude, les yeux baissés sur la nappe rouge. Il releva brusquement la tête et demanda d'un ton rogue :

— En quoi cela peut-il intéresser la police ?

— Y a-t-il une raison particulière pour que vous refusiez de répondre à cette question ?

— Non, non... je me demandais simplement pourquoi vous me posiez cette question, c'est tout. Si vous tenez vraiment à le savoir, c'est ce qu'on appelle un loyer nominal.

— Vous voulez dire que vous ne lui donniez rien du tout ?

— Oui, c'est cela, mais j'allais le voir tous les mois, et nous discutions un peu. Il était à peu près le seul à qui je parlais. Et je suppose que vous allez essayer de prouver que c'est moi qui lui ai réglé son compte.

— Pouvez-vous me dire de quoi vous avez parlé cet après-midi ?

Barton reprit sa contemplation de la nappe rouge.

— La plupart du temps, j'attends que la nuit soit tombée pour y aller, mais pas cette fois.

— Et pourquoi donc ?

— Je ne sais pas. J'ai eu envie d'y aller et j'y suis allé, c'est tout. Il y avait des choses qui me tracassaient et j'en étais arrivé au point de ne plus pouvoir le supporter, alors l'idée m'est venue d'aller voir le colonel.

De la mémoire de March jaillit une date. Il n'en aurait pas vraiment juré, mais il en était presque certain. C'était le 13 octobre, et un 13 octobre, il y avait quelque trente ans...

— Bon, vous êtes donc allé voir le colonel Repton. De quoi avez-vous parlé ?

— De lui.

Barton ne détachait pas son regard de la nappe.

— J'ai fait le tour jusqu'à la fenêtre du bureau et j'ai frappé à la vitre, parce qu'il y avait du monde... tout un tas de femelles qui rendaient visite à Maggie Repton pour faire de la couture. Il y avait miss Wayne, ma voisine, et puis l'autre qui est chez elle en ce moment. J'avais oublié cette réunion, mais cela n'allait pas me faire changer d'avis. Je savais que, de toute façon, il allait les fuir comme la peste. Alors, j'ai fait le tour par le bout de la place, je suis entré en passant par-dessus le mur et je suis allé directement à la fenêtre du bureau. Ce n'était pas la première fois que je le faisais.

— Et quand vous êtes arrivé là-bas, le colonel vous a demandé si vous étiez venu apporter votre loyer et vous a offert à boire.

Barton le gratifia d'un regard en coin étonné.

— Si vous connaissez toutes les réponses, vous n'avez pas besoin de moi.

March se sentit coupable de maladresse. Il s'empressa de faire amende honorable.

— Je vous en prie, Mr. Barton, il ne faut pas vous sentir offensé. Quoi de plus naturel pour le colonel Repton que de vous accueillir ainsi ? Et je suis vraiment très curieux de savoir comment cela s'est passé pour la boisson, parce que, vous comprenez, le cyanure — nous avons pratiquement la certitude qu'il s'agissait de cyanure — se trouvait dans le carafon de whisky qui était sur son bureau, et j'aimerais savoir si vous avez vu le carafon à ce moment-là.

— Oh, oui, je l'ai vu. Il m'a effectivement proposé d'en prendre un verre, mais c'était devenu une plaisanterie entre nous... il savait fort bien que je refuserais. Jamais je ne bois de ces saletés. Et il le savait bien. C'est toujours le même cérémonial quand je vais le voir. Il me dit : « Tu bois quelque chose ? » et je lui réponds : « Non », comme il sait très bien que je vais le faire.

— Bon, ce point étant réglé, vous dites que votre conversation a porté sur lui.

— Oui — sur lui et sur les femmes — il connaît mon opinion là-dessus. Il m'a parlé de sa femme.

— Qu'en a-t-il dit exactement ?

— Il m'a dit qu'elle lui avait fait une belle crasse et qu'il allait divorcer. Je ne lui ai jamais adressé la parole de ma vie — je fuis les femmes comme la peste — mais depuis le début, j'aurais pu dire au colonel qu'il avait tout à craindre d'elle. Oui, j'aurais pu lui dire, mais cela n'aurait servi à rien. C'est le genre de chose qu'il faut découvrir soi-même. Les chiens et les chats obéissent aux lois de la nature, et on sait ce qu'elle est cette nature... bon, ils sont faits comme ça. Alors que les femmes, qui sont exactement semblables, sont loin d'avoir là-dessus l'honnêteté de l'animal. Elles mentent, elles louvoient sournoisement, jouant les saintes nitouches, se faisant passer pour des anges de pureté, quand ce ne sont que des traînées et des catins.

March interrompit ce réquisitoire.

— Vous êtes absolument certain que le colonel Repton vous a fait part de son intention de divorcer ?

— Naturellement que j'en suis certain. Pourquoi irais-je inventer cela ? Il m'a dit qu'il en avait fini avec elle et qu'elle allait débarrasser le plancher dès que l'enterrement de Connie Brooks serait passé. Il m'a dit qu'il avait averti sa sœur et qu'il rendrait la nouvelle officielle après l'enterrement.

— Le colonel Repton n'hésitait pas à vous faire des confidences.

La main qui reposait sur le genou de Barton tressaillit et se crispa. Il dit d'une voix grave et rauque :

— Parfois, cela soulage un homme de parler. J'ai eu mon compte d'ennuis et je sais de quoi je parle.

March attendit quelques instants avant de reprendre la parole.

— Donc, il vous a fait des confidences. Vous a-t-il dit — ou a-t-il laissé entendre — qu'il envisageait de mettre fin à ses jours ?

Barton lui jeta un regard noir.

— Absolument pas !

— Ce serait une explication possible. Un homme qui avait — ou qui croyait avoir — découvert que sa femme lui était infidèle aurait fort bien pu se porter candidat au suicide.

Mr. Barton frappa violemment la table du poing.

— Jamais le colonel Repton n'aurait fait ça ! Et je suis prêt à jurer sur la Bible que cette idée ne lui a jamais traversé l'esprit. Il m'a dit qu'il avait l'intention de se débarrasser d'elle... qu'il pensait qu'à notre époque cela ne devrait pas être si long que ça pour qu'un divorce soit prononcé. Alors, s'il avait l'intention de faire ça, il n'envisageait tout de même pas de se suicider !

— Pas à ce moment-là.

— A quelle heure est-ce arrivé ?

231

— On l'a vu en vie à quatre heures et demie et il a été trouvé mort à son bureau un peu après cinq heures.

— Cela implique que le poison était déjà dans le carafon au moment de ma visite. Jamais il ne m'aurait offert à boire comme il l'a fait s'il avait su que le carafon contenait du poison.

— Il aurait pu, puisqu'il était sûr que vous alliez refuser.

Barton donna un nouveau coup de poing sur la table.

— Jamais, vous m'entendez, jamais ! Jamais un homme ne ferait ça à un ami ! Du cyanure ! Ce poison qui tue en une minute ! Jamais un homme n'oserait offrir ça à un ami !

— Mais il savait que vous alliez refuser... vous me l'avez dit vous-même.

Barton secoua la tête d'un air obstiné.

— Jamais il n'aurait fait ça. Le seul fait d'y penser l'aurait hérissé. Et il n'envisageait pas de mettre fin à ses jours... je suis prêt à en jurer.

CHAPITRE XXVIII

Miss Silver traversa la grand-place pour aller chercher les quelques affaires dont elle aurait besoin pour la nuit. Miss Wayne manifesta quelque étonnement.

— Vous allez vous installer au manoir ?

— Miss Repton aimerait bien que je le fasse. Le choc a été affreux pour elle.

Miss Renie se tamponnait vaguement les yeux et le bout du nez avec son mouchoir.

— Oh, oui, bien sûr... et pour nous tous. Mais enfin, une étrangère... on aurait plutôt pensé que lady Mallett... ou tout au moins une *amie*...

— Lady Mallett était elle-même profondément bouleversée. Il est parfois plus facile de rester avec une étrangère dont les sentiments personnels n'entrent pas en ligne de compte.

Miss Renie continua à se tamponner en reniflant.

— J'imaginais que Mettie Eccles serait restée.

Miss Silver émit un toussotement réprobateur.

— Je crains que le choc n'ait été pire pour elle que pour n'importe qui d'autre, car c'est elle qui a fait la macabre découverte.

233

— Je lui ai proposé de l'attendre pour la raccompagner, fit miss Renie d'une voix geignarde. La police voulait l'interroger et elle était obligée de rester. J'étais moi-même complètement bouleversée, mais je serais très volontiers restée là-bas avec elle. Et tout ce qu'elle a trouvé à me dire a été : « Pour l'amour de Dieu, fiche-moi la paix ! » N'est-ce pas outrageant ? Et après cela, que vouliez-vous que je dise ?

Pendant que miss Silver était en train de mettre quelques affaires dans une valise, Joyce Rodney entra dans la chambre. Elle referma la porte et alla s'asseoir sur le lit.

— Vous savez, miss Silver, je suis ravie d'avoir emmené David.

Miss Silver, occupée à plier un peignoir bleu, tourna la tête vers elle.

— Je pense que vous avez agi très sagement, et je suis sûre qu'il est très heureux à Ledlington, chez votre amie.

— Oh, oui, bien sûr. Je suis contente d'être restée ici aujourd'hui et de ne pas être allée au manoir. Cela a dû être un moment affreux. » Elle marqua une légère hésitation avant de poursuivre : « Penny Marsh est venue me voir ce matin. Elle m'a demandé si je voulais remplacer Connie pour l'aider à faire la classe. »

— Oui, Mrs. Rodney ?

Joyce Rodney fit un geste d'agacement.

— J'aimerais tellement que vous m'appeliez Joyce ! Tout le monde m'appelle comme ça !

Miss Silver répondit d'une voix douce mais très ferme :

— Je vous ai déjà dit que je ne pense pas que ce soit souhaitable.

— Oui, je sais. Mais j'aimerais bien quand même. Quand Penny m'a parlé de l'école, cela m'a paru être une excellente idée. Je ne pourrai, bien entendu, plus guère aider tante Renie, mais je pourrai payer ma pension et elle pourra prendre une femme de journée... » Elle s'interrompit, regarda miss Silver droit dans les yeux et lui demanda : « Et pour le colonel Repton... vous étiez là-bas quand c'est arrivé. C'est un suicide ? C'est ce que dit tante Renie... mais est-ce vrai ? »

Miss Silver posa le peignoir dans la valise.

— Ni miss Wayne ni moi-même n'en savons rien.

— Vous savez que tout le monde dit que Scilla et lui ont eu une scène épouvantable, et qu'elle attendait seulement l'enterrement de Connie pour débarrasser le plancher. Il paraît qu'il voulait divorcer.

— Cela me semble difficilement compatible avec un suicide, fit miss Silver d'une voix douce.

— Non, c'est vrai, n'est-ce pas ? Franchement, je n'aurais jamais imaginé qu'il puisse se suicider parce que Scilla le quittait. Bien sûr, elle est ravissante, mais elle ne fait absolument rien de ce qu'un homme comme le colonel Repton attend de sa femme... Vous vous rendez compte qu'elle ne s'occupe même pas de son intérieur. Et, en plus, elle est odieuse.

Miss Silver glissa une éponge, une brosse à ongles, une brosse à dents et un tube de dentifrice dans la valise bleue en toile imperméable, cadeau du Noël de l'année précédente de sa nièce par alliance, Dorothy Silver, la femme du frère d'Ethel Burkett.

— Dans ce domaine, les hommes n'ont pas la même optique que nous. Mrs. Repton a un physique susceptible de les rendre indifférents à ce genre de considérations pratiques.

Joyce s'esclaffa.

— Comme vous avez raison ! Et j'ai été vraiment rosse avec elle. Je pense que dans son milieu, elle doit être très bien, et elle a dû s'ennuyer à mourir ici, mais je ne peux pas supporter de voir quelqu'un s'engager dans quelque chose et ne pas remuer le petit doigt pour que cela marche. Écoutez, je vais traverser la place avec vous, comme cela je pourrai porter votre valise.

Elles traversèrent la grand-place totalement déserte sous le ciel nocturne. Après avoir marché un bon moment en silence, Joyce dit tout à coup :

— Miss Silver... pour le colonel Repton... vous ne m'avez pas dit si vous pensiez que c'était un suicide. Vous savez, parfois j'ai le sentiment que ce n'en est pas un. Florrie a raconté à tout le monde qu'il avait dit qu'il avait l'intention de divorcer. Alors, comme vous l'avez dit, s'il avait l'intention de faire ça, il ne se serait pas suicidé, n'est-ce pas ?

En réponse à cette présentation, certes un peu simpliste, mais pleine de bon sens, d'un problème sur lequel elle n'avait, pour l'instant, nulle envie de s'étendre, miss Silver choisit de faire remarquer que le suicide était parfois le résultat d'une impulsion irrésistible et que, dans l'état actuel des choses, rien ne permettait de déterminer de quelle manière le colonel était passé de vie à trépas.

A peu près au même moment, Valentine s'adressait à Jason Leigh en lui disant : « Il ne s'est pas suicidé. Oh, Jason, non... *jamais* il n'aurait fait ça ! » Nichée au creux de ses bras, elle se sentait en sécurité. Mais au-delà du cercle magique de ses bras, il y avait un monde qui vacillait sur ses bases. Elle n'avait jamais connu

236

son père et dans son souvenir, sa mère n'était qu'une forme vague allongée sur un divan, et qui, un beau jour, avait disparu et dont tante Maggie avait dit qu'elle était montée au ciel. Alors que Roger avait toujours été présent, et sa présence était dans l'ordre des choses. Il n'avait rien de très excitant, mais il était gentil et, dans la maison, tout gravitait autour de lui. Il ne lui était jamais venu à l'esprit de se demander si elle l'aimait ou pas. Maintenant qu'il était mort, c'était comme si elle habitait dans une maison dont un des murs avait été soufflé et où s'engouffraient toutes les calamités du monde. Elle se serra un peu plus contre Jason. Dans ses bras, elle était à l'abri.

— Moi non plus, je n'aurais jamais cru cela de lui, dit-il.

— Il ne l'a pas fait. J'en suis absolument persuadée. Un jour, nous avons parlé du suicide et il m'a dit que c'était une fuite. Il a dit qu'il ne croyait pas que cela puisse résoudre quoi que ce soit. C'était une dérobade, et lorsqu'on se dérobait, on ne faisait que compliquer les choses pour soi-même et pour les autres.

— Tu devrais raconter tout ça au commissaire.

— C'est ce que j'ai fait. Il n'a pas répondu. Mais Jason, le plus terrible, c'est que s'il ne l'a pas fait lui-même, je ne vois qu'une seule personne qui ait pu le faire.

— Scilla ? Tu ferais mieux de ne pas le crier sur les toits, chérie.

— Comme si c'était mon genre ! Comme si je voulais le faire ! J'ai essayé de chasser cette idée, mais je n'arrive pas à m'en débarrasser. J'ai lu une histoire qui parlait d'une pièce dans une maison, où quelqu'un avait été assassiné, et la porte ne voulait pas rester fermée. Eh bien... dans ma tête, c'est comme ça... pour Scilla. J'essaie de refermer la porte, mais il n'y a rien à faire.

Sa voix n'était plus qu'un souffle contre la joue de Jason. Ils étaient si proches l'un de l'autre qu'il ne savait pas s'il entendait les paroles de Valentine ou bien s'il les devinait simplement. Il demanda d'une voix qui lui parut beaucoup trop forte :

— Pourquoi l'aurait-elle fait ?

— Il allait demander le divorce. Il l'a dit à Maggie. C'est pour cela qu'elle avait cette mine de déterrée cet après-midi... il lui a dit juste avant la réunion du comité. Elle avait une liaison — avec Gilbert — et il avait découvert le pot aux roses.

— C'est pour cela que tu as rompu ?

Les mots avaient jailli avec violence, avant qu'il ait eu le temps de les retenir.

— Non... non... pas pour ça. Je veux que tu en sois bien sûr, parce que c'est vrai. Je ne savais pas... je ne le soupçonnais pas avant ce mercredi soir. Quand je t'ai quitté pour rentrer, ils étaient dans le boudoir de Scilla. Je suis passée par la fenêtre du salon et la porte de communication était mal fermée. J'ai entendu... quelque chose... et je n'aurais pas dû écouter, mais je l'ai fait. Il lui disait que c'était fini entre eux. Il lui disait... qu'il m'aimait bien.

— C'était très gentil de sa part.

— C'était... *insoutenable* ! s'exclama Valentine. Après, je suis partie. Le lendemain matin, j'ai reçu une de ces lettres anonymes. Elle m'apprenait que Gilbert avait une liaison avec Scilla. Mais surtout, tu ne dois pas penser que c'est à ce moment-là que j'ai décidé de le quitter, parce que ce n'est pas vrai. Ma résolution était prise quand je t'ai vu au belvédère. Tu m'as dit que je ne pouvais pas épouser Gilbert et je savais que c'était vrai. Il y a des choses que l'on sait sans même avoir besoin d'y penser. C'était en moi.

Ils échangèrent un long baiser.

CHAPITRE XXIX

Le lendemain matin, miss Repton se sentait beaucoup mieux. Son chagrin était toujours profond, mais l'impact du choc commençait à s'estomper. Elle se sentit capable de lire quelques versets de la Bible et exprima le désir de voir Mr. Martin, avec qui elle eut une conversation réconfortante. Il apparut qu'il ne partageait pas les idées de ceux qui pensaient que les défunts restaient endormis dans leurs cercueils jusqu'au jour du Jugement, croyance qui lui avait été transmise par ses parents. Il ne lui était jamais venu à l'esprit de la remettre en question, mais elle trouva extrêmement réconfortant le point de vue plus moderne du pasteur. Elle fut fort reconnaissante à miss Silver de sa présence, à la fois pour elle-même et dans l'intérêt de Valentine. C'est ce qu'elle dit avec une touchante simplicité.

— Je ne voudrais pas penser de mal de quiconque et j'ai prié pour être délivrée de tout jugement sévère, mais je crains que maintenant tout le monde ne soit au courant que mon cher Roger allait demander le divorce, et on ne peut pas se poser la question... la question de... Et vraiment, cela me paraît beaucoup mieux qu'il y ait quelqu'un d'autre pour s'occuper de cette chère Valentine.

Le commissaire divisionnaire passa en fin de matinée. Il demanda à voir miss Silver, et elle descendit le rejoindre dans le bureau, où elle le trouva en train de regarder par la fenêtre. Il se retourna à son entrée, l'informa brièvement que le rapport d'autopsie avait établi que la mort était due à un empoisonnement par absorption de cyanure et poursuivit :

— Crisp a vu le jardinier hier soir, et il déclare que le cyanure était utilisé en juillet pour détruire les nids de guêpes autour de la maison. Il avait montré les nids à Roger Repton et lui avait dit qu'il fallait s'en débarrasser sous peine d'être infestés de guêpes après l'éclosion des larves au mois d'août, et alors, qu'allaient devenir les fruits ? Scilla Repton était arrivée sur ces entrefaites, et il avait fallu tout lui expliquer, et elle avait dit qu'elle avait très peur des guêpes. Elle lui avait demandé s'il était sûr qu'il existait quelque chose pour les détruire et ce que c'était. Elle avait manifesté un vif intérêt et lorsqu'il avait détruit les nids, elle était sortie pour le regarder faire. Il a également dit qu'il lui avait bien recommandé de ne pas toucher au cyanure, parce que c'était un poison violent. Quand je repense à l'interrogatoire d'hier, j'ai l'impression qu'elle en a quelque peu rajouté sur le chapitre de son ignorance du cyanure et de ses méfaits.

Miss Silver s'était installée dans l'angle du divan qu'elle avait occupé lors de l'interrogatoire en question. A ce moment-là, Scilla, avec sa jupe imitation tartan et son pull émeraude, était assise au bureau. Son excellente mémoire lui permit de se souvenir avec précision de la manière naïve dont Scilla avait trébuché sur le mot lui-même. « Cya... quoi et cya-je ne sais quoi », tels avaient été les termes qu'elle avait employés. Elle ouvrit son sac à ouvrage en chintz et en extirpa le cardigan de la petite Joséphine — maintenant presque achevé — en disant :

— Je ne pense pas qu'il faille accorder trop d'attention à cela. Ce n'est qu'une jeune femme sans éducation. Elle n'ouvre pratiquement jamais un livre et tout ce qu'elle sait des nouvelles provient des manchettes des journaux, d'un rapide coup d'œil aux photographies et des actualités cinématographiques. Il est, à mon avis, plus que possible qu'un mot d'un emploi aussi peu fréquent que cyanure lui soit sorti de l'esprit avec plus de facilité qu'il n'y était entré. D'ailleurs, c'était l'éventualité d'une invasion de guêpes qui l'intéressait et l'inquiétait. Le cyanure n'existait qu'en tant que moyen de prévenir cette menace.

March avait pris place dans l'autre coin du divan.

— A moins que l'idée ne lui soit venue qu'on pouvait l'utiliser pour se débarrasser d'un mari gênant aussi bien que d'un nid de guêpes », fit-il d'un ton sinistre, avant d'ajouter avec un sourire narquois : « Elle représente tout ce que vous détestez ici-bas, mais cela ne vous empêchera pas de faire preuve à son égard d'une honnêteté scrupuleuse, n'est-ce pas ? »

Elle lui rendit son sourire.

— Bien entendu, mon cher Randal.

— Bon, maintenant que vous avez soulagé votre conscience, si vous me disiez le fond de votre pensée ?

Elle continua pendant quelques instants à tricoter en silence.

— Je présume, dit-elle, que tu vois aussi bien que moi ce qui est en surface. Autant elle a soigné son apparence physique, autant elle a totalement négligé de cultiver son intelligence. J'ignore de quel milieu elle est issue, mais elle a probablement dû se débrouiller seule très jeune. Miss Maggie m'a confié qu'elle n'avait jamais parlé de sa famille et qu'elle n'avait jamais invité d'amie. Elle a été figurante et mannequin, des emplois précaires et intermittents et une très mauvaise préparation à une vie à la campagne dans le rôle de l'épouse d'un propriétaire terrien désargenté ayant près du double de son âge. Elle peut fort bien avoir réalisé qu'elle avait commis une erreur désastreuse, en particulier si elle était attirée par Mr. Gilbert Earle. Je ne pense pas qu'elle ait eu une affection particulière pour son mari ni pour la famille de ce dernier. Miss Maggie m'a dit qu'il lui avait fait une rente lorsqu'ils se sont mariés. Elle était de l'ordre de deux cents livres par an. Elle a pu estimer que deux cents livres par an et sa liberté étaient préférables à la poursuite de sa vie au manoir où rien ne l'attachait. Tout cela est défendable, mais il y aura toujours une part de nous-mêmes qui dressera une barrière entre ce que nous préférerions et ce que nous sommes prêts à accomplir pour voir se réaliser notre préférence. Une jeune femme peut fort bien aspirer à être libre et indépendante et être pourtant absolument incapable de commettre un meurtre pour arriver à ses fins.

March acquiesça de la tête.

— Pour ce qui est de cette rente, dit-il, j'ai vu ce matin les notaires de Repton. C'est une vieille maison de Ledlington — Morson, Padwick et Morson. J'ai eu une conversation du plus haut intérêt avec Mr. James Morson. Scilla Repton aurait été déchue de ses droits si le divorce avait été prononcé pour cause d'adultère. J'ai demandé à Mr. Morton si elle était au courant de cette clause et, après m'avoir toisé des pieds à la tête, il m'a répondu qu'il s'était fait un point d'honneur de l'en informer personnellement lors de la signature de la constitution de rente et de lui expliquer le sens des mots *dum casta*. Il avait été affreusement scandalisé par le fait qu'elle avait aussitôt éclaté de rire en s'exclamant : « Ah, bon ! Alors si j'en ai marre de Roger et que je pars avec quelqu'un d'autre, je n'aurai pas un radis ! C'est une honte ! » Vous voyez donc qu'elle était parfaitement au courant que s'il obtenait le divorce, elle se retrouverait sans un sou en poche. Et non seulement il l'avait avertie qu'il allait demander le divorce, mais il en avait informé sa sœur et son notaire. Il paraît qu'elle rencontrait Earle dans l'appartement d'une amie complaisante, ce qu'il aurait probablement réussi à prouver. Jusqu'à présent, tout semble se liguer contre elle, mais hier matin Roger Repton s'est rendu à Ledlington pour modifier son testament.

Miss Silver continua imperturbablement son tricot.

— Vraiment, Randal ?

Il refusa de croire que la portée de ce qu'il venait d'annoncer lui avait échappé, et il poursuivit :

— Non seulement il a modifié son testament, mais il l'a déshéritée. Il a insisté pour le faire sur-le-champ, ce qui est apparu pour le moins précipité à Mr. Morson. Donc, premier point — on pourrait arguer de ce fait qu'il avait l'intention de mettre fin à ses jours. Deuxième point — lorsqu'il a vu sa femme dans le bureau, dans l'heure précédant sa mort, quand Florrie a entendu les éclats de voix, lui a-t-il oui ou non fait part du fait qu'il avait modifié son testament ? Parce que, s'il l'a fait — et si donc elle savait qu'il l'avait déshéritée, cela aurait considérablement réduit l'intérêt qu'elle aurait trouvé à ce qu'il meure, alors que si elle pensait seulement qu'il allait modifier son testament, son intérêt, au contraire, était qu'il meure le plus vite possible.

Miss Silver toussota.

— Ces deux points restent, bien entendu, sans réponse pour l'instant. Mais supposons qu'il l'ait informée du changement de ses dispositions testamentaires. Cela a dû la mettre dans une fureur extrême. Il devait, à ce moment-là, être plus de quatre heures. Selon toute probabilité, le cyanure était déjà dans le carafon. Si c'est Mrs. Repton qui avait ajouté le poison au contenu du récipient, elle l'avait fait soit bien plus tôt dans l'après-midi soit au cours de leur entretien, à un moment où l'attention du colonel Repton avait été détournée. Dans les deux cas, sa mort avait déjà été décidée et les dispositions avaient été prises. Crois-tu qu'une jeune femme aveuglée par la colère et ayant résolu la perte de son mari se soit trouvée en état de comparer les avantages respectifs de la poursuite ou de l'arrêt de son plan ? S'il vivait et demandait le divorce, elle allait perdre le bénéfice de sa rente. S'il mourait maintenant, elle avait une chance de le conserver. Cela, je suppose, dépendait de l'attitude adoptée par la famille et des preuves qu'ils pourraient réunir concernant son infidélité. Il est, à mon avis, probable qu'elle a estimé pouvoir conserver le bénéfice de sa rente, car s'il était mort, il ne pourrait plus divorcer. En ce qui concerne le testament, avait-il une grosse fortune à lui léguer ?

— Pas grand-chose. Comme il n'y a plus maintenant d'héritier mâle, tout le domaine, y compris les fermes dont il tirait l'essentiel de son revenu, va devenir la propriété de Valentine Grey. Et, à vrai dire, si Valentine n'avait pas généreusement contribué à l'entretien du domaine, il aurait fallu vendre depuis longtemps. Scilla Repton était probablement au courant de tout cela.

Miss Silver tira sur sa pelote de laine bleue.

— C'est de notoriété publique, mon cher Randal. Je n'étais pas ici depuis vingt-quatre heures que déjà miss Wayne me racontait à peu de chose près ce que tu viens de m'expliquer.

— Alors, vous croyez que c'est elle qui a fait le coup ?

— Je crois que nous pouvons reconnaître qu'elle avait de puissants mobiles. Elle pouvait craindre à la fois un divorce et la perte de sa pension. Elle pouvait également craindre que son amant ne la quitte. J'ignore quels étaient ses sentiments à l'égard de Mr. Earle, mais c'est un jeune homme séduisant dont on dit qu'il a une belle carrière devant lui et qui est l'héritier d'un titre. Même avec les mœurs actuelles, il ne pourrait se permettre d'épouser une femme impliquée dans un grave scandale. Mais en tant que veuve de Roger Repton, elle ferait un parti beaucoup plus respectable.

— C'est exact.

— Voilà pour le mobile. Pour ce qui est maintenant de l'occasion, il est évident qu'il a pu lui être plus facile qu'à quiconque d'ajouter le cyanure au contenu du carafon. Cela aurait pu être fait le matin pendant que le colonel Repton était sorti ou n'importe quand dans l'après-midi, en profitant d'une de ses brèves absences.

C'est également vrai pour les autres occupants de la maison, mais apparemment personne n'a de mobile. Pour ce qui est des étrangers à la famille, je vois deux autres personnes qui ont eu la possibilité de verser le poison dans le carafon.

March haussa les sourcils.

— Deux ?

— Mr. Barton et miss Eccles.

Il secoua la tête d'un air dubitatif.

— Mais ne sont-ils pas dans le même cas ? Quel mobile pourraient-ils avoir ?

Les aiguilles de miss Silver cliquetaient en cadence.

— Celui que nous n'avons pas encore abordé, celui qui, à mon sens, est le véritable mobile à l'origine des décès du colonel Repton et de Connie Brooke. Le bruit courait qu'ils avaient tous deux identifié l'auteur des lettres anonymes. Dans le cas du colonel Repton, plusieurs raisons ont pu concourir à sa perte. Si c'est sa femme qui l'a empoisonné, c'est certainement vrai. Il lui a affirmé qu'il connaissait l'identité de l'auteur des lettres et il a ajouté que c'était peut-être elle et que c'était un excellent moyen de rompre le mariage de Valentine et le sien par la même occasion. C'était au cours d'une violente dispute et peut-être ne le pensait-il pas vraiment. Il ne l'a d'ailleurs pas répété à miss Maggie lorsqu'il l'a mise au courant de l'infidélité de sa femme. Mais entre-temps, le récit de Florrie avait fait le tour du village et l'on répétait partout que le colonel Repton savait qui envoyait les lettres anonymes. Et sa mort fut la conséquence de ces on-dit, de même que la mort de Connie Brooke fut la conséquence des rumeurs qui laissaient entendre qu'elle savait la même

247

chose. Il me paraît difficile de dissocier ces deux cas. En conséquence, à moins que Mrs. Repton ne soit l'auteur des lettres anonymes, je me sens peu disposée à croire que c'est elle qui a empoisonné son mari.

— Mais d'après Florrie, il l'a accusée d'avoir écrit ces lettres.

— Ce n'est pas exactement cela, Randal. Elle déclare dans sa déposition que le colonel Repton avait reçu une lettre anonyme qui lui apprenait que Mrs. Repton le trompait. Et sa déposition continuait ainsi : « Mrs. Repton a dit que tout ça, c'était des mensonges, et le colonel a répondu que c'était une cochonnerie qui lui avait révélé d'autres cochonneries et qu'il croyait connaître l'auteur. Et Mrs. Repton lui a demandé qui c'était, mais le colonel lui a dit qu'elle aimerait bien le savoir, et que d'ailleurs c'était peut-être elle, parce que c'était un bon moyen d'empêcher le mariage de miss Valentine et de mettre un terme au sien. » Comme tu peux le constater, cela tenait beaucoup plus du sarcasme que de la franche accusation, et il n'en a pas parlé à sa sœur.

— Cela ne prouve rien, que je sache. En apprenant l'infidélité de sa femme, ses réactions intimes peuvent avoir pris le pas sur toute autre considération et relégué à l'arrière-plan les lettres anonymes. Et si ce n'est pas Scilla Repton qui l'a empoisonné, alors qui cela peut-il être ?

— Nous parlions de Mr. Barton et de miss Eccles, reprit miss Silver sans se départir de son calme, qui tous deux peuvent — de près ou de loin — avoir eu un rapport avec la mort du colonel Repton et celle de Connie Brooke. Je ne prétends pas qu'ils soient coupa-

248

bles l'un ou l'autre, mais dans les deux cas ils ont eu la possibilité d'être les assassins.

— Barton ? demanda March d'un ton surpris. D'accord, il a vu Repton très peu de temps avant sa mort, mais d'après Florrie, ils étaient en excellents termes et rien n'indique qu'il y ait eu une querelle ou un quelconque mobile. Il avait toutes les raisons d'éprouver de la reconnaissance envers Repton qui avait toujours été un ami précieux. Je crois fermement qu'il lui était très dévoué. Je suis passé le voir hier soir en partant et je puis vous certifier que la nouvelle de la mort de Repton a été pour lui un choc très sévère. Et puis, quel rapport pourrait-il avoir avec Connie Brooke ?

— Aucun, sauf s'il est l'auteur des lettres anonymes. Un rapport très étroit si c'est lui. Et il y a autre chose. Je t'ai déjà raconté que le mercredi soir — c'est-à-dire la nuit pendant laquelle Connie Brooke est morte — j'avais éteint ma lumière et ouvert la fenêtre de ma chambre. Les invités de la soirée au manoir commençaient à repartir. J'ai vu deux ou trois voitures s'éloigner et j'ai également vu Mr. Barton rentrer d'une de ses expéditions nocturnes. Il était accompagné de ses chats et il venait de l'autre extrémité de la grand-place, c'est-à-dire de la direction de la demeure de Connie Brooke. Cela ne prouve rien d'autre que le fait qu'il se trouvait à proximité de la Closerie à une heure où, à condition d'avoir pu s'introduire dans la maison, il aurait eu la possibilité d'empoisonner le chocolat de Connie.

Randal la regarda en souriant.

— C'est un peu maigre comme indice, non ?

Miss Silver continua imperturbablement à tricoter.

— Je n'ai jamais prétendu le contraire. Je t'en ai

249

parlé parce que je ne veux rien te cacher. Mais je crois, à ce propos, que tu es loin de m'avoir dit tout ce que tu sais sur Mr. Barton.

Il acquiesça lentement de la tête.

— C'est exact, je ne vous ai pas tout dit. Et j'hésite à vous en faire part maintenant. Si je n'avais pas beaucoup plus confiance en votre discrétion qu'en la mienne, je préférerais garder le silence. En l'occurrence, je vais tout vous dire. Barton n'est pas son vrai nom. Il n'est pas utile de vous le donner, mais vous allez probablement vous souvenir de cette affaire. Nous allons donc continuer à l'appeler Barton. C'était un officier sorti du rang dans le régiment où servait Repton. Ils ont été envoyés ensemble en Extrême-Orient pour une mission très dangereuse. Barton a reçu au visage une blessure qui lui a laissé une hideuse balafre. Puis il a attrapé une grave insolation et a été renvoyé dans ses foyers. En arrivant, il a trouvé sa femme vivant avec un autre homme et il les a tués tous les deux. Lui, il l'a jeté par la fenêtre et elle, il l'a étranglée. Il ne fait aucun doute qu'il ne jouissait pas de toutes ses facultés au moment du double crime. On l'a envoyé à l'hôpital psychiatrique de Broadmoor et on ne l'a relâché qu'au bout de plusieurs années. Repton a mis ce cottage à sa disposition contre un loyer de pure forme et il lui a gardé son amitié. Il n'avait aucune raison de vouloir attenter à la vie de son bienfaiteur.

Miss Silver le regardait d'une manière qui lui rappelait l'époque de la salle d'étude et exprimait clairement la conviction qu'il pouvait faire beaucoup mieux que cela s'il essayait vraiment. Elle toussota et dit d'une voix ferme :

— Lorsqu'on a eu une crise de démence, il est toujours possible que cela recommence. Le fait d'envoyer des lettres anonymes est le signe d'un grave déséquilibre mental. Si l'on envisage le cas d'un homme qui fut aussi sérieusement atteint que tu viens de me le dire et qui, de plus, a mené pendant des années une existence totalement recluse, n'y a-t-il pas au moins la possibilité que, privé de tous rapports sociaux normaux, il cherche par ce moyen anormal une forme de contact avec ses semblables ? Cette attitude est en général expliquée par un sentiment de frustration, et rares sont les êtres humains qui ont été plus douloureusement frustrés que ce malheureux.

La date qui s'était imposée à l'esprit de March lors de son entretien avec James Barton lui revint soudain en mémoire.

Il reprit d'une voix plus basse où perçait une certaine gêne :

— Quand je lui ai demandé pourquoi il était allé voir Repton dans l'après-midi au lieu d'attendre la tombée de la nuit comme il le faisait d'habitude, il m'a répondu : « Il y avait des choses qui me tracassaient et j'en étais arrivé au point de ne plus pouvoir le supporter, alors l'idée m'est venue d'aller voir le colonel. » Et quand il m'a dit cela, je me suis souvenu que c'était vers le milieu d'un mois d'octobre qu'il était rentré chez lui pour trouver sa femme vivant avec un autre homme. Et je crois que c'était le 13 du mois... en fait, j'en suis absolument sûr. J'ai lu toute l'histoire dans les archives du *Times* quand j'ai été nommé ici, parce qu'on m'avait signalé que ce type vivait à Tilling Green et se faisait appeler Barton. La date m'a frappé parce que je me souviens avoir pensé que le nombre 13 lui avait porté malheur.

Un silence s'installa entre eux pendant quelque temps avant que March ne reprenne :

— Je suppose que vous avez raison et qu'il peut être notre homme. S'il était resté chez lui à remuer des pensées sinistres sur l'ancienne tragédie et si en arrivant ici il s'est vu accuser d'être le corbeau, je conçois qu'il ait pu prendre la mouche. Mais si cela s'est passé ainsi... comment s'est-il procuré le cyanure ? Ce n'est pas le genre de chose que l'on trimbale dans ses poches. Non, si Barton avait eu envie de régler son compte à quelqu'un j'imagine qu'il s'y serait pris comme la première fois... un coup ou une tentative de strangulation. Il y a chez les déséquilibrés une tendance très nette à s'en tenir à un seul type d'assassinat.

Miss Silver opina du bonnet.

— C'est très vrai, Randal. Il y a un autre point qui plaide en faveur de l'innocence de Mr. Barton. Comme tu l'as dit fort justement, si c'est lui qui a empoisonné le colonel Repton, il a dû se rendre au manoir en emportant le poison. L'histoire de Florrie avait dû arriver jusqu'à lui et, en conséquence, il avait dû apprendre que le colonel Repton prétendait connaître l'identité de l'auteur des lettres anonymes. Mais comment cette histoire avait-elle pu l'atteindre ? Il n'allait nulle part et ne voyait personne. Il n'allait jamais au *George* et sa porte était close à tout le monde. Il est difficile de comprendre comment il aurait pu être informé de ce qui constituait le principal sujet de conversation de Tilling Green et, à moins de savoir que les soupçons pesaient sur lui, il ne serait jamais allé au manoir en emportant le poison qui devait le débarrasser du colonel Repton. Je ne voudrais pas que tu t'imagines que je soupçonne Mr. Barton de ce crime, mais j'ai le sentiment qu'on ne peut, à la légère, le rayer de la liste des suspects.

— Ce qui nous amène à Mettie Eccles. Alors, que pensez-vous d'elle ? Tout le monde dit qu'elle était très attachée à Repton.

— Oui, c'est indiscutablement vrai. Elle était totalement effondrée après avoir découvert son corps et elle a immédiatement accusé Mrs. Repton de l'avoir tué. Dans les deux cas, elle était sincère. Mais réfléchissons un instant. La jalousie et la rancune figurent parmi les causes les plus fréquentes des meurtres. Miss Eccles avait toujours énormément tenu à ce cousin éloigné. Nul doute qu'elle espérait en faire son mari. Et puis, un beau jour, il arrive avec l'épouse la moins appropriée qu'il ait pu trouver. Il y a une extrême disparité d'âge, d'éducation et de goût. Le mariage a été célébré il y a deux ans. C'est à peu près un an plus tard que les lettres anonymes ont commencé à circuler. Nous avons vu que ce genre de chose trouve presque invariablement sa source dans une douloureuse frustration. Mais miss Eccles a continué à être au cœur de toutes les activités du village. Elle tenait l'orgue, elle rendait visite aux malades, elle apportait sa collaboration au comité des fêtes. Elle ne semblait guère avoir de temps pour s'abandonner à l'imagination morbide qui devait précéder la rédaction de ces lettres. Mais pour ce qui est de l'occasion, c'est elle qui, dans les deux cas, était la mieux placée. Elle a fort bien pu raccompagner Connie Brooke jusque chez elle et empoisonner le chocolat qui

253

attendait sur la cuisinière. Je t'ai déjà dit que j'avais eu l'impression de les avoir entendues se souhaiter une bonne nuit, mais même si j'étais prête à en jurer, rien n'aurait pu empêcher miss Eccles de faire semblant de changer d'avis au dernier moment. Il lui était très facile de rattraper la pauvre Connie et de lui dire qu'elle préférait la raccompagner jusque chez elle. Le geste aurait paru tout à fait naturel de la part d'une dame âgée envers une jeune fille qui avait donné l'impression d'être souffrante et épuisée. Pour ce qui est de Roger Repton, il nous faudrait supposer qu'elle ait entendu l'histoire de Florrie et qu'elle ait cru risquer d'être accusée. Envisageons un instant le désastre qu'une telle accusation aurait pu provoquer. Si on avait pu en faire la preuve, ou même simplement si les gens y avaient cru, elle aurait été inéluctablement et définitivement perdue de réputation. Tout son monde se serait écroulé. Ne peut-on imaginer qu'elle ait essayé de trouver une échappatoire ? Elle aurait pu, en dernier ressort, absorber elle-même le cyanure. Mais c'est une femme d'action. Elle a le courage de provoquer une entrevue avec le colonel Repton. La réunion du comité d'entraide lui en fournit l'occasion. Elle sait qu'il est dans son bureau. Elle déclare que Florrie le lui a dit, ce qui signifie qu'elle lui avait demandé. Elle va le voir, portant ostensiblement une tasse de thé. Elle fait halte près de miss Repton et de moi-même pour bien nous le faire remarquer. Supposons maintenant que le colonel Repton ait profité du fait qu'ils étaient en tête à tête pour l'accuser d'être l'auteur des lettres. Il aurait fort bien pu le faire et il aurait pu être prêt à employer les grands moyens en rendant la nouvelle publique. Elle le connaissait depuis toujours et elle aurait su s'il était

254

vraiment susceptible d'adopter cette ligne de conduite, auquel cas elle aurait pu faire une tentative désespérée pour le réduire au silence. Il ne lui aurait guère été difficile de se créer une occasion de mélanger le poison au contenu du carafon.

Il la regardait avec un respect teinté d'ironie.

— Pourriez-vous m'expliquer comment vous vous y prendriez pour détourner l'attention d'un homme que vous voulez empoisonner ?

Miss Silver retourna son tricot et mesura la longueur de la manche contre sa main.

— Eh bien, je dirais par exemple que j'ai vu un chien errant rôder dans le jardin. Le cyanure aurait, bien entendu, été préalablement dissous et mis dans un petit flacon qui aurait facilement tenu dans un sac à main ou dans une poche.

— Je vois que vous avez tout prévu. La société peut s'estimer heureuse que vos brillantes capacités ne soient pas employées à faire le mal.

Sous le regard empreint de réprobation de miss Silver, il se hâta de poursuivre.

— Oui, je suppose que cela a pu se passer ainsi. Combien de temps miss Eccles est-elle restée absente de la salle à manger ?

— Un certain temps.

— Avez-vous prêté attention à son retour ?

— Oui.

— Y avait-il un changement dans son aspect ?

— Indiscutablement, Randal. Elle était fort agitée. Il y avait des traces de larmes. Elle venait de se repoudrer. Il est, bien entendu, tout à fait possible que le colonel Repton l'ait informée de son intention de

255

divorcer. Il avait déjà averti sa sœur et Mr. Barton de sa décision. Si miss Eccles n'était pas la personne qu'il soupçonnait être l'auteur des lettres anonymes, il aurait fort bien pu se confier à une amie de si longue date.

March secoua la tête.

— Vous êtes en train de vous amuser à construire des châteaux de cartes. Ils sont fort ingénieux, j'en conviens, mais à peine avez-vous terminé votre échafaudage que vous vous empressez de le jeter bas. Entre nous et pour ne rien vous cacher, j'échangerais volontiers toutes vos ingénieuses suppositions contre un indice bien réel. Or, pour l'instant, seule Scilla Repton semble avoir un mobile suffisant. En admettant même qu'elle ait su que Repton avait modifié son testament — et elle ignorait peut-être encore qu'il l'avait déjà fait — la mort de son mari lui aurait permis de conserver le bénéfice de sa rente, de sauvegarder sa réputation et de garder une chance d'épouser Gilbert Earle. Elle savait qu'il y avait du cyanure dans la remise où elle avait facilement accès. Son dernier entretien avec son mari s'est achevé sur les paroles menaçantes que Florrie a surprises : « Tu me serais beaucoup plus utile mort que vivant. » Ce sont de lourdes présomptions qui pèsent sur elle.

— Indiscutablement. Mais cela ne semble avoir aucun rapport avec les lettres anonymes ni avec la mort de Connie Brooke.

Il ne releva pas la remarque.

— Revenons un instant à Mettie Eccles, voulez-vous. Vous avez suggéré que si elle n'était pas à l'origine des lettres anonymes et si, en conséquence, le colonel Repton n'avait aucune accusation à porter contre elle, l'agitation que vous avez remarquée aurait pu être due au fait qu'il lui avait fait part de son intention de divorcer. Ne pensez-vous pas que le fait que, dès la découverte du corps, elle ait immédiatement et ouvertement accusé Scilla Repton d'avoir tué son mari vienne à l'appui de cette théorie ? Une telle accusation aurait fort bien pu provenir de ce qu'elle croyait qu'accablé par la découverte de l'infidélité de sa femme, le colonel Repton avait mis fin à ses jours. C'est, en tout cas, l'explication qui me paraît la plus plausible.

— Et que dit miss Eccles de son entretien avec le colonel Repton ?

— Oh, rien de révélateur. Elle déclare simplement qu'elle lui a apporté son thé, qu'il était assis à son bureau et qu'il avait l'air tout à fait normal. Elle dit qu'elle n'est pas restée et qu'elle est montée dans la chambre de miss Maggie pour se refaire une beauté avant de descendre rejoindre les autres. Je peux, naturellement, la presser de questions pour essayer de savoir si Repton lui a parlé de sa femme. Mais, dites-moi... vous la soupçonnez sérieusement ?

Miss Silver garda le silence pendant quelques instants.

— Comme tu l'as fait si justement remarquer, les soupçons ne peuvent tenir lieu de preuves. Je suis sûre que quelque part il existe la preuve qui nous permettra de découvrir celui ou celle qui est responsable d'au moins deux meurtres. Je me demande si cette preuve ne doit pas être cherchée tout au début de cette affaire. Je suis persuadée que la question des lettres anonymes est fondamentale. J'aimerais donc en revenir aux lettres reçues par Doris Pell, la jeune fille trouvée noyée dans la pièce d'eau du manoir. Elle vivait chez sa tante qui avait été attachée au service de Mrs. Grey et elles étaient couturières à domicile. Je présume que la police a interrogé la tante ?

— Oui. C'est Crisp qui s'en est chargé. Il y avait eu plusieurs lettres, mais elle n'a pu nous montrer que la dernière. C'était toujours le même genre de prose écœurante, remplie d'insinuations sans fondement sur la moralité de Doris.

— Et qu'a déclaré miss Pell à l'inspecteur Crisp ?

— Absolument rien. La pauvre femme a passé le temps à pleurer et à répéter que Doris était une jeune fille très respectable et que personne n'avait jamais eu le moindre reproche à lui adresser à elle ni à sa famille. Ils appartenaient à l'Église non conformiste, étaient très croyants et la honte a été trop insupportable pour Doris.

Miss Silver arrêtait ses mailles. Lorsqu'elle eut terminé, elle leva les yeux vers le commissaire divisionnaire et demanda :

— Randal, verrais-tu une objection à ce que j'aille rendre visite à miss Pell ?

CHAPITRE XXX

Miss Pell demeurait trois maisons après la poste. Maintenant qu'elle vivait seule, la maison était trop grande pour elle, et elle envisageait de prendre une pensionnaire. Mais elle se montrerait, bien entendu, très exigeante dans le choix de la personne. Il fallait d'office écarter l'idée d'un homme, et la pensionnaire ne devrait être ni trop jeune, pour ne pas avoir la plus légère tendance à la frivolité, ni trop âgée, pour ne pas risquer de devenir une charge. Car autant elle était disposée à prendre soin d'un membre de sa famille — et elle serait la dernière à se dérober à son devoir —, autant il n'était pas question, non, vraiment pas question de l'envisager pour une étrangère. De ce fait, la chambre de Doris restait inoccupée.

La maison faisait partie d'une rangée de pavillons accolés, si bien que miss Pell n'avait aucune raison d'être inquiète. Si elle frappait sur le mur de droite en regardant la façade, la vieille Mrs. Rennick répondait en frappant à son tour et lui demandait ce qu'elle voulait. Si elle agissait de même sur le mur de gauche, la jeune Mrs. Masters avait la même réaction. Cet état

259

de choses présentait, bien entendu, quelques menus inconvénients, car la vieille Mrs. Rennick était souvent en désaccord avec sa belle-fille. Elles poursuivaient de longues discussions d'une pièce à l'autre. Et même si le bébé des Masters était, dans l'ensemble, plutôt calme, il lui arrivait quand même de pleurer. Seulement voilà, comme miss Pell aimait à le répéter, quand on passe toute la journée assise à coudre, il est bien agréable de savoir ce qui se passe à côté.

Il était trois heures et demie quand miss Silver alla rendre la visite à laquelle Randal n'avait vu aucune objection. Miss Pell la fit entrer dans un étroit corridor, avec un escalier qui montait d'un côté et une porte entrouverte de l'autre. Tout était impeccablement propre, mais partout dans la maison flottait une odeur caractéristique, inséparable de la profession de couturière. La pièce dans laquelle elle reçut miss Silver avait une grande baie de fenêtre. Il paraissait improbable qu'on l'ouvrît jamais.

A la lumière du jour, miss Pell paraissait avoir une cinquantaine d'années. Elle avait le cheveu rare et grisonnant, tiré en arrière et formant un petit chignon sur l'occiput. Elle avait des traits osseux, le teint jaunâtre et les paupières rougies. Elle prit immédiatement la parole.

— Si c'est pour m'apporter encore du travail pour miss Renie, je crains de ne pas pouvoir le faire... pas pour l'instant, tout au moins. Vous êtes la dame qui loge chez elle, n'est-ce pas ?... Miss Silver ?

— Oui », répondit miss Silver, et elle ajouta en souriant : « Et vous êtes trop occupée pour prendre du travail ? »

— Je ne pourrais pas le faire... pas avant un bon bout de temps, répondit miss Pell.

Elle avait une élocution bizarre, enchaînant rapidement les mots, s'arrêtant comme si le souffle lui manquait, puis repartant de plus belle :

— Je n'ai pas réussi à rattraper, pas depuis que ma pauvre nièce... comme vous logez chez miss Renie, je suis bien sûre que vous en avez entendu parler. Et comme si ça ne me suffisait pas de la regretter comme je la regrette, je me suis retrouvée avec notre travail à toutes les deux sur les bras et je n'arrive pas à me mettre à jour.

Miss Silver savait reconnaître un chagrin sincère quand elle le voyait. Et elle l'avait devant les yeux. Ces paupières rougies témoignaient de longues insomnies.

— Je sais que tout le monde a éprouvé pour vous une profonde sympathie dans cette cruelle épreuve, fit miss Silver de sa voix la plus douce.

Les lèvres de miss Pell tremblaient.

— Tout le monde a été très gentil, répondit-elle, mais ça ne la ramènera pas. S'il n'y avait pas eu ces lettres...

Elle ne comprit pas ce qui l'avait fait parler des lettres. On lui avait bien posé des questions là-dessus lors de l'enquête, mais depuis, elle avait essayé de les chasser de son esprit. Perverses, voilà ce qu'elles étaient. Et elles utilisaient un langage qu'il valait mieux oublier quand on était une bonne chrétienne. Et Doris qui avait toujours été une jeune fille parfaite. Les jambes tremblantes, elle se dirigea péniblement vers un fauteuil. Elle exprima à voix haute cette pensée qui la torturait.

— Elle a toujours été une jeune fille parfaite. Rien de ce qu'il y avait dans les lettres n'était vrai. Elle était croyante et pure.

Miss Silver avait également pris un siège.

— J'en suis persuadée, miss Pell. Si nous pouvions découvrir la personne qui a envoyé ces lettres, cela pourrait éviter à d'autres jeunes filles de vivre la même expérience.

Miss Pell la regarda.

— Quelqu'un d'assez pervers pour écrire ces lettres sera assez retors pour savoir se cacher.

— Croyez-vous que votre nièce avait une idée de l'identité de l'auteur des lettres ?

Les mains de miss Pell, qui reposaient sur ses genoux, tressaillirent et se refermèrent l'une sur l'autre.

— Il n'y avait rien pour indiquer qui les avait écrites.

— Mais si elle avait eu une idée, à qui se serait-elle le plus facilement confiée ?

— Elle n'avait aucun secret pour moi.

— Parfois une jeune fille parlera plus facilement à une autre jeune fille. Quelle était la meilleure amie de votre nièce ? Était-elle, par exemple, en bons termes avec Connie Brooke ?

Miss Pell baissa les yeux sur ses mains crispées.

— Elles se connaissaient depuis qu'elles étaient toutes petites. Miss Renie a dû vous dire que j'étais au service de Mrs. Grey, la mère de miss Valentine... et une dame plus gentille qu'elle, je n'en ai jamais vue. Quand mon frère est mort et que j'ai pris Doris avec moi, Mrs. Grey m'a laissée l'emmener au manoir. Et à peu près à la même époque, Mrs. Brooke est venue s'installer à Tilling Green avec sa petite Connie. Si bien qu'il y avait deux petites filles presque du même âge, et miss Valentine qui était encore un bébé.

— Et elles sont restées amies ?

— Oui, elles s'aimaient vraiment beaucoup, ça c'est sûr. Tenez, le dernier travail de Doris a été de reprendre une robe pour miss Connie. Et elle a dû aussi être une des dernières personnes à qui elle a parlé, parce que c'était une des choses qu'elle était partie faire cet après-midi-là, passer à l'école pour rapporter sa robe à miss Connie.

Miss Silver la regarda avec gravité.

— Vous n'ignoriez pas, miss Pell, que le bruit courait que Connie Brooke avait dit à Mr. Martin qu'elle connaissait l'auteur des lettres anonymes ?

— Ce n'est pas Mr. Martin qui l'a dit.

— Non, c'était sa gouvernante. Tout le village était au courant que Connie Brooke connaissait l'auteur des lettres et que Mr. Martin lui avait dit que son devoir était peut-être d'aller voir la police. Ne pensez-vous pas que c'était son devoir ?

— Je ne peux pas vous dire.

Miss Silver garda le silence pendant quelques instants, puis elle reprit :

— Connie est morte le lendemain, de manière aussi soudaine que votre nièce. Si elle avait raconté ce qu'elle savait à Mr. Martin, je crois qu'elle serait encore en vie aujourd'hui. Samedi dernier, tout le village savait qu'on avait entendu le colonel Repton dire qu'il connaissait l'auteur des lettres. Le lundi après-midi, il mourait à son tour. S'il avait informé la police de ce qu'il savait, il ne serait pas mort. Maintenant, miss Pell, je crois que vous savez quelque chose et je crois qu'il est de la plus haute importance que vous disiez ce que vous savez.

Le visage jaunâtre se colora légèrement. Les paupières

263

s'abaissèrent un instant sur les yeux délavés. D'une voix altérée, miss Pell dit :

— C'est le troisième signe...

— Oui, miss Pell ?

— Une fois dans un rêve, fit miss Pell en la regardant fixement, une fois dans la Bible et une fois dans votre bouche. Je m'étais dit que s'il y avait un troisième signe, je saurais ce que j'avais à faire.

Autant ses paroles étaient étranges, autant elle paraissait sereine. Ses mains s'étaient détendues et ne se touchaient plus que par le bout des doigts.

— Vous savez quelque chose et vous pensez que vous devriez en parler ? demanda miss Silver.

Miss Pell lui répondit indirectement.

— Je vais vous raconter pour les signes. Parce que vous ne comprendriez pas si je ne vous racontais pas. Ce jour-là, quand Doris est rentrée, je lui ai promis de ne parler à personne de ce qu'elle m'a dit, et il ne faut pas manquer à la promesse faite à un mort — sauf s'il y a un signe, et j'en ai eu trois. Elle m'a dit : « Tu n'en parleras jamais, tante Emily, tu me promets ? » et je lui ai répondu : « Bien sûr que je n'en parlerai pas. » Et je ne l'aurais jamais fait s'il n'y avait pas eu les signes.

— Quels signes, miss Pell ?

— Le premier, c'est un rêve que j'ai fait la nuit. C'était la nuit dernière et il était aussi clair que si j'avais été réveillée. J'étais ici, dans cette pièce, et je cousais quelque chose de noir... et je pleurais sur mon ouvrage, et je me souviens avoir pensé que le tissu allait être abîmé, parce qu'il n'y a rien qui se tache plus que le noir. Et puis la porte s'est ouverte, et Doris et Connie sont entrées ensemble, se tenant par la main comme elles le faisaient quand elles étaient petites filles... et dans cette main, elles tenaient un gros bouquet de fleurs... des lis, des roses, plein d'autres. Et il y avait une lumière qui les entourait... comme une auréole. Doris était à droite et Connie à gauche. Et alors elles se sont approchées jusqu'à moi, et Doris m'a dit de ne plus pleurer parce que ce n'était plus la peine, et de ne pas m'inquiéter pour la promesse que j'avais faite, parce que cela n'avait pas d'importance. Alors je me suis réveillée en sursaut dans mon lit et il y avait le réveil qui sonnait.

Miss Silver prit sa voix la plus douce pour lui dire :

— C'était un rêve bien réconfortant.

Les yeux de miss Pell étaient noyés de larmes.

— Il aurait dû l'être, mais il ne l'était pas. J'avais entendu ce qu'on disait sur le colonel Repton et je m'inquiétais de savoir si le rêve voulait dire que je devais rompre ma promesse et aller voir la police ou bien si c'était un signe ou bien encore si c'était parce que je me tourmentais pour ce que j'avais dit à la police. Je n'avais pas raconté de mensonge — jamais je ne ferais ça — mais quand ils m'ont demandé si je leur avais dit tout ce que je savais, j'ai caché ma tête dans mon mouchoir et je me suis mise à pleurer, et ils ont cru que oui.

— Je vois.

— Alors j'ai réfléchi à ce que je pouvais faire pour être sûre que c'était un signe. J'ai pris ma Bible, j'ai fermé les yeux et je l'ai ouverte à une page au hasard, et j'ai posé le doigt sur un verset. Et quand j'ai ouvert les yeux, j'ai vu que c'était le seizième verset du huitième

265

chapitre de Zacharie, et il disait : « Voici ce que vous devez faire : dites la vérité chacun à son prochain ; jugez dans vos portes selon la vérité et en vue de la paix. » Alors je me suis dit : « Si ce n'est pas un signe, qu'est-ce qu'il te faut ? » Et puis j'ai réalisé que je n'avais jamais manqué à ma promesse de ma vie, et que je devais en être bien sûre. Et je me suis dit : « Si le Seigneur veut que je parle, il peut m'envoyer un troisième signe comme il m'en a déjà envoyé deux, et s'il y a un troisième signe, je saurai qu'il vient du Seigneur et je saurai ce qui me reste à faire. » Et puis vous êtes venue frapper à ma porte, vous une étrangère, et je reconnais le signe dans votre bouche, quand vous me dites que je sais quelque chose et que je devrais le dire.

Miss Silver répéta ces derniers mots.

— Oui, je pense que vous devriez le dire.

Miss Pell sortit de sa poche un vieux mouchoir de toile soigneusement plié et s'en tamponna délicatement les yeux.

— C'était le jour où Doris s'est noyée. Elle était partie l'après-midi et elle avait un chemisier de soie mauve à apporter à miss Maggie au manoir, et une robe qu'elle avait faite pour miss Wayne, un lainage bleu puisqu'elle venait de quitter le deuil de sa sœur. Elle disait qu'elle la serrait un peu sous les bras, alors Doris avait lâché les coutures. Enfin, cela lui faisait une belle tournée, avec le chemisier, la robe et elle devait passer chez miss Eccles pour finir les patrons de deux chemises de nuit et terminer par Connie. Elle avait gardé pour la fin la robe qu'elle retouchait pour Connie, à cause des enfants qui ne sortaient pas de l'école avant quatre heures. Quand elle est revenue, elle était dans tous ses états. Et au début, elle n'a rien voulu me dire, sinon qu'il y avait quelque chose qui n'allait pas très bien au col du chemisier de miss Maggie et qu'elle avait promis de l'arranger très vite et de le rapporter au manoir le soir même. « Allons, je lui ai dit, ce n'est quand même pas ça qui te met dans cet état, si ? » Et elle m'a répondu : « Non, tante Emily, ce n'est pas le chemisier » et elle a éclaté en sanglots. Alors j'ai insisté pour qu'elle me dise ce que c'était et elle m'a dit qu'il fallait que je lui promette solennellement de ne jamais en souffler mot à âme qui vive... et je lui ai promis. Alors elle m'a raconté.

— Que vous a-t-elle raconté, miss Pell ?

— Elle m'a dit qu'elle avait appris qui écrivait ces horribles lettres et voici comment ça s'était passé : ce jour-là, elle était allée dans quatre maisons — au manoir pour le chemisier de miss Maggie, à Willow Cottage pour le lainage bleu de miss Wayne et à Holly Cottage pour les chemises de nuit de miss Mettie. Et pour finir, à la Closerie chez miss Connie. Et dans l'une d'elles — mais elle ne m'a pas dit laquelle — elle a ramassé un petit bout de papier qui traînait par terre. Vous savez comment ça se passe, quand on voit quelque chose comme ça qui traîne, il paraît tout à fait naturel de se baisser pour le ramasser. Eh bien, c'est ce que Doris a fait. Et quand elle l'a eu dans la main, elle a vu que c'était un petit morceau déchiré d'une des lettres qu'elle avait reçues. C'était un morceau du coin droit en bas de la page, avec le Til de Tilling écrit dessus. Le mot était coupé en deux sur la lettre qu'elle avait reçue et qui disait que tout le monde à Tilling Green savait que

267

Doris allait rejoindre des hommes en cachette. Voilà, c'était le morceau de cette lettre qu'elle avait ramassé et quand elle est arrivée, elle a dû s'asseoir tellement elle était bouleversée.

— De quelle maison s'agissait-il ? demanda vivement miss Silver.

Miss Pell poussa un long soupir.

— Elle n'a jamais voulu me le dire. Je lui ai dit qu'il faudrait bien qu'elle le fasse et elle m'a répondu qu'elle ne croyait pas et qu'il valait peut-être mieux en parler à qui elle savait et exiger la promesse solennelle de ne jamais recommencer. Je lui ai demandé si elle en avait parlé à Connie, et elle m'a répondu : « Je ne lui en ai pas dit plus qu'à toi, et elle m'a promis la même chose que toi. »

— Mais Connie prétendait savoir de qui il s'agissait, fit lentement miss Silver.

— Peut-être a-t-elle pensé à quelque chose par la suite. Elle est venue me voir le lundi — ce devait être deux jours avant sa mort — elle m'a demandé si Doris m'avait parlé du morceau de papier. Et je lui ai répondu que même si Doris m'avait dit quelque chose, je lui avais promis de n'en parler à personne. Alors elle m'a dit : « De toute façon, ce n'est pas la peine, parce que j'en sais autant que vous, et même beaucoup plus. » Je lui ai demandé ce qu'elle voulait dire et elle m'a répondu que Doris avait dit quelque chose dont elle s'était souvenue. « Doris a ramassé un petit bout de papier, miss Pell, mais elle n'a pas voulu dire où elle l'avait ramassé, mais elle a dit que la blancheur du papier ressortait sur le fond du tapis, et elle a dit de quelle couleur était le tapis. » Connie m'a dit qu'elle n'y avait pas pensé au début, mais que cela lui était revenu et que maintenant elle n'arrivait plus à le chasser de son esprit, parce qu'elle connaissait la maison qui avait un tapis de cette couleur, et que ce devait être dans cette maison que Doris avait ramassé le bout de papier.

— Elle a vraiment dit cela ?

Miss Pell leva la main.

— Oh, oui, elle me l'a dit comme je vous le dis. Depuis je l'ai regretté, mais ce qui est fait est fait et on ne peut pas plus retirer ce qu'on a dit qu'on ne peut l'oublier quand on vous l'a dit.

— Et Connie vous a affirmé que le papier tranchait sur le fond du tapis, mais elle ne vous a pas dit de quelle couleur était ce tapis ?

Miss Pell secoua la tête.

— Non, elle ne m'a dit ni dans quelle maison c'était ni rien d'autre que ce que je viens de vous dire. Tenez, elle était assise à l'endroit où vous êtes et elle m'a parlé du morceau de papier, et elle m'a dit : « Comme je regrette que Doris m'ait dit cela, parce que maintenant, je ne sais pas quoi faire. Vous voyez, miss Pell, elle dit, si j'en parle, cela arrivera aux oreilles de la police, et même si ça n'y arrive pas, cela va donner lieu à d'épouvantables commérages et causer des tas d'ennuis. Et cela passera même peut-être en justice et je serai appelée à la barre pour témoigner contre quelqu'un que je connais bien et qui ne s'en remettra jamais. Et qu'est-ce que cela changera, maintenant que Doris est morte ? Ce n'est pas ça qui nous la ramènera. » Alors, je lui ai dit : « Non, ce n'est pas ça qui nous ramènera Doris. »

— Si Connie avait parlé, cela lui aurait peut-être sauvé la vie, fit miss Silver avec gravité. A part moi, avez-vous raconté cela à quelqu'un ?

269

Miss Pell secoua vigoureusement la tête.

— Il y a eu suffisamment de ragots comme ça. Et Doris est morte, et Connie est morte. A mon point de vue, on en a déjà beaucoup trop parlé. Et si on m'avait dit que je parlerais comme je le fais à une étrangère, jamais je n'aurais voulu le croire. Et je ne l'aurais certainement pas fait s'il n'y avait pas eu mon rêve et le verset de Zacharie et ce que vous avez dit en entrant.

Miss Silver se leva pour prendre congé. Mais avant de partir, elle dit avec énormément de sérieux :

— Surtout ne parlez pas, ne parlez à personne de ce que vous venez de me dire. Si la police vous interroge là-dessus, je serai présente et je ferai en sorte que l'on vous assure une protection adéquate.

L'étonnement qui s'était peint sur les traits de miss Pell se transforma lentement en inquiétude. Elle se leva de son siège et recula d'un pas, l'œil agrandi et le visage pâlissant. La méfiance et la nervosité qu'elle avait manifestées au début de l'entrevue venaient de la reprendre. Elle dit avec un tremblotement dans la voix :

— On dit que c'est un péché de mettre fin à ses jours, mais moi je dis que le péché est sur celui qui a poussé la pauvre Doris à cette extrémité... et Connie aussi.

— Miss Pell, je ne crois pas que Connie Brooke ait mis fin à ses jours, et je commence à douter très sérieusement que votre nièce l'ait fait.

Miss Pell porta la main à ses lèvres tremblantes et les pressa très fort.

— Vous ne pensez pas... oh, non, vous ne pensez pas que c'est quelqu'un qui leur a fait... quelque chose ?

— Si, je le crains, répondit miss Silver.

CHAPITRE XXXI

En se réveillant le lendemain matin, miss Silver s'avisa que c'était mercredi et qu'une semaine plus tôt, Connie Brooke était encore en vie et Valentine Grey se préparait à célébrer son mariage le lendemain. Le mercredi précédent était le jour de la répétition du mariage et le soir avait été donnée la soirée au manoir, soirée d'où Connie était revenue à pied avec miss Eccles et où elles s'étaient séparées devant Holly Cottage. Ils étaient maintenant à la veille d'une nouvelle enquête et miss Silver tenait toujours compagnie à miss Maggie qui semblait trouver dans sa présence un précieux réconfort.

— Je ne saurais vous dire à quel point je vous serais reconnaissante de bien vouloir rester jusqu'à ce que l'enquête et l'enterrement soient passés. Je ne voudrais pas vous forcer la main, car, bien entendu, je n'ai aucun droit de le faire et cette maison est plongée dans le deuil, mais vous ne pouvez savoir à quel point j'apprécierais que vous restiez. A vrai dire... » Elle eut un élan vers miss Silver. « Ma belle-sœur... oh, mon Dieu, cela me paraît impensable de lui donner ce nom alors que si elle n'avait pas existé, mon cher frère serait peut-être encore parmi nous... et vous savez, je ne me sens pas capable de la revoir comme si rien ne s'était passé. Car Roger allait demander le divorce — vous êtes au courant, n'est-ce pas — mais jamais je n'aurais pu imaginer qu'il irait jusqu'à mettre fin à sa vie, et d'une manière aussi horrible. Oh, miss Silver, vous croyez qu'il a vraiment fait cela ? Nora Mallett est passée me voir hier après-midi pendant que vous étiez sortie, et quand je lui ai dit cela, savez-vous ce qu'elle m'a répondu ? Je sais qu'elle n'a pas l'habitude de mâcher ses mots et que nous nous connaissons depuis toujours, mais elle m'a dit : « Bien sûr que non, Maggie, il n'a pas fait cela, et pour tous ceux qui le connaissaient, c'est impossible. Cette femme l'a empoisonnée. » Oh, miss Silver, vous le croyez, vous ? Mais cela me rend tellement nerveuse d'être seule avec elle ici... et avec ma chère Valentine, bien entendu. Alors, si vous pouviez rester encore un petit peu... parce que je continue à espérer qu'elle partira dès que l'enterrement sera passé. »

En fait, elles n'avaient guère à supporter la présence de Scilla Repton, puisque celle-ci n'apparaissait que pour les repas. Elle avait appelé Gilbert Earle et s'était aperçue qu'il n'avait qu'une hâte, c'était de mettre un terme à cette conversation téléphonique. Et elle avait téléphoné à l'obligeante Mamie Foster qui, au milieu d'une profusion de « chérie », lui avait fortement conseillé de s'incruster là où elle était et de n'en plus bouger.

— Mais tu sais bien, chérie, que je ne demande qu'à te prendre ici et tout, seulement s'il y a eu un pépin comme tu le dis, moi, à ta place, je resterais. Parce que, même s'il t'a rayée de son testament, tant que tu es dans la place, il ne sera pas facile pour quiconque de t'en déloger sans faire un épouvantable scandale. Mais à partir du moment où tu auras vidé les lieux, il ne te sera peut-être pas si facile que cela de les réintégrer, si tu vois ce que je veux dire, chérie.

Comme elle était tout aussi consciente que Mamie de cet état de choses, et comme de surcroît le commissaire divisionnaire lui avait ouvertement laissé entendre que la police aimerait qu'elle se tienne à leur disposition pour répondre à leurs questions, Scilla résolut d'en avoir le cœur net. Elle se rendit donc à Ledlington pour voir Mr. Morton qui l'informa que Roger l'avait déshéritée mais qu'il était peu probable que Maggie Repton et Valentine Grey fassent quoi que ce soit pour s'opposer au versement de la rente, ce qui lui remonta considérablement le moral. Elle n'avait vraiment pas la moindre idée de qui dépendait cette décision, mais s'il ne s'agissait que de la vieille Maggie et de Valentine, elle se faisait fort de les attendrir avec quelques larmes de crocodile versées à point nommé.

L'esprit ainsi allégé, elle entra chez *Ashley* où elle fit l'acquisition d'un très élégant tailleur noir de la collection automne-hiver. Elle aimait les couleurs, et plus elles étaient vives, mieux c'était ; mais, tout bien pesé, il n'y avait rien de tel que le noir pour mettre une blonde en valeur et les hommes n'y résistaient pas. Elle pourrait le mettre pour l'enquête et à l'enterrement et il serait parfait pour porter en ville. Elle estima qu'il lui faudrait sans doute un chapeau — le plus petit possible — et un voile de crêpe. Un voile pouvait être tout à fait seyant, mais il ne devait pas lui cacher les cheveux.

Elle rapporta tout cela au manoir et les ressaya devant sa psyché. C'était parfois une cruelle déception, mais cette fois-là elle eut l'impression que les affaires lui allaient encore mieux que dans le magasin. De beaux vêtements étaient un précieux atout lorsque l'on cherchait du travail, et avec un chemisier blanc et un petit quelque chose sur le revers, elle n'aurait pas l'air trop funèbre. Entre-temps, elle n'avait guère à supporter ni Maggie ni Val — une demi-heure deux fois par jour, pour le déjeuner et le dîner, et une rencontre occasionnelle dans l'escalier ou dans le hall. Pour le reste, c'était le petit déjeuner au lit et la lutte contre l'ennui, ce qui n'avait rien de bien nouveau.

Après avoir raccroché aussi vite que possible, Gilbert Earle s'assit à son bureau pour rédiger à Valentine Grey une lettre charmante et pleine de tact. Tout se passait fort bien et les mots coulaient d'eux-mêmes, quand il ressentit soudain le besoin impérieux de la déchirer. Les mots couchés sur le papier pouvaient avoir tout le charme qu'on voulait, la voix leur conférait une chaleur et une vie supplémentaires. Il revint vers le téléphone et eut la chance de tomber sur Florrie — une admiratrice dévouée — qu'il envoya chercher Valentine. L'intérêt romanesque que Florrie fut incapable de dissimuler à cette dernière eut un effet plutôt refroidissant. Valentine referma la porte, prit le récepteur et fit : « Oui ? » d'un ton fort contraint. Pourtant, après les premiers mots de Gilbert, elle se sentit revenir à de meilleurs sentiments. Après tout, cela ne faisait pas très longtemps qu'elle avait estimé qu'il pourrait faire un mari acceptable, et il était là, au bout du fil, avec sa voix chaude et vibrante.

— Ma chère, je suppose que je n'aurais pas dû t'appeler, mais je n'ai pu m'en empêcher. Le choc a dû être affreux pour toi et pour miss Maggie. Et puis, je l'estimais beaucoup, tu sais... et c'est la vérité, Val. Il a toujours été merveilleusement gentil avec moi. Alors j'ai pensé que malgré tout ce qui s'est passé, tu me permettrais d'exprimer mon profond chagrin. C'est tout, ma chère. Tu ne dois pas te sentir obligée de dire quoi que ce soit... je comprends.

Et il raccrocha.

Pendant qu'elle raccrochait de son côté, sa première pensée fut : « Il était sincère. Il lui était beaucoup plus facile de ne pas téléphoner du tout. » Puis très vite, elle se dit : « Mais c'est exactement ce qu'il veut que je pense. Il ne peut pas supporter l'idée qu'il est dans son tort, ni que quelqu'un puisse penser qu'il n'est pas aussi charmant qu'on le croyait. En cet instant précis, il est en train de compter que je me dise exactement ce que je viens de me dire. C'est sûr, il compte là-dessus, mais tout de même, je crois qu'il était sincèrement désolé. » Elle en resta là.

Juste après déjeuner, la voiture du commissaire divisionnaire s'arrêta devant le manoir. Il demanda à voir miss Silver, et lorsqu'elle descendit le rejoindre dans le bureau, il l'accueillit avec un large sourire.

— Bon, il y a une ou deux choses que j'aimerais demander à miss Maggie. Jusqu'à présent, je n'ai pas voulu la bousculer, mais je pense qu'elle devrait commencer à se remettre maintenant.

— Elle va beaucoup mieux. Je pense qu'elle sera en état de répondre à tout ce que tu voudras lui demander.

— Je veux également voir Mrs. Repton. Les présomp-

275

tions qui pèsent sur elle sont écrasantes. J'en ai référé au procureur du roi et son arrestation est envisagée.

Miss Silver ne répondit rien mais détourna les yeux. Malgré toute l'affection et le respect qu'il éprouvait pour elle, il y avait des fois où il avait envie de la secouer, et c'était le cas en ce moment. Il ne lui demandait pas de se ranger à son opinion, pas plus qu'il n'était prêt à accepter la sienne les yeux fermés, mais cette apparente indifférence, cette résistance muette et impénétrable étaient exaspérantes en diable. Il demanda d'un ton sarcastique :

— Je présume que de votre côté vous n'avez rien de très marquant à m'apprendre ?

Elle lui jeta un regard empreint de gravité et répondit d'une voix tout aussi grave :

— Ce sont souvent les toutes petites choses qui comptent, Randal. Je n'ai certainement pas besoin de te le rappeler. Comme le dit si justement lord Tennyson :

... car la volonté c'est
Lutter, chercher, trouver, sans jamais s'incliner.

« Ce que nous trouvons peut nous paraître de peu de signification, mais il ne faut pas mépriser l'apport le plus infime à notre connaissance.

— C'est parfaitement vrai. Dois-je comprendre que vous avez un apport infime à faire ?

— Je pense.

Elle s'installa à sa place habituelle dans le coin du canapé et posa son sac à ouvrage près d'elle. Après en avoir sorti le cardigan de la petite Joséphine qui était maintenant achevé, elle prit un crochet et tout en le glissant entre deux mailles, elle dit :

276

— Je pense que tu ferais mieux de t'asseoir, Randal. Ce que j'ai à te dire, même si cela paraît négligeable, peut, en fait, se révéler extrêmement important.

Il obtempéra à ce qui tenait plus d'une gracieuse permission que d'une simple suggestion en se disant avec une pointe d'humeur qu'elle avait parfaitement réussi à le remettre à sa place. Puis il rectifia cette dernière phrase, car il ne s'agissait pas d'une réussite. C'était le résultat d'une attitude, d'une prestance et d'une dignité innées. Il l'avait vue figer sur place un inspecteur principal habituellement imperturbable. Il l'avait vue réduire l'irrespectueux Frank Abbott à un respect très sincère. Et — pourquoi le nier — en ce qui le concernait, elle pouvait d'un regard ou d'une inflexion de voix le rejeter à l'époque depuis longtemps révolue de la salle d'étude sur laquelle elle régnait avec une redoutable efficacité. Il lui adressa un sourire qui n'avait plus rien de sarcastique et lui demanda simplement et franchement :

— Vous avez rendu visite à miss Pell ?

— Oui, Randal.

— Avez-vous réussi à en tirer quelque chose ?

— Je pense. Je vais te raconter.

— Très volontiers.

Elle lui fit succinctement et avec précision le récit de son entrevue avec miss Pell. Comme toujours, il admira la capacité qu'elle avait d'enregistrer et de répéter une conversation. Quand elle eut terminé, il resta silencieux, le visage sombre, pendant quelques instants.

— Eh bien, il est tout à fait exact qu'un coin de la lettre que Doris a reçue a été arraché, mais cela semble être le seul point sur lequel je puisse apporter une confirmation. C'est, bien entendu, à cause de cette lettre qu'elle s'est jetée par-dessus le parapet, et je dois reconnaître que c'était un beau tissu de saloperies. Mais une fille qui est suffisamment désespérée pour se noyer ne peut pas être considérée comme un témoin digne de foi, et après tout, ce ne sont que ouï-dire.

— Il est évident, reprit miss Silver avec douceur, que miss Pell ne faisait que répéter ce qu'elle avait appris, à la fois dans la conversation qu'elle a eue avec Doris et dans celle qu'elle a eue avec Connie Brooke. Et si tu l'interrogeais, tu t'apercevrais qu'elle répéterait très exactement ce qu'elle m'a dit. Je pense qu'il n'y aurait pas le plus petit changement.

Il acquiesça de la tête.

— Ce n'est pas son exactitude que je mets en doute, mais une fille au bord du suicide...

Miss Silver posa les deux mains sur le cardigan bleu et fit d'un ton à la fois étonné et réprobateur :

— Mon cher Randal, comment peux-tu encore croire que Doris Pell a volontairement mis fin à ses jours ?

— Ma chère miss Silver !

Elle reprit avec sérieux :

— Réfléchissons un instant. Elle a reçu une lettre dont un coin est déchiré. Elle se rend dans quatre maisons, et dans l'une d'elles, elle ramasse le bout de papier manquant. Elle ne doute pas de l'importance de sa découverte et rentre chez elle absolument bouleversée. Elle sait maintenant qui a envoyé les écrits calomnieux. Peux-tu supposer un instant qu'elle fut capable de dissimuler sur le moment toutes les manifestations de son émotion ? Elle se baisse sans réfléchir, elle ramasse le bout de papier et reçoit immédiatement un choc

278

terrible. Il y a toutes les chances que ce choc ait eu pour effet de la paralyser. Elle a dû garder le papier à la main, le regarder fixement, pendant que la confusion et le désarroi se peignaient sur son visage. Il est fort peu probable qu'elle se soit trouvée seule au moment où elle a fait cette découverte et c'était une jeune campagnarde très simple, peu versée dans l'art de la dissimulation. Nous savons, de manière certaine, qu'il s'est produit quelque chose de ce genre puisque miss Pell a mentionné qu'elle « avait dû s'asseoir tellement elle était bouleversée ». Crois-tu possible que son agitation soit passée inaperçue ? Et si Doris a reconnu que ce bout de papier constituait une preuve accablante, crois-tu que la personne qui risquait ainsi d'être totalement perdue de réputation ait mis longtemps à faire de même ?

Toute l'attention de Randal était fixée sur elle.

— Poursuivez, fit-il.

— Quelle attitude adopterais-tu si tu te trouvais en aussi mauvaise posture et si, comme ce criminel démasqué, tu étais dénué de tout sens moral et déjà mû par la frustration et la malveillance ?

Il répondit avec une louable gravité :

— C'est trop demander à ma faculté d'imagination.

Elle secoua légèrement la tête et poursuivit :

— Il deviendrait absolument nécessaire de réduire Doris Pell au silence. Trois manières de procéder viennent immédiatement à l'esprit. On peut la lier par une promesse, on peut acheter son silence ou bien adopter une troisième solution, définitive celle-là, ce qui, je crois, a été le cas.

— Cela reste du domaine de la supposition, vous savez.

— Pas vraiment, Randal. Quand une cause semble mener tout droit à son effet logique et quand toutes les conditions sont réunies pour former une possibilité raisonnable, il y a au moins matière à examiner très scrupuleusement les choses. Reprenons le cours des événements de l'après-midi qui nous intéresse. Doris Pell se rend au manoir pour porter un chemisier qu'elle a confectionné pour miss Repton. Une retouche minime est nécessaire, et elle accepte de la faire et de rapporter le chemisier plus tard dans la soirée. Elle traverse ensuite la grand-place jusqu'à Willow Cottage où elle procède à l'essayage de la robe de miss Wayne, puis se rend dans la maison voisine où elle termine les patrons de deux chemises de nuit pour miss Eccles. C'est dans une de ces trois demeures qu'elle a ramassé le morceau de papier, car lorsqu'elle est arrivée chez Connie Brooke, elle était déjà dans un état de grande agitation et elle a pu lui raconter ce qu'elle avait vu. Ce qu'elle a raconté à Connie était, à l'exception de la couleur du tapis, très exactement ce que, par la suite, elle a raconté à sa tante. Elle n'a confié ni à l'une ni à l'autre dans quelle maison elle avait trouvé le papier. Je pense que cela tendrait à indiquer qu'elle avait plus ou moins promis de n'en rien faire. Tu te souviens qu'elle a dit à sa tante qu'elle estimait préférable de ne pas lui donner l'identité de l'auteur des lettres et qu'elle espérait obtenir de cette personne la promesse solennelle de ne jamais recommencer. Cela ne te donne-t-il pas l'impression qu'elle projetait d'avoir une explication avec cette personne ?

Elle attendit une réponse, mais comme rien ne vint, elle poursuivit :

— Si c'est au manoir qu'elle a ramassé le morceau de papier, la lettre dont il faisait partie a pu être écrite par miss Maggie Repton, par Mrs. Repton, par Valentine Grey, par le colonel Repton ou — c'est naturellement possible, mais cela me paraît fort improbable — par Florrie ou une des femmes de journée. J'ai demandé à miss Maggie dans quelle pièce elle avait essayé le chemisier mauve que Doris lui avait confectionné, et elle a répondu immédiatement et sans la moindre trace d'embarras que c'était dans sa chambre.

— Enfin, on ne peut pas sérieusement soupçonner miss Maggie, intervint vivement Randal.

Miss Silver toussota.

— Lorsque l'on plaide une cause, il est préférable de ne pas faire d'exception. Mais je voulais te rappeler que Connie Brooke, quand elle a raconté à miss Pell sa conversation avec Doris, a mentionné que Doris lui avait dit que le morceau de papier tranchait sur le fond du tapis et qu'elle lui avait également dit de quelle couleur était ce tapis.

— Et de quelle couleur était-il ?

— Connie ne l'a malheureusement pas dit. Mais si l'on recherche un tapis sur lequel un morceau de papier blanc ressortirait nettement, celui de la chambre de miss Maggie ne répond pas le moins du monde à cette description, puisqu'il s'agit d'un article indien dont le fond est à dominante blanche.

— Donc, miss Maggie est hors de cause, fit-il en souriant.

Miss Silver poursuivit avec un soupçon de sévérité.

— En ce qui concerne les autres occupants du manoir, j'ai découvert que c'est Florrie qui a ouvert à Doris

281

Pell et l'a conduite dans la chambre de miss Maggie. Elle pense qu'à ce moment-là Mrs. Repton était sortie, de même que Valentine Grey, mais elle n'en est pas certaine. Elle ne peut non plus affirmer avec certitude si l'une des deux est revenue avant le départ de Doris. On ne peut ranger Valentine au nombre des suspects, mais cela nous laisse dans l'incertitude pour ce qui est de Mrs. Repton. Il est superflu de parler du colonel Repton, puisqu'il devait à son tour devenir une des victimes. En ce qui concerne Florrie et les autres domestiques, je suis persuadée qu'elles n'ont rien à voir avec cette affaire.

— Je suis d'accord avec vous sur ce point.

Elle poursuivit sans paraître avoir remarqué l'interruption :

— Venons-en maintenant à Willow Cottage où miss Wayne a essayé une robe. Je pense que cela a également dû avoir lieu dans sa chambre. Le tapis est un Wilton uni dans les tons vieux rose. Celui de la chambre d'amis, que j'ai occupée, mais qui à l'époque de la visite de Doris devait être vide et avait donc pu faire office de salon d'essayage, est également un tapis de haute laine, mais bleu. Un morceau de papier blanc ressortirait certainement beaucoup mieux sur un tapis uni que sur un tapis à motifs. Dans le cas de miss Eccles, il n'était pas question d'essayage. Son entrevue avec Doris sur les patrons de chemises de nuit a pu se dérouler dans n'importe quelle pièce, à la convenance de miss Eccles, mais vraisemblablement le salon. J'ai vu le tapis de cette pièce et il est un peu plus foncé que celui de la chambre de miss Maggie. Le colonel Repton a passé de longues années en Orient et il a rapporté ces tapis pour les offrir à sa sœur et à sa cousine. Je n'ai pas vu le tapis de la chambre de miss Eccles, mais Mrs. Rodney m'a informé qu'il s'agissait d'un carré bleu pâle avec une bordure d'un bleu plus soutenu. Un morceau de papier ressortirait très nettement sur un tel fond, mais pas plus que sur les deux tapis de miss Wayne. Je ne pense pas que l'on puisse tirer de conclusion de tous ces éléments, mais j'ai préféré t'en parler.

— Vous croyez vraiment qu'il y a déjà des conclusions à tirer ?

— Quelques-unes, je crois. Vois-tu, Randal, que l'on puisse ou non le prouver, je suis convaincue que Doris Pell ne s'est pas suicidée. Le récit que m'a fait sa tante ôte toute crédibilité à cette hypothèse. Une jeune fille suffisamment désemparée par les allégations contenues dans une lettre anonyme pour passer outre à toute son éducation et ses convictions religieuses en mettant fin à ses jours ne peut être la même que celle qui s'est mise en route cet après-midi-là pour faire la tournée de ses clientes et avait consenti à retourner au manoir dans la soirée. En réponse à une question de ma part, miss Pell a affirmé que Doris était partie toute guillerette. Il est vrai qu'elle est revenue bouleversée, mais quoi de plus naturel, et sa détresse n'était pas de celles qui risquent de pousser quelqu'un au suicide. Elle avait découvert l'identité de l'auteur des lettres anonymes et elle était en proie à une vive émotion et ne tenait guère à dévoiler l'identité de cette personne. Elle avait l'esprit entièrement occupé à réfléchir à ce qu'elle devait faire. Peux-tu concevoir un moment plus mal choisi pour se suicider ? Non, elle n'avait pas la moindre raison d'agir ainsi.

Il la regarda en souriant.

— C'est une belle plaidoirie.

— Mais tu ne la prends pas au sérieux, n'est-ce pas ? Bon, j'ai presque terminé, mais j'aimerais encore ajouter ceci : nous ignorerons probablement toujours si la découverte de Doris a fait l'objet d'une discussion entre elle et la personne en cause. La peur et le doute ont pu naître des deux côtés sans qu'aucun des deux antagonistes n'ait été suffisamment sûr de son fait pour aborder franchement le sujet. Il est, par ailleurs, possible qu'une exclamation de surprise ait été arrachée à l'un d'eux et que Connie ait promis de garder provisoirement le silence en attendant un rendez-vous ultérieur. J'incline à penser que cela s'est passé ainsi, puisque Doris n'a donné ni à Connie Brooke ni à sa tante l'identité de la personne qu'elle soupçonnait. Doris est donc rentrée chez elle et le soir après dîner, elle est repartie au manoir avec le chemisier de miss Maggie. Est-ce aller trop loin que de supposer qu'elle avait mentionné cette course nocturne dans les autres maisons où elle était passée dans l'après-midi ? Elle a pu être guettée dans l'allée du manoir par quelqu'un de Willow Cottage ou de Holly Cottage. Quelqu'un du manoir a pu la suivre lorsqu'elle est repartie. Il y a un endroit où l'allée longe le bord de la pièce d'eau. Tu te souviens des lieux, j'espère. Un ruisseau enjambé par un petit pont va se jeter dans la pièce d'eau. Peux-tu me dire exactement où l'on a trouvé le corps de Doris ?

Randal March répondit lentement :

— A l'endroit que vous venez de décrire. Tout le monde a supposé qu'elle s'était jetée du haut du pont.

— Randal, reprit miss Silver avec énormément de gravité, comment peux-tu croire qu'on ne l'a pas poussée ?

CHAPITRE XXXII

March restait silencieux, le regard perdu dans la contemplation du feu qui brûlait dans l'âtre du bureau. Il ne pouvait s'empêcher d'évoquer les nombreuses fois où miss Silver avait employé le même ton empreint de gravité et où les faits lui avaient donné raison. Toute son expérience lui avait appris qu'elle avait coutume d'être dans le vrai. Cela pouvait être — et c'était souvent le cas — extrêmement agaçant, mais il fallait en tenir compte. C'est ce qu'il se sentait obligé de faire dans le cas présent. Il savait pouvoir faire confiance à son propre jugement et se savait capable de faire preuve d'intelligence, de mesure et d'honnêteté, mais il était bien obligé de reconnaître que miss Silver possédait quelque chose à quoi il ne pouvait prétendre. Il pouvait certes toujours épargner son amour-propre en alléguant de manière parfaitement légitime qu'elle avait la possibilité — refusée à la police — de s'entretenir avec les différents suspects alors qu'ils étaient détendus et pas le moins du monde conscients d'être jaugés. Mais il n'avait ni le désir ni l'intention de se prévaloir de cet argument. Son seul et unique désir était, tout simplement, la découverte de la vérité. Il tourna les yeux vers elle et commença :

— Je me demande...

Il perçut une chaleur accrue dans son regard. La réponse lui avait plu. Il en ressentit une satisfaction absurde.

— Je pense, reprit miss Silver, que comme moi, tu dois estimer que les coïncidences vont un peu trop loin. Doris Pell rentre chez sa tante et lui annonce qu'elle connaît l'identité de l'auteur des lettres anonymes. On la retrouve noyée le soir même. On entend Connie Brooke dire qu'elle sait qui envoie les lettres. Dans les vingt-quatre heures, tout le village est au courant, et quelques heures plus tard on retrouve Connie morte dans son lit après avoir absorbé une dose mortelle de somnifères. Le samedi, on entend le colonel Repton affirmer qu'il connaît l'auteur des lettres. Une fois de plus, la nouvelle se répand comme une traînée de poudre. Le lundi après-midi, on le trouve empoisonné dans cette pièce. Comment après cela peut-on croire que le cas de Doris Pell n'a pas de rapport avec les deux autres et qu'ils ne sont pas tous les trois l'œuvre de la même main ?

Il acquiesça de la tête.

— On le dirait bien. Mais tant que le premier décès est resté unique et que miss Pell n'a pas jugé bon d'apporter son témoignage, on ne pouvait, dans le cas de Doris Pell, attendre d'autre verdict que celui d'un suicide. Nous en sommes maintenant à présumer que ces trois morts ont été causées par la même personne. La question est de savoir qui est cette personne. Et il me semble que les nouveaux éléments que vous venez d'apporter ne font qu'accabler un peu plus Scilla Repton. Doris a fort bien pu ramasser le bout de papier compromettant dans une autre pièce que la chambre de Maggie Repton. Nous ignorons dans quelles circonstances il s'est retrouvé par terre. Il a pu tomber d'un tiroir, d'un livre ou d'un sous-main. Il a pu tomber d'une poche de laquelle on sortait un mouchoir, ou d'un sac à main ou encore d'une corbeille à papier. Vous m'avez dit qu'on avait conduit Doris dans la chambre de miss Maggie. Que s'est-il passé lorsqu'elle en est sortie ?

— Florrie l'a fait monter, mais elle est redescendue toute seule.

— Alors elle a pu aller ou être appelée dans la chambre de Scilla ou dans son boudoir qui, en plus de la porte communiquant avec le salon, en a une autre qui donne dans le hall. Voyez-vous une impossibilité à cela ?

— Pas à ma connaissance, Randal.

— Mrs. Repton a peut-être voulu lui donner de l'ouvrage pour elle. Elles regardaient peut-être des patrons et le bout de papier est peut-être tombé d'entre les feuilles. Mrs. Repton devait savoir que Doris allait revenir au manoir après la tombée de la nuit, et c'est une jeune femme vigoureuse et active qui aurait facilement pu la pousser par-dessus le parapet. Une fois ce premier forfait accompli, les autres ont suivi, avec dans le cas de Roger Repton le mobile de l'argent. Nous ne disposons, bien entendu, d'aucun indice qui nous permette d'établir un lien entre elle et Connie Brooke la nuit de sa mort, mais si nous parvenons à faire la preuve qu'elle a empoisonné son mari, il deviendra inutile de se préoccuper des deux autres cas.

Miss Silver secoua la tête d'un air dubitatif.

— Je ne parviens pas à me persuader de la culpabilité de Mrs. Repton.

— Pouvez-vous me dire pourquoi ?

Le crochet allait et venait dans la laine bleue, formant une bordure ajourée en treillis.

— C'est très difficile à exprimer, répondit-elle. Si elle est coupable, on pourrait attendre de sa part une indication de sa culpabilité ou trouver le défaut de la cuirasse. Mais je n'ai pu discerner chez Mrs. Repton la moindre conscience du danger. La peur est la chose au monde la plus difficile à dissimuler. Si elle avait eu peur, je ne crois pas qu'elle aurait pu si totalement le dissimuler. Je n'ai pas eu l'impression qu'elle réalisait avoir quelque motif de crainte.

— Je n'hésiterai pas à dire que c'est une dure à cuire.

— Même le criminel le plus endurci a un instinct qui l'avertit de l'approche du danger. Si, quand tu l'as interrogée, Mrs. Repton avait été consciente d'avoir commis trois meurtres et d'être au bord de l'abîme, je suis persuadée que ses réactions auraient été toutes autres que ce qu'elles ont été. Son manque de conscience du danger m'a impressionnée. Je ne pense pas pouvoir être plus précise que cela.

— C'est une dure à cuire, et elle jouait la comédie. S'il s'agit bien de trois assassinats, je maintiens qu'elle est la mieux placée pour les avoir commis.

Miss Silver secoua de nouveau la tête.

— Cette affaire n'a pas commencé avec les assassinats, Randal. Elle a commencé avec les lettres anonymes. Leur importance est absolument fondamentale. En recherchant leur auteur, il faut chercher une personne frustrée nourrissant un désir secret de puissance.

Il haussa les sourcils.

— On peut concevoir que Scilla Repton se sente frustrée à Tilling Green.

— Oh, non, Randal... pas à l'époque où les premières lettres ont été envoyées. Elle entretenait sa liaison avec Gilbert Earle et elle avait l'esprit occupé à trouver les prétextes et les subterfuges inhérents à ce genre d'intrigue. De plus, je doute fort qu'elle se soit elle-même accusée, comme les lettres le faisaient certainement.

— A part celle que le colonel Repton a reçue, y a-t-il eu d'autres lettres qui l'accusaient ?

— Probablement celle qui a été envoyée à miss Grey. D'après Florrie, elle en a reçu une. D'ailleurs, elle l'a reconnu devant toi, n'est-ce pas.

— Oui... elle m'a dit qu'elle l'avait brûlée. Vous avez certainement raison, elle devait accuser Scilla Repton d'avoir une intrigue avec Gilbert Earle.

— Et crois-tu que Mrs. Repton ait pu écrire une telle lettre ?

— Je ne sais pas. Je pense que c'est possible si elle avait décidé d'empêcher à tout prix le mariage de Valentine Grey, sans se préoccuper des éclaboussures. C'est exactement ce que suggérait son mari.

Il replia les jambes et se leva.

— Mais tout cela reste du domaine de la conjecture, vous savez, et j'ai encore beaucoup à faire. Je pense que le faisceau de preuves est suffisant pour justifier son arrestation.

Elle posa son ouvrage et se leva à son tour.

— Vas-tu l'interroger de nouveau ?

— Je n'ai pas d'autre solution. Mais cette fois, elle saura à quoi s'en tenir.

Il quitta la pièce avec la vague sensation de ne pas s'être montré à la hauteur.

CHAPITRE XXXIII

Un peu plus tard, alors que le déjeuner venait de se terminer, miss Silver prenait le café dans le salon en compagnie de miss Maggie Repton. Elle lui avait montré et fait admirer le cardigan de la petite Joséphine, qui était maintenant achevé et n'avait plus besoin que d'être repassé. Ethel Burkett et sa petite famille avaient fait l'objet d'une conversation à bâtons rompus, quand miss Maggie soupira et dit :

— Je me suis souvent dit que ce serait merveilleux si Valentine se mariait et fondait une famille. C'est tellement passionnant de regarder grandir des enfants. Mais je sais fort bien que c'est idiot de parler de cela maintenant, alors qu'elle n'est même pas fiancée.

Miss Silver lui sourit.

— Il est peut-être encore trop tôt pour parler de fiançailles, mais nul doute que Mr. Leigh et elle...

— Mon Dieu... fit miss Maggie. Croyez-vous que les gens ont remarqué quoi que ce soit ?

— Je ne vois pas comment ils pourraient éviter de le remarquer, répondit miss Silver avec indulgence.

— Mon Dieu... » répéta miss Maggie. Puis elle

poussa un nouveau soupir et enchaîna d'une voix hésitante : « Si seulement on pouvait ne plus recevoir ces lettres ignobles... »

Miss Silver n'attendait que cette occasion. Elle demanda d'une voix vibrante de sympathie :

— En avez-vous reçu une vous-même ?

Miss Maggie jeta un regard rempli d'appréhension par-dessus son épaule. A l'exception de ses meubles, la vaste pièce était vide.

— Oh... oh, miss Silver, fit-elle, je n'en ai jamais parlé à personne... Mais oui, j'en ai reçu une.

Elle posa sa tasse de café qu'elle avait de la peine à tenir tellement sa main tremblait. Il n'y avait rien à faire, dès qu'elle pensait à ces épouvantables lettres, tout son corps commençait à trembler.

— Vous auriez mieux fait de la montrer à la police.

Une touche de couleur monta aux pommettes de Maggie Repton.

— Oh, je ne pouvais pas... je ne m'en sentais vraiment pas capable. Elle disait des choses tellement horribles !

— A propos de votre belle-sœur ?

— Oui... vous ne pouvez pas vous imaginer...

— L'avez-vous gardée ?

La voix de miss Maggie se réduisit à un murmure tremblant.

— Oui, je l'ai... dans mon coffret à bijoux... fermé à clé. Voulez-vous que je vous la montre ? Depuis... depuis la mort de Roger, j'ai pensé... je me suis demandé si je ne devrais pas la montrer à quelqu'un. Vous m'avez tellement rendu service. Si vous acceptiez d'y jeter un coup d'œil... peut-être pourriez-vous me dire... ce que je dois faire.

Miss Silver lui adressa un sourire rassurant.

— Je la lirai quand vous monterez vous reposer.

Le coffret à bijoux de miss Maggie était un grand coffret ancien, recouvert de cuir noir, avec un petit motif en or gaufré sur tout le tour et les initiales M. B. sur le couvercle. Le cuir était usagé et les motifs en or presque effacés. Miss Maggie expliqua que les initiales étaient celles de sa grand-mère — « C'était lady Margaret Brayle » — et ouvrit le coffret à l'aide d'une petite clé en cuivre. Il contenait plusieurs plateaux recouverts de velours violet et bordés du même motif en or que celui du couvercle, mais en bien meilleur état. Elle souleva un lourd bracelet et de dessous, elle sortit une feuille de papier pliée. Elle la garda quelques instants à la main, hésitant visiblement sur ce qu'elle devait faire.

— Cela m'ennuie un peu de vous la montrer.

— Si cela peut vous soulager...

— Oh, oui... sans aucun doute.

Miss Silver tendit la main.

— Dans ce cas, je vais la regarder.

Le papier était tel que Randal March l'avait décrit, un papier bon marché, fin et rayé. Mais l'écriture n'essayait pas de suivre les lignes. Elle s'étalait en travers de la page en grandes lettres maladroites qui ne donnaient pas l'impression d'avoir été formées à l'aide d'une plume — les traits étaient trop épais et trop étalés. Il vint à l'esprit de miss Silver qu'une allumette légèrement taillée et trempée dans l'encre pourrait produire ce genre d'effet et elle se dit que ce pouvait être une excellente manière de contrefaire son écriture.

Le langage utilisé était encore pire que ce qu'elle avait imaginé. Scilla Repton était accusée en termes orduriers. Elle retourna la feuille et lut la lettre jusqu'au bout. En guise de signature, les mots « Un ami qui vous veut du bien » descendaient jusque dans le coin droit. Le coin gauche était vierge. Retournant la feuille, elle s'aperçut que de l'autre côté il n'y avait pas non plus d'inscription. Une idée se présenta immédiatement à son esprit.

— Ma chère miss Repton, je pense sincèrement que vous devriez montrer cela à la police.

Des larmes embuèrent les yeux de miss Maggie.

— J'aurais tellement honte.

— Si vous acceptez que je m'en charge, je veux bien la montrer au commissaire divisionnaire.

Miss Maggie se tordit les mains.

— Oh, si seulement vous pouviez faire cela ! J'en ai passé des heures sans sommeil à me demander ce qu'il fallait que je fasse et à me dire que j'aurais peut-être dû en parler à Mr. March. J'ai essayé de répondre honnêtement à toutes ses questions et il m'a demandé si Roger avait reçu une de ces épouvantables lettres et si Valentine en avait reçu une aussi, mais jamais il n'a pensé à me demander si moi-même j'en avais eu une... et j'avais tellement honte de la montrer à quelqu'un... et à un homme, vous pensez.

Quand elle eut bordé miss Maggie dans son lit avec un peignoir et un édredon pour lui tenir chaud et glissé une bouillotte entre les draps, miss Silver se rendit dans la chambre voisine qu'on lui avait attribuée. C'était une pièce confortable et vieillotte, garnie de nombreux meubles en acajou et d'une superbe courtepointe pourpre qui donnait au lit l'aspect d'un catafalque. Mais cette comparaison ne serait certes pas venue à l'esprit de miss Silver. Le fait que la pièce était orientée au nord lui avait évité de passer et la courtepointe, ainsi que les rideaux ornés d'un motif de grappes de raisin et de feuilles de vigne entrelacées, dans les tons brun et pourpre, était encore en parfait état. La moquette bouclée, d'excellente qualité, avait jadis été ornée d'un petit motif très sombre qui s'était maintenant fondu dans la grisaille ambiante. La chambre avait été meublée par cette même lady Margaret dont les initiales figuraient sur le couvercle du coffret à bijoux. Elle s'était considérée comme très moderne et presque d'avant-garde quand en l'an 1840, elle s'était débarrassée du baldaquin qui avait jusqu'alors surmonté le lit et des rideaux qui l'entouraient.

Miss Silver se dirigea vers la coiffeuse et s'assit. Elle étala devant elle la lettre que miss Maggie lui avait donnée et resta un long moment à la contempler.

CHAPITRE XXXIV

Jason Leigh souleva le loquet de la barrière de Mr. Barton, avança jusqu'à la porte latérale et frappa. La mission dont il revenait avait été de nature à développer chez lui ce qu'il est convenu d'appeler le sixième sens, bien qu'à proprement parler on puisse peut-être considérer cela comme une intensification des cinq autres. Pendant qu'il frappait à la porte de Gales's Cottage, il se sentit pratiquement certain d'être observé. Il ne faisait pas encore nuit, mais il faisait suffisamment sombre pour justifier la présence d'une lumière dans le salon de Willow Cottage. Toutes les pièces de la maison voisine donnaient soit sur le devant soit sur le derrière. Seule une fenêtre d'escalier avait vue sur la porte d'entrée de Mr. Barton. Il était exact qu'en se penchant par la plus proche des deux fenêtres de la façade, on pouvait avoir la même vue, comme miss Silver en avait fait l'expérience en regardant rentrer Mr. Barton et ses chats la nuit où Connie était morte. Mais pendant que Jason, debout sur le seuil, frappait à la porte, personne ne se pencha à aucune fenêtre. Il ne pouvait, toutefois, s'empêcher d'établir un rapport entre cette sensation

296

d'être épié et l'escalier et l'étroite fenêtre qui y laissait entrer le jour. Personne ne s'était penché, mais il avait cru distinguer le mouvement de quelqu'un s'écartant précipitamment et restant à l'épier derrière la fenêtre.

Il eut un geste d'agacement. Les demoiselles Wayne avaient toujours été de grandes colporteuses de ragots, comme Mettie Eccles et une demi-douzaine d'autres du même acabit, et miss Renie devait être à l'affût pour voir s'il réussissait à franchir le barrage que Mr. Barton opposait à ses visiteurs. Elle allait être déçue de voir qu'il réussissait. A ce moment-là, la clé tourna dans la serrure, la porte s'ouvrit en grinçant et il entra. Il y avait suffisamment de lumière venant de la porte ouverte de la cuisine pour pouvoir suivre le couloir.

James Barton referma la porte derrière lui et le mena jusqu'à la pièce éclairée en posant une main amicale sur son épaule. Les rideaux étaient tirés, la lampe allumée et les chats allongés devant le feu, mais alors qu'ils n'avaient pas remué un poil de moustache lors de la visite du commissaire divisionnaire, à l'entrée de Jason, ils se levèrent, s'étirèrent et vinrent se frotter contre ses jambes.

Jason les appela chacun par son nom. — Achan — Abijah — Ahitophel — Agag — Abimelech — Abner — Absalom. Mr. Barton esquissa un sourire.

— Ils n'oublient jamais un ami. C'est vrai de la plupart des animaux, mais les chats sont les plus difficiles du lot. S'ils vous aiment, ils vous aiment, et s'ils ne vous aiment pas, ils ne vous aiment pas, et il n'y a rien à y faire.

Les chats repartirent s'allonger devant le feu. Les deux hommes s'installèrent. Après quelques instants, Barton demanda :

— Tu repars quand ?

Jason éclata de rire.

— Probablement jamais.

— Tu abandonnes ?

— Probablement. J'ai une violente envie de me reconvertir dans l'agriculture. Tu te souviens que j'en ai fait pendant deux ans après la guerre et j'ai bien envie de remettre ça.

Barton avait saisi sa pipe et la bourrait.

— Pourquoi cela ?

— J'envisage de me marier.

— Alors tu es le dernier des crétins.

— Pas s'il s'agit de Valentine.

Barton lui jeta un regard vif et noir.

— Et qu'attends-tu que je réponde à cela ?

— Si tu es idiot, tu répondras qu'elles sont toutes les mêmes. Mais ce n'est pas vrai. Pas plus que nous ne sommes tous semblables, nous les hommes. Si tu réponds ce que j'espère, ce sera qu'il n'y a qu'une Valentine et que je peux être heureux de l'avoir.

Un long silence s'établit. Barton craqua une allumette et alluma sa pipe, en prenant tout son temps, puis il dit de sa voix rauque :

— Non, tu ne peux pas attendre cela de moi... tu sais trop ce que je pense des femmes. Mais si jamais il y en a une qui était différente du reste, c'était sa mère.

Jason lui jeta un regard brûlant de curiosité.

— Et que savais-tu de Mrs. Grey ? demanda-t-il.

— Ce que tout un chacun ne pouvait s'empêcher de remarquer, répondit Barton. Elle était bonne, et quelque chose lui avait brisé le cœur, et elle était de ces gens qui ne peuvent vivre avec un cœur brisé. Mais quand je dis qu'elle était bonne, je ne veux pas dire qu'elle était ce qu'on appelle communément une femme bonne, ce qui n'est qu'une façon de parler qui permet de jeter un voile pudique sur une foule de défauts et de bassesses. Tant qu'elles ne lorgnent pas trop sur le mari de la voisine et qu'elles ne brisent pas les liens sacrés du mariage, elles peuvent être mesquines, jalouses, acariâtres, fausses, vaniteuses, des paniers percés ou des grippe-sous, de véritables mégères et être encore considérées comme des femmes vertueuses. Mais la bonté de Mrs. Grey était tout autre. Je ne l'ai rencontrée que trois fois. La première fois, elle est entrée dans le bureau où j'étais en conversation avec Roger. Il m'a présenté comme un vieil ami et elle m'a dit : « Je suis ravie de vous rencontrer, Mr. Barton », et je lui ai répondu : « Tout le plaisir est pour moi, madame. » Et deux autres fois, où elle m'a dit que c'était une belle journée — c'était la première — et qu'elle craignait qu'il ne se mette à neiger — c'était la seconde. Peu de chose, tu vois, mais il y avait une sorte de lumière intérieure qui émanait d'elle. Quand on voit quelqu'un qui respire ainsi la bonté, ce serait un blasphème de prétendre que ce n'est pas vrai. Et je t'accorde que Valentine tient un peu de sa mère.

Jason se sentit étrangement remué. Son amitié avec James Barton remontait à l'époque lointaine où, à l'âge de dix ans, il avait affronté en combat singulier un bull-terrier, en s'élançant à la rescousse d'un des chats de l'époque, un autre Ahitophel, qui en temps normal aurait été parfaitement capable de se faire respecter par n'importe quel chien, mais qui, ce jour-là, avait été estropié par une pierre que lui avait lancée un certain

William Clodd. La pierre lui avait cassé une patte et le bull-terrier avait réussi à le prendre par la peau du cou, après quoi plusieurs garçonnets et d'autres chiens étaient venus se mêler à l'échauffourée et le jardin de Gale's Cottage avait été transformé en un véritable champ de bataille jusqu'à l'irruption de James Barton, armé d'un balai dans une main et d'un tisonnier dans l'autre. Tout le monde ayant pris la fuite, à l'exception d'Ahitophel qu'il avait fallu arracher aux crocs du chien, Jason avait été invité à entrer pour panser ses blessures. Il avait effectivement deux morsures, mais il gagna définitivement le cœur de James Barton en insistant pour qu'Ahitophel, qui paraissait mal en point, soit soigné le premier. Depuis cette scène, il avait eu toute liberté d'accès au cottage et Tommy Martin ne s'y était pas opposé.

Ils échangèrent des propos détendus, entrecoupés de longs silences, et c'est pendant un de ces silences, alors que Jason s'était dirigé vers les rayonnages de livres qui couvraient tout un mur, que James Barton dit :

— Le commissaire divisionnaire est passé me voir, mais je suppose que tu es déjà au courant. Tout le monde sait toujours tout à Tilling Green.

Jason grommela une réponse prudente en manifestant son peu d'intérêt pour la nouvelle et demanda brusquement :

— Où diable as-tu pêché ça ?

— Qu'est-ce que tu as pris ? Ah, le *Wonderful Magazine*. J'ai trouvé ça à Ledlington, chez le bouquiniste au coin de Catchpenny Lane. C'est bourré d'exemples de crédulité populaire au début du XIXᵉ siècle, avec la relation détaillée d'un cas d'inflammation spontanée.

Jason partit d'un grand rire.

— Comme si la crédulité populaire avait cessé au début du XIXᵉ siècle ! Dès qu'un événement a un côté merveilleux, il se trouve toujours quelqu'un pour y croire. Tout plutôt que la monotonie du quotidien.

Après un nouveau silence, James Barton reprit :

— On ne peut pas vraiment dire que la vie à Tilling Green ait été monotone depuis une dizaine de jours.

— Effectivement.

— Mais, tu sais, en ce qui me concerne, il ne s'était absolument rien passé jusqu'à la visite de ce March.

— Que veux-tu dire ?

— Je ne mets jamais le nez dehors dans la journée, sauf quand je ne peux pas faire autrement. Et quand je suis obligé de le faire, je n'adresse la parole à personne et personne ne m'adresse la parole, à part les mots que l'on peut échanger par-dessus un comptoir, si bien que je ne suis jamais au courant des scandales qui défrayent les conversations du village. C'est ainsi que j'ignorais, par exemple, que la police incline à croire que Connie Brooke a peut-être été assassinée et qu'ils en sont sûrs pour Roger Repton. Et dans ces conditions, je me demande si, tant qu'ils y sont, ils ne pourraient pas y ajouter l'autre fille, Doris Pell, joindre les trois affaires aux fameuses lettres anonymes et me mettre le tout sur le dos.

Jason regarda par-dessus son épaule.

— C'est le raisonnement de March ou le résultat du travail de ton imagination fertile ?

— J'ai été une des dernières personnes à voir Roger vivant, répondit Barton. Il voulait savoir comment cela s'était passé.

301

Jason remit le *Wonderful Magazine* à sa place sur le rayonnage et revint vers la table. Il avait les sourcils froncés.

— Sa femme a été la dernière à l'avoir vu vivant... non, Mettie Eccles quand elle lui a apporté son thé.

— Heureusement pour moi. Mais cela n'empêche pas que j'aurais eu la possibilité de verser le cyanure dans le whisky.

— Pourquoi aurais-tu fait ça ?

— Oh, une irrépressible envie de tuer mon meilleur ami, je suppose.

— March ne peut sérieusement croire...

Barton exhala un nuage de fumée.

— Peut-être pas... mais je n'en sais rien. Je pense qu'il n'y voit pas encore très clair. Mais s'il en est ainsi, comment va-t-il réagir si je lui fais part de quelque chose qui risque de détourner les soupçons sur une autre personne ?

Jason eut un geste d'agacement.

— Tu veux parler de Scilla... Scilla Repton. Je crois qu'il y a déjà pas mal de présomptions qui pèsent sur elle. Il allait divorcer, tu sais... enfin, peut-être ne le sais-tu pas.

Barton hocha lentement la tête.

— Si, il me l'a dit. Quel idiot de l'avoir épousée ! J'aurais pu lui dire dès le début, mais quand on fait ce genre de folie, on se refuse à écouter les conseils. C'est comme tous les poisons, il faut les expulser soi-même de l'organisme. Mais parfois le poison a le temps de vous tuer ou de détruire en vous toute l'envie de vivre.

— Et que sais-tu exactement ? demanda vivement Jason.

Barton tira sur sa pipe.

— Oh, quelque chose... juste quelque chose.

— Mais quoi ?

— Rien à voir avec Roger.

— Alors, avec quoi ? Avec qui ?

Barton souffla sa fumée.

— Peut-être avec personne.

— Tu ne veux pas me raconter ?

— Je ne sais pas... je réfléchis. J'aimerais que tu me parles un peu avant, que tu me racontes depuis le début tout ce que tu sais de cette histoire... les lettres, Doris Pell, cette face de carême de Connie. Je l'avais toujours considérée comme insignifiante, mais voilà qu'elle trouve le moyen d'être mêlée à un meurtre ! Pourquoi diable a-t-elle voulu faire ça ?

— Je ne pense pas qu'elle l'ait voulu.

James Barton approuva d'un hochement de tête.

— L'attrait de l'inconnu, sans doute. Enfin, allons-y... raconte-moi tout ce que tu sais.

— Je n'étais pas encore revenu quand Doris Pell s'est noyée, mais j'ai vu une des lettres, c'était franchement dégueulasse, et Mrs. Needham, l'ange gardien de Tommy, m'a mis au parfum de tout ce qui se disait dans le village. Alors, voici ce que je sais.

Il raconta ce qu'il avait appris, ordonnant les détails pour en faire un récit cohérent, ce qui mit en lumière l'importance du rôle joué par les lettres anonymes. Doris Pell s'était noyée à cause d'elles. Connie Brooke avait dit qu'elle en connaissait l'auteur et elle était morte. Roger Repton avait prétendu la même chose et il était mort aussi.

Quand Jason eut terminé, un silence s'installa entre

eux. Au bout d'un long moment, James Barton reprit la parole.

— La petite Connie... elle est revenue par la place le mercredi soir, avec miss Eccles ?

— Oui.

— Elles se sont séparées devant Holly Cottage, et elle a continué toute seule jusqu'à la Closerie ?

— C'est ce que dit miss Eccles.

— Ce qui veut dire que rien ne prouve que c'est vrai ?

— Non, rien ne le prouve.

— Donc elle aurait pu l'accompagner jusqu'à la Closerie, entrer avec elle et faire en sorte qu'elle prenne suffisamment de somnifères pour n'avoir aucune chance de se réveiller.

Jason acquiesça de la tête.

— Oui, cela a pu se passer ainsi.

— Et c'est miss Eccles qui a apporté son thé à Roger et qui a été la dernière, la toute dernière, à le voir vivant... et la première à le voir mort. Et puis elle se met à hurler et elle accuse sa femme. Cela fait de lourdes présomptions contre miss Mettie Eccles.

— Assez, oui, fit Jason. A mon avis, cela va se jouer entre Scilla et elle. Pour Connie, Mettie Eccles est la plus menacée, et pour Roger c'est Scilla. Je présume que c'est pour cette raison qu'il n'y a pas encore eu d'arrestation. Mais tout cela reste lié avec les lettres anonymes. Pour le meurtre de Roger, Scilla est un présent du ciel, mais pour Connie, il y a un os. Comment Scilla Repton aurait-elle pu se débrouiller pour que les somnifères de miss Maggie soient mélangés comme par enchantement au chocolat du soir ? Elle n'a pas eu la moindre possibilité de le faire. Et c'est vrai pour tout le monde, à part miss Mettie qui était au courant pour les somnifères, même si elle prétend avoir pris grand soin de conseiller à Connie de ne pas en prendre plus d'un, et qui aurait fort bien pu la raccompagner jusqu'à la Closerie. Il y a, je présume, une autre hypothèse, d'après laquelle le chocolat a été empoisonné pendant que Connie était à la soirée donnée au manoir, et que le poison n'avait rien à voir avec les comprimés de miss Maggie. Ce qui serait quand même une drôle de coïncidence, mais qui n'a rien d'invraisemblable dans la mesure où tout le monde était apparemment au courant des insomnies de Connie. Et cela aurait pu faire germer dans l'esprit de l'auteur des lettres l'idée de se débarrasser d'elle de cette manière.

— Donc, à ton avis, il y a une chance sur deux que ce soit Mrs. Repton ou miss Eccles ? demanda James Barton lentement et d'une voix songeuse.

— Je n'en sais rien. Je suppose que oui. Mais ce que je ne parviens pas à comprendre, c'est comment Scilla Repton aurait pu s'y prendre pour empoisonner ce chocolat. Elle a joué la maîtresse de maison au manoir depuis huit heures moins le quart, quand les premiers invités sont arrivés, jusqu'à la fin de la soirée. Il ne lui a pas été possible de traverser le village jusqu'à la Closerie pendant tout ce temps-là, et avant la soirée, Connie était encore chez elle et elle n'avait sans doute pas préparé son chocolat. Et puis, il fallait que Scilla s'habille et ce n'est pas son genre de prendre n'importe quel vêtement au petit bonheur. Le maquillage prend du temps, et Scilla est experte dans ce domaine. Alors si tu te préparais à objecter qu'elle aurait pu aller

305

subrepticement à la Closerie pendant que Connie et Mettie Eccles arrivaient au manoir par un autre chemin, je suis au regret de t'assurer qu'elle n'en aurait pas eu le temps.

— Je ne voulais rien objecter du tout, répondit calmement Barton. Mais si tu voulais bien arrêter de parler, j'allais te dire quelque chose.

Jason éclata de rire.

— Vraiment ? Allons donc ! Je croyais que tu m'avais dit que tu y réfléchissais. Eh bien, allons-y, je suis tout ouïe.

Barton se pencha par-dessus la rangée de chats assoupis et vida sa pipe en la cognant contre le bord de l'âtre. Puis il reprit sa position assise, berçant le fourneau au creux de sa main. Après quelques instants, il commença :

— Je suis sorti me balader. C'est ce que je fais presque tous les soirs. Avec les chats.

— A quelle heure ?

— Pas loin de onze heures. Je n'ai pas regardé la pendule. Abner voulait sortir, alors évidemment, ils ont tous voulu sortir. Nous sommes allés faire le tour de la place.

— C'était le moment où les voitures repartaient du manoir ?

— Pas une voiture... pas un chat — si j'ose dire ! Jusqu'à ce que nous arrivions près de la Closerie. Et là, il y avait quelqu'un.

— Qui était-ce ?

— Inutile de me le demander... mais je suppose que s'il fallait deviner, je tomberais juste.

— Alors, qui ?

306

Mr. Barton secoua la tête. « Abimelech s'était glissé sous la barrière. Elle était fermée. Au moment où je posais la main sur le loquet, j'ai entendu quelqu'un qui arrivait de derrière la maison en marchant à pas feutrés, aussi silencieusement qu'un chat. Alors j'ai reculé... et moi aussi je sais marcher à pas de loup quand il le faut. Quelqu'un est passé devant moi dans l'obscurité et Abimelech a feulé en se hérissant. C'est tout. »

— C'est tout !

— En ce qui me concerne, oui.

— C'était un homme ou une femme ?

— C'était... une silhouette, répondit lentement Barton. On pourrait dire qu'elle se déplaçait trop souplement pour un homme. Mais il y a des hommes qui peuvent marcher très souplement... c'est mon cas et celui de tous les braconniers.

— Dans quelle direction allait ta silhouette ?

— Oh, vers le village, comme moi.

— Tu sais que tu devrais en parler à la police, fit Jason. Quelqu'un qui venait de l'arrière de la Closerie sans une lampe de poche pour s'éclairer ne devait rien manigancer de bon et venait peut-être d'empoisonner le chocolat de Connie. Je crois qu'il faudrait en informer la police.

Barton se mit à ricaner.

— Oui, mais, vois-tu, il n'y a rien que je puisse dire à propos de cette silhouette qui ne risque de se retourner contre moi. Car moi aussi je me promenais la nuit sans lampe de poche. Et, de plus, j'étais accompagné par les chats, ce qui ajoute un facteur sinistre à une expédition nocturne. Tu sais, malgré le cinéma, les progrès de la science et la scolarité obligatoire, les croyances à la sorcellerie sont toujours profondément enracinées dans nos villages... et peut-on imaginer une sorcière sans son chat ?

Sans tenir compte de ces paroles, Jason demanda brusquement :

— Pourquoi n'avais-tu pas de lampe ?

— Je n'en ai pas besoin, répondit Barton en haussant les épaules.

— Et pourtant, quand quelqu'un te passe juste devant le nez, tu ne peux pas dire si c'est un homme ou une femme.

— Tu crois m'avoir piégé, fit Barton en riant.

— Je pense que j'aurais dû dire ne *veux* pas au lieu de ne *peux* pas.

— Peut-être. Mais c'est ainsi... j'étais là-bas, mais je ne peux pas dire que j'y étais sans être immédiatement en butte à tous les soupçons.

— Je pense que tu sais de qui il s'agissait, insista Jason.

— Il est difficile d'en jurer. Il fait très sombre à la Closerie, avec tous les arbres qu'il y a.

— Mais ?

— Pourquoi y aurait-il un mais ?

— Oh, il y en a un, alors autant me le dire.

James Barton tenait toujours sa pipe à la main. Il commença à tapoter avec sur la table. Puis soudain il cessa et tendit la main pour prendre sa blague à tabac.

— Il y a une seule personne devant qui Abimelech se met à feuler.

— Alors ?

— Il a feulé.

CHAPITRE XXXV

Miss Silver traversa la grand-place entre l'heure du thé et l'heure de ce qu'au manoir on persistait à appeler le souper. Mettie Eccles avait dit sans ambages à Maggie Repton que c'était du snobisme pur et simple. Miss Maggie avait été quelque peu perturbée, mais elle n'en avait pas moins continué à souper. Elle avait dit que Roger n'aimait pas les changements et qu'elle pensait que Mrs. Glazier n'apprécierait pas non plus. Ce à quoi Mettie avait rétorqué que Maggie n'avait jamais eu de volonté et que dans ce cas, bien sûr, il ne restait plus que les conventions sociales. La chamaillerie s'était poursuivie, mais l'obstination de miss Maggie avait fini par l'emporter. Tout cela était bien loin maintenant, mais miss Maggie était revenue sur cette histoire dans l'après-midi, devant une tasse de thé.

— Mettie a un caractère très dominateur, finit-elle par dire. Elle est tellement efficace, vous savez, mais si on ne fait pas les choses comme elle l'entend, elle va toujours vous montrer ce qu'il faut faire. Elle ne pense pas à mal, et je sais que j'ai tort de lui en vouloir, mais parfois je ne peux m'en empêcher. Certainement

309

pas en ce moment, car je la plains énormément. Vous savez, nous avons vraiment été élevés tous les trois ensemble, avec Roger, et elle l'aimait profondément. Ma chère Eleanor était beaucoup plus jeune... c'était la mère de Valentine, vous savez. Oh, mon Dieu, tout cela me semble tellement loin.

Miss Silver avait commencé à tricoter la laine rouge qu'elle avait achetée chez *Ashley* et dont elle voulait faire un cardigan pour sa nièce Ethel Burkett. Ce serait un cadeau de Noël. Elle dit de sa voix la plus douce :

— Vous devez avoir bien des souvenirs heureux.

Miss Maggie essuya une larme.

— Oh, oui, j'en ai. Mais la pauvre Mettie... vous savez, je m'inquiète tellement pour elle, toute seule dans son cottage. Bien sûr, il y a Renie Wayne juste à côté, mais je ne pense pas... non, vraiment je ne pense pas qu'elle puisse lui être d'un grand secours. Renie a toujours tellement de doléances à faire... elle n'a certainement pas le temps de se pencher sur les malheurs d'autrui. J'ai bien demandé à Mettie si elle voulait venir au manoir, mais elle m'a dit qu'elle ne voulait pas, tant que Scilla serait ici. Et je crains de ne pas me sentir la force de descendre la voir... pas encore. Et je suppose que cela ne vous tente pas... cela lui ferait tellement de bien de vous voir.

Comme miss Silver désirait vivement avoir un entretien avec Mettie Eccles, elle ne fit pas de difficultés pour accepter, répondant avec une totale sincérité qu'elle serait très heureuse de descendre à Holly Cottage, à condition que miss Eccles ne voie pas en elle une intruse, et ajoutant : « Peut-être n'a-t-elle pas envie de me voir. Je ne suis, après tout, qu'une étrangère et elle a reçu un choc terrible. »

— Vous m'avez *tellement* aidée, s'exclama miss Maggie d'une voix vibrante de gratitude. Vous savez, je suis réellement très inquiète à propos de Mettie et je vous serais énormément reconnaissante d'aller la voir. Valentine est déjà tellement épuisée et je peux faire en sorte que votre visite paraisse tout à fait naturelle en vous donnant un panier de James Grieve pour elle. C'est une pomme délicieuse et elle en raffole, mais elle ne se garde pas et on n'en trouve presque jamais dans le commerce.

Miss Silver était arrivée à mi-chemin de la grand-place, quand Jason Leigh surgit de l'obscurité qui commençait à gagner le village. A la surprise de miss Silver, il s'arrêta, l'appela par son nom et dit :

— J'aimerais beaucoup avoir une conversation avec vous, miss Silver.

A en juger par le naturel de sa voix lorsqu'elle répondit, nul n'aurait pu imaginer à quel point cette démarche l'étonnait.

— Mais certainement, Mr. Leigh.

Il changea aussitôt de sujet en demandant :

— Vous allez à Willow Cottage ?

— J'irai plus tard pour prendre quelques affaires, mais pour le moment je me rends chez miss Eccles pour lui porter ce panier de pommes de la part de miss Repton.

Il restait devant elle au milieu du sentier, lui barrant le passage.

— Miss Silver, il y a, je pense, quelque chose que vous devriez savoir. Si vous vouliez bien faire demi-tour et marcher avec moi jusqu'au bord de la grand-place puis me permettre de vous accompagner jusqu'à

311

Holly Cottage, je crois que cela me laisserait le temps de vous dire ce que j'ai à vous dire, à condition que nous ne marchions pas trop vite.

Miss Silver se retourna et commença à repartir dans la direction d'où elle était venue.

— Que voulez-vous me dire, Mr. Leigh ?

Elle lui avait déjà parlé puisqu'il avait beaucoup fréquenté le manoir ces deux derniers jours, mais elle n'avait jusqu'alors jamais soupçonné qu'il pût lui manifester un intérêt quelconque. Elle ne s'attendait donc aucunement à ce qu'il dise : « Eh bien, pour commencer, autant vous dire que je sais pourquoi vous êtes ici. »

Après avoir émis son toussotement coutumier, elle demanda :

— Vraiment ?

Après ce maigre encouragement, il poursuivit :

— Pour ne rien vous cacher, je connais Frank Abbott. Je l'ai rencontré par hasard à Londres. Il a pensé qu'il valait mieux m'éclairer sur le rôle que vous jouez ici. Pour être totalement franc, il commence à avoir peur.

Elle répondit d'une voix où l'affection perçait sous la réprobation :

— Frank n'est pas toujours prêt à laisser les autres prendre ce qu'il considère comme un risque.

— La mort de Connie Brooke l'a terriblement marqué, vous savez, et quand il m'a appelé hier soir, il était complètement affolé.

— Vous voulez dire qu'il s'inquiétait pour moi ?

— Absolument.

— C'est inutile, Mr. Leigh. J'espère que toute cette

312

histoire sera très bientôt tirée au clair, et, pour l'instant, j'estime qu'il est de mon devoir de rester auprès de miss Repton. Mais vous vouliez me dire quelque chose ?

— Oui, il y avait... il y a quelque chose. Le nom de James Barton vous dit-il quelque chose ?

— Certainement, Mr. Leigh. Il habite à Gale's Cottage, la maison voisine de celle de miss Wayne. Il est misogyne et vit en reclus. Il a sept chats qui portent tous des noms tirés de la Bible et commençant par un A et qui l'accompagnent dans ses promenades nocturnes.

Elle entendit un rire étouffé s'élever dans l'obscurité.

— Je vois que vous n'ignorez pas grand-chose. Mais j'aimerais pourtant ajouter que nous nous sommes liés d'amitié quand j'avais dix ans, que c'est un homme totalement honnête et véridique et qu'il serait absolument incapable de faire du mal à une mouche. Et quand je vous dis cela, je sais de quoi je parle.

— Oui, Mr. Leigh ?

Jason poursuivit.

— Je sors de chez lui. Nous avons parlé des lettres anonymes et des trois décès qui y sont liés.

Ils avaient atteint le bord de la grand-place et ils revinrent sur leurs pas. Des lumières brillaient au loin dans la rangée de pavillons qui bordaient l'autre côté de la place. Une légère brise s'était levée et la nuit était complètement tombée. Il ne semblait y avoir personne d'autre alentour.

— Il m'a raconté quelque chose, fit Jason. Je pense que cela peut avoir une certaine importance. Il refuse d'en faire part à la police. Votre situation ici... elle n'est pas officielle, n'est-ce pas ?

— Pas exactement. Mais je me refuse absolument à taire à la police la vérité sur quoi que ce soit.

— C'est bien la réponse que j'attendais. C'est également ce que j'ai dit à Barton. Toute cette affaire est beaucoup trop sérieuse et trop dangereuse pour que l'on s'amuse à refuser de communiquer ce que l'on sait. Mais — et c'est pour cette raison que je désirais m'entretenir avec vous — ce n'est pas une affaire que la police de Ledlington peut traiter. Elle exige énormément de doigté. Et en fait, pour être totalement franc avec vous, si je vous en parle c'est parce que votre situation ici vous permettra d'en référer directement au commissaire divisionnaire. J'ai dit à Barton que c'était probablement ce que j'allais faire, et bien qu'il ne m'ait rien dit, je pense que cela a été un soulagement pour lui. Jamais il ne m'aurait raconté ce qu'il m'a raconté s'il n'avait attendu de moi que je prenne les choses en main.

Miss Silver toussota et demanda de sa voix calme :

— Et que vous a-t-il raconté, Mr. Leigh ?

CHAPITRE XXXVI

Comme ce n'était pas le jour de la femme de journée de miss Eccles, elle alla en personne ouvrir la porte, en réponse au coup de sonnette de miss Silver. Elle avait allumé la lumière de l'entrée et miss Silver fut frappée de voir à quel point Mettie Eccles avait changé pendant les deux jours qui s'étaient écoulés depuis la mort de Roger Repton. Sa mise était toujours irréprochable et elle ne portait pas le deuil, mais sa jupe et son gilet bleu marine semblaient beaucoup trop grands pour elle. Sa chevelure avait perdu la souplesse et le brillant qui mettaient en valeur son teint délicat et ses yeux bleus étincelants. Il n'y avait plus maintenant la moindre couleur nulle part et cela évoqua à miss Silver une poupée qu'on aurait laissée traîner sous la pluie.

C'est d'une voix pleine de compassion qu'elle demanda :

— Puis-je entrer quelques instants, miss Eccles ? J'ai un message pour vous de la part de miss Repton, et un panier de pommes qu'elle vous envoie. Je crois qu'elle m'a dit que ce sont des James Grieve. J'espère que le nom est correct.

315

On ne peut aisément se défaire de ce qui a réglé toute une vie. Alors que la dernière chose au monde que désirait Mettie Eccles était bien d'ouvrir sa porte à une étrangère, elle se sentit tout à fait incapable de la refermer au nez de cette même étrangère. Elle fit entrer miss Silver et la précéda dans un salon qui contenait quelques beaux meubles, des rideaux bleus et le tapis que Roger Repton lui avait rapporté des Indes. Il n'y avait pas de blanc et les couleurs dominantes étaient un bleu profond et un vieux rose. Miss Silver se dit qu'un morceau de papier blanc aurait sans nul doute nettement tranché sur ces teintes.

Miss Eccles prit le panier de pommes et vida les fruits dans une coupe de porcelaine bleu roi. Lorsqu'elle se retourna pour rendre le panier, son intention était de rester debout, mais comme miss Silver avait déjà pris un siège, elle pouvait difficilement éviter d'en faire autant.

— Miss Repton m'a chargée de vous dire qu'elle espérait que vous comprendriez qu'elle serait volontiers descendue elle-même, mais qu'elle n'est pas encore tout à fait en état de le faire. Et le docteur Taylor lui a recommandé d'éviter toute fatigue nerveuse.

— Quel dommage que les docteurs ne fassent pas de prescriptions contre cela, répliqua sèchement miss Eccles.

— C'est à nous de la trouver. La sympathie et l'amitié peuvent faire beaucoup de bien, vous ne trouvez pas ? Miss Repton en a le plus grand besoin. Elle m'a également chargée de vous dire qu'elle avait très envie de vous voir et qu'elle serait fort heureuse que vous lui rendiez visite.

316

Rien n'indiquait que miss Eccles avait pleuré. Ses paupières avaient l'aspect brun et desséché qui résulte d'un chagrin sans larmes. L'espace d'un instant, miss Silver vit briller entre les paupières sèches non pas le bleu étincelant qui s'y trouvait habituellement, mais l'éclat froid de l'acier.

— Pas tant que cette femme y sera ! fit Mettie Eccles d'un ton sec et tranchant.

— Vous parlez de Mrs. Repton ? Miss Maggie m'a dit...

Mettie Eccles l'interrompit d'un geste du bras.

— Je ne sais pas de quelle étoffe Maggie est faite. Comment peut-elle supporter de manger, de dormir et de vivre sous le même toit que l'assassin de Roger ? Vous êtes venue m'apporter des messages, eh bien, j'aimerais que vous rapportiez ce message de ma part ! Cette femme a assassiné Roger, et Maggie et Valentine continuent à vivre sous le même toit qu'elle et la police ne l'arrête pas !

Miss Silver prit soudain un air de tranquille autorité.

— Miss Eccles, croyez-vous vraiment que Mrs. Repton a empoisonné son mari ?

Mettie Eccles eut un affreux petit rire grinçant.

— Ce n'est pas ce que tout le monde croit ? Ce n'est pas ce que vous croyez ?

Miss Silver toussota.

— Alors vous devez également croire que c'est elle qui a écrit les lettres anonymes ?

Mettie Eccles ouvrit les yeux ronds.

— Qu'est-ce que cela a à voir ?

— Beaucoup de choses, je pense. Le colonel Repton a été assassiné parce qu'il avait déclaré connaître l'auteur des lettres.

— Il a été assassiné parce qu'il allait divorcer d'avec cette femme et la déshériter.

L'air d'autorité de miss Silver s'accentua. Elle répondit :

— Je ne pense pas. Il a été tué parce qu'il savait qui les avait écrites, tout comme Connie Brooke et Doris Pell ont été tuées parce qu'elles le savaient.

Miss Eccles avait coutume d'imposer son point de vue dans les discussions. Elle avait l'esprit vif et la repartie prompte. C'était la première fois depuis longtemps qu'elle restait sans voix. Elle ne put que demander dans un murmure :

— Je ne comprends pas ce que vous voulez dire.

De la même voix calme, miss Silver poursuivit :

— Seul l'auteur des lettres pouvait avoir intérêt à ce que ces trois personnes disparaissent. Avez-vous déjà vu une de ces lettres ?

— Non », répondit miss Eccles, et elle ajouta : « Et pourquoi ? »

— Vous auriez pu en recevoir une.

Les épaules tombantes se redressèrent en un geste de fierté outragée.

— Il n'y a jamais eu la moindre raison pour que quelqu'un m'envoie ce genre de lettres. Personne ne peut dire... personne... » La voix lui manqua. « Comment osez-vous me demander cela ? »

Miss Silver reprit, toujours aussi calmement :

— Alors vous ne pouvez pas savoir à quoi ressemblent ces lettres ? Vous ne pouvez pas savoir si ce morceau de papier provient de l'une d'elles ?

Elle tendit une main dans laquelle il y avait un petit morceau de papier déchiré. Un petit bout de papier de mauvaise qualité qui ressemblait au coin arraché d'une page. Miss Eccles le prit et l'examina attentivement. On pouvait y lire les premières lettres du mot « Tilling » — juste les trois premières lettres.

— Vous n'avez jamais vu ce petit bout de papier ? lui demanda miss Silver. Cela ne vous intéresserait pas de savoir où on l'a trouvé ?

Elle observait Mettie Eccles avec la plus extrême attention.

Ce qu'elle vit l'intéressa énormément. Elle était venue avec une grande ouverture d'esprit et une longue expérience de la pensée et de l'âme humaines. Elle était venue sans crainte ni parti pris, et elle vit ce qu'elle avait espéré voir, une réponse au problème auquel elle était confrontée.

La réaction de miss Eccles fut révélatrice du trait le plus marquant de son caractère. En dépit de la douleur et du chagrin dont elle était la proie, elle ne put dissimuler une vive curiosité.

— Mon Dieu ! s'exclama-t-elle. Vous n'allez tout de même pas me dire que vous en avez reçu une !

— Non.

— Ce n'est pas cette pauvre Maggie ! C'est une honte ! C'est inadmissible !

— J'aimerais vous raconter une histoire, enchaîna imperturbablement miss Silver. Le jour où Doris Pell s'est noyée, elle a rendu une visite de caractère professionnel. Au cours de cette visite, elle a ramassé un petit bout de papier blanc qui était un coin déchiré d'une de ces lettres anonymes. Sur ce morceau de papier figuraient les trois premières lettres du mot « Tilling ». Elle l'a immédiatement reconnu, car c'est elle qui avait reçu la

319

lettre dont ce coin était déchiré. A propos, pourriez-vous me rendre mon bout de papier ?

Miss Eccles le lui rendit. Un peu de sang lui était monté au visage. Elle semblait avoir retrouvé une bonne partie de son énergie. Elle s'écria d'une voix vibrante d'indignation :

— Mais c'est absolument affreux ! Dans quelle maison était-ce ?

— Je ne peux pas vous répondre.

Miss Eccles fronça les sourcils.

— Bonté divine... mais il le faut ! Vous ne réalisez pas à quel point cela peut être important. Elle est venue ici cet après-midi-là. Je voulais me faire faire des chemises de nuit... pauvre Doris ! Voyons, chez qui d'autre était-elle allée ? Je sais qu'elle était passée au manoir puisque Maggie n'était pas contente de son chemisier et que Doris devait y faire un saut dans la soirée pour le rapporter après l'avoir ajusté. Et c'est en revenant qu'elle s'est noyée. C'est ce que l'enquête a permis d'établir, mais plus j'y pense — et je n'ai pu m'empêcher de beaucoup y penser — plus j'ai de la peine à croire qu'elle l'ait fait volontairement. Elle est venue cet après-midi-là, et si elle avait eu cette idée en tête, ne croyez-vous pas que cela se serait vu ?

— Vous m'intéressez énormément, fit miss Silver. Pouvez-vous me dire exactement comment était Doris ce jour-là ? Était-elle comme d'habitude ?

— Non... non... pas vraiment... on ne peut pas dire cela. Mais elle n'avait pas l'air particulièrement triste ni abattue. Enfin, pas comme quelqu'un sur le point de prendre la décision de se suicider. Et vous savez, les Pell étaient non conformistes mais très pratiquants, alors c'est très étonnant de la part de Doris. Je m'étais simplement dit que quelque chose l'avait peut-être perturbée. A vrai dire, je me suis demandée si Maggie ne s'était pas montrée un peu cassante avec elle pour le chemisier, mais je me suis dit que cela ne lui ressemblerait guère. Maggie est affreusement brouillonne, mais elle a toujours été coulante. » Elle s'interrompit, parut réfléchir, puis secoua la tête. « Non, je ne peux pas vous dire mieux pour Doris. J'ai cru que quelque chose l'avait perturbée et je l'ai trouvée bien nerveuse. Mais je ne crois pas qu'elle se soit noyée. »

CHAPITRE XXXVII

Lorsqu'elle quitta Holly Cottage, miss Silver avait conscience d'avoir bien accompli sa tâche. Ou plus exactement deux tâches. Le morceau de papier arraché par ses soins à la lettre qu'avait reçue miss Maggie et sur lequel elle avait griffonné les lettres « Til » à l'aide d'une allumette taillée et trempée dans l'encre avait parfaitement rempli son but. Elle avait d'autre part la satisfaction d'avoir stimulé miss Eccles et de l'avoir tirée de sa torpeur. Elle descendit l'allée dallée jusqu'à la barrière rustique et quelques secondes plus tard souleva le loquet d'une barrière rigoureusement semblable et remonta l'allée jumelle jusqu'à la porte de Willow Cottage.

Miss Wayne lui ouvrit avec encore plus de circonspection que n'en avait mis miss Eccles. Malgré la chaîne de sûreté, elle jeta un coup d'œil prudent dans l'entrebâillement de la porte pour se répandre immédiatement en excuses dès qu'elle réalisa que c'était miss Silver qui attendait sur le seuil.

— Oh, ma chère, je suis absolument confuse. C'est tellement désagréable d'attendre dans le noir, mais je ne peux m'empêcher d'être terriblement nerveuse dès que je suis seule à la maison. Ma chère sœur était beaucoup plus courageuse que moi, et Joyce l'est aussi. Mais entrez... je vous en prie, entrez.

A peine avait-elle franchi le seuil que miss Silver réalisa qu'une forte odeur de gaz flottait dans la maison. Elle en fit aussitôt la remarque.

— Le feu ne serait-il pas éteint sous un des brûleurs de votre cuisinière ?

Miss Wayne parut toute confuse.

— J'avais mis une bouilloire sur le feu et j'ai éteint l'allumette avant que le gaz n'ait pris. Mais j'ai ouvert la fenêtre de la cuisine et l'odeur va se dissiper très vite. J'ai toujours pensé que pour la cuisine, il n'y avait rien de plus pratique que le gaz, mais bien sûr, il y a l'odeur. Vous savez, au début, nous avions le gaz dans toute la maison, mais Esther n'était pas tranquille, alors dès que l'électricité est arrivée dans le village, nous l'avons fait poser à la maison. Cela revient très cher, mais c'est plus propre et moins dangereux... mais personnellement, je n'y tiens pas pour la cuisine, alors nous n'avons pas fait couper le gaz.

Elles étaient arrivées dans le salon. Miss Silver se dirigea vers un fauteuil.

— Oh ! fit miss Wayne sans essayer de dissimuler sa surprise, j'avais cru que vous étiez venue chercher quelques autres affaires.

— Et aussi pour avoir une petite conversation avec vous.

Un feu timide flambait dans l'âtre. Miss Wayne s'en approcha et s'installa dans son fauteuil habituel.

— Oh, *oui*, fit-elle. Il se passe tellement de choses

323

en ce moment, n'est-ce pas ? La pauvre Maggie... comment va-t-elle ? Et Valentine... c'est une terrible expérience pour une jeune fille d'être lâchée comme ça à la dernière minute. Vous savez, je me suis doutée de quelque chose quand j'ai vu qu'il n'arrivait pas à la répétition du mariage. Cette histoire d'accident ! Je suppose qu'il ne s'est pas senti capable d'aller jusqu'au bout... et s'il ne l'épousait que pour son argent, il est beaucoup mieux que ça se soit terminé ainsi. Sa mère à elle a été bien malheureuse en ménage, vous savez, et on ne peut pas souhaiter à la pauvre Valentine de vivre la même chose.

— Non, répondit miss Silver.

Renie Wayne sortit un mouchoir et se frotta le bout du nez.

— Ah, vous allez penser que je suis en train de faire des commérages. Ma chère sœur était tellement stricte pour tout cela, mais quand on aime bien les gens, comment peut-on ne pas s'intéresser à ce qui leur arrive ? Ce n'est pas comme si on racontait des méchancetés sur leur compte. D'autant plus qu'il y a eu cette affreuse tragédie avec le colonel Repton. Et quand on pense que cela s'est passé alors que tout le monde était dans la pièce à côté ! Il n'y a pas de mots pour dire à quel point c'est horrible !

— Oui, c'est horrible.

— Et la pauvre Mettie Eccles qui venait juste de lui apporter son thé ! reprit miss Wayne. Je suis, bien entendu, passée chez elle, mais apparemment, elle ne veut voir personne. Elle pourrait quand même penser à ce que les gens vont croire... se laisser aller comme ça ! Bien sûr, tout le monde savait qu'elle lui était très attachée, mais c'était un homme marié et les gens vont commencer à jaser si elle continue à se cloîtrer. Il faudrait vraiment que quelqu'un lui en parle !

Miss Silver émit un toussotement réprobateur.

— Je ne pense pas que ce soit opportun.

Miss Wayne renifla et se frotta vigoureusement le bout du nez.

— Tout le monde peut voir ce qui arrive quand on choisit de se cloîtrer. Ce n'est pas la peine d'aller chercher très loin pour ça, il suffit de regarder le voisin ! Ce sinistre Mr. Barton et ses chats... je me suis souvent dit que je devrais aller voir la police. Celui qu'il appelle Abimelech est un véritable danger public ! Vous vous rendez compte, miss Silver, que cette sale bête feule à chaque fois qu'il me voit ! Tenez, pas plus tard que cet après-midi... » Elle s'interrompit brusquement et se tamponna le nez. « Mais vraiment, il faudrait que Mettie Eccles soit mise en garde. Je sais que la mort du pauvre colonel Repton a été pour nous tous un choc terrible. »

Le soupçon est une chose, la certitude est tout autre chose. En un éclair, miss Silver revit Jason Leigh lui disant pendant qu'ils traversaient la grand-place : « Quelqu'un venait de l'arrière de la Closerie et le chat s'est mis à feuler. Barton m'a dit qu'il y a une seule personne qui provoque cette réaction. Il n'a pas voulu me dire qui c'était. » Et à cet instant, dans le salon de miss Wayne, on lui fournissait enfin le nom que Mr. Barton avait préféré taire.

— Un meurtre est une chose affreuse, miss Wayne, fit-elle.

Renie Wayne sursauta de manière un peu trop marquée.

325

— Un meurtre ? Oh, non, c'est un suicide. C'est parce que sa femme... vous êtes sûrement au courant que sa femme...

Miss Silver répéta le mot outrageant.

— C'est un meurtre. Le colonel Repton a été assassiné.

— Oh, non...

Miss Silver poursuivit d'une voix ferme :

— Il a été assassiné parce qu'il avait dit qu'il connaissait l'auteur des lettres anonymes. Il n'est pas possible de dire si c'était vrai ou non, mais quelqu'un l'a entendu le prétendre. Ce qu'il a dit a été répété, et c'est à cause de cela qu'il a été assassiné, tout comme Doris Pell a été assassinée parce qu'elle le savait et Connie Brooke parce qu'elle aussi avait dit qu'elle le savait.

La main qui tenait le mouchoir de batiste retomba sur les genoux de miss Wayne qui s'écria d'une voix perçante :

— Oh... oh... comme c'est affreux ! Vous êtes sûre ?

— Oui, j'en suis sûre, répondit calmement miss Silver. Elle ouvrit son sac à main défraîchi et en sortit le petit bout de papier déchiré qu'elle avait déjà montré à Mettie Eccles. Elle le tendit alors à Irene Wayne.

— Aimeriez-vous savoir où et en quelles circonstances on a trouvé ceci ?

Les petits yeux de miss Wayne se fixèrent sur la main et ce qu'elle tenait. Sa voix se fit encore plus perçante lorsqu'elle répondit :

— Non... non. Qu'est-ce que c'est ? Je n'ai pas la moindre idée...

— Je pense que si, répliqua miss Silver. Je pense que

vous avez déjà vu quelque chose qui devait y ressembler étrangement. Je pense que c'est à cause d'un petit bout de papier comme celui-ci que Doris Pell a trouvé la mort. Je pense que vous l'avez vu dans sa main comme vous le voyez maintenant dans la mienne.

Soudain, comme dans un fondu enchaîné, miss Silver eut devant les yeux, non plus Irene Wayne, non plus, en fait, un être humain, mais un furet aux petits yeux cruels et au museau pointu. C'était un furet qu'on avait muselé et encagé et qui, d'un seul coup, s'était trouvé libre de flairer une proie, de se tapir et de bondir sur elle pour la saigner. Elle eut un spasme de quelque chose qui ressemblait à de la terreur puis elle poussa un glapissement.

— Qui vous a donné ça ? Qui vous l'a donné ?

— Il est venu jusqu'à moi, miss Wayne, répondit miss Silver.

Le visage pointu était distordu par la fureur et par la peur.

— Et que croyez-vous pouvoir en faire ?

— Il n'y a qu'une chose que je puisse faire.

— Mais vous ne le ferez pas ! hurla Renie Wayne au paroxysme de la fureur. Vous ne le ferez pas parce que je vous en empêcherai ! Vous vous croyez très fine, n'est-ce pas, de venir chez nous pour mettre votre nez dans des choses qui ne vous regardent pas ! Mais je peux être très fine aussi ! Vous n'avez pas pensé à cela, hein, mais vous feriez mieux d'y penser maintenant ! Ce n'est venu à l'idée d'aucun de ces imbéciles non plus ! Je n'étais que la miss Renie dont personne n'avait à se préoccuper. Dans tous leurs comités, elles faisaient entrer Esther, et Mettie Eccles et cette Nora Mallett qui

327

fourre son nez partout. Et si ce n'était pas l'une d'elles qui était élue présidente, c'était une des autres ! Mais personne ne me demandait jamais, à moi ! J'étais celle qu'on pouvait laisser dans un coin ! Et même Maggie qui ne m'a même pas invitée à leur soirée, l'autre jour ! Oh, je ne leur ai pas montré que cela me faisait mal... j'ai été beaucoup plus fine que cela ! Mais j'ai trouvé un moyen de les punir comme ils le méritaient ! » Sa voix se réduisit à un murmure haletant. « Il y a longtemps... oh, bien longtemps... à Little Poynton... c'est là où tout a commencé... et c'était tellement facile à faire. Mais Esther s'en est aperçue et elle m'en a empêché. Mais quand elle est morte, j'ai pu faire tout ce que je voulais ! »

Une extraordinaire gaieté morbide s'empara d'elle, un sourire étira les lèvres sèches. Elle lança son petit mouchoir en l'air et le rattrapa en s'écriant :

— Vous ne pouvez pas savoir comme je me suis amusée ! Personne n'a rien vu ! J'avais mis une robe noire et je pleurais quand il y avait du monde, mais qu'est-ce que je pouvais rire quand j'étais seule ! Il y avait une bonne femme qui me traitait dans mon dos de vieille taupe... et un jour je l'ai entendue. Mais j'avais appris quelque chose sur elle... oh, c'était une vieille histoire ! Alors je lui ai envoyé une lettre où j'en parlais et quand je l'ai revue le lendemain à l'église, elle ne faisait plus la fière... oh, grand Dieu, non ! Vous voyez, c'est ça qui était tellement drôle... d'envoyer les lettres et de voir la tête que faisaient les gens après les avoir reçues !

Miss Silver ne l'avait pas quittée des yeux. Elle regardait avec gravité un esprit longtemps dérangé basculer — peut-être définitivement — dans la folie. Pour l'instant tout au moins, l'égocentrisme et l'outre-cuidance de la criminelle avaient pris le pas sur la crainte de se voir percée à jour et de la disgrâce et du châtiment qui s'ensuivent. Miss Silver commença à envisager de quelle manière elle pourrait mettre un terme à cette entrevue.

Mais Renie Wayne n'avait pas terminé.

— Doris Pell était une vraie bécasse. Quand on trouve des gens aussi bêtes, c'est amusant de les faire paniquer. Elle ne m'aimait pas, vous savez. Je m'en suis aperçue en essayant cette robe bleue qu'elle m'a faite quand j'ai quitté le deuil d'Esther... elle avait de la répugnance à me toucher ! Je lui ai envoyé deux lettres pour lui dire que tout le monde savait qu'elle était une fille perdue. » Elle fut parcourue d'un frémissement d'aise. « Et elle n'a pas du tout apprécié ! Et je suppose qu'elle s'est crue très maligne le jour où elle est venue me faire l'essayage et où elle a ramassé ce petit bout de papier qui avait été déchiré. Je ne sais pas comment vous avez mis la main dessus, mais je suppose que vous aussi, vous vous croyez très maligne ! Je vous conseille de faire bien attention à ne pas être trop maligne, parce que... qu'est-ce qui est arrivé à Doris ? »

— Vous l'avez poussée par-dessus le parapet du pont et elle s'est noyée, répondit miss Silver d'un ton grave.

Irene Wayne eut un ricanement affreux.

— Elle est tombée la tête la première sur une de ces grosses pierres et elle s'est noyée. Vous voyez qu'il vaut mieux éviter de me mettre en colère. Je suis tout à fait capable de punir les gens. Regardez comme j'ai puni Connie Brooke. Elle allait raconter partout qu'elle

329

savait qui envoyait les lettres, alors je l'ai punie. Avant
sa mort, Esther prenait des somnifères. J'ai raconté au
docteur que je les avais jetés, mais ce n'était pas vrai...
je les avais gardés. Saviez-vous que la clé de ma porte
de derrière pouvait ouvrir la porte de la Closerie ? J'ai
découvert ça par hasard un soir où j'étais avec Connie
et où elle avait oublié sa clé. Je lui ai dit : « Eh bien,
essayons la mienne. » Et ça a marché. Alors je suis
tout simplement entrée par la porte de derrière de la
Closerie pendant que Connie était à cette soirée où on
ne m'avait pas invitée, et il y avait son chocolat qui
l'attendait sur la cuisinière ! J'avais bien écrasé les
comprimés de ma chère Esther... il y en avait pas mal,
vous savez. Je les ai mis dans le chocolat, j'ai bien
touillé et je suis ressortie. C'était bien fait pour elle...
elle n'avait qu'à pas me mettre en colère ! Et le colonel
Repton a eu tort de faire la même chose. Je l'ai puni
aussi. Encore une fois, j'ai été très maligne. Pas question
de somnifères pour lui, mais je me suis souvenue du
produit qu'Esther avait acheté pour détruire le nid de
guêpes du poirier il y a deux ans. Elle ne pouvait pas
supporter les guêpes. Elle m'avait dit que ce produit
était très fort et qu'il fallait jeter tout ce qui restait,
mais moi, je l'ai caché. On ne sait jamais si un jour on
ne peut pas en avoir besoin. J'en ai mis un peu dans
une petite bouteille où j'avais versé un fond de whisky,
et je l'ai glissée dans mon sac à main en partant à la
réunion du comité d'entraide. Cette Florrie n'arrête pas
de jacasser, vous savez... elle a bien tort, mais toutes
les filles sont pareilles... alors tout le village savait que
le colonel Repton gardait un carafon de whisky dans
son bureau. Et je m'en suis souvenue, vous voyez bien
que je suis maligne. Et après, il ne me restait plus qu'à

trouver une occasion de verser mon petit mélange dans son carafon. Je me suis éclipsée du salon… je faisais un tricot blanc, alors je devais avoir les mains très propres et il m'a suffi de dire que je m'étais sali les doigts. Et imaginez-vous que juste au moment où j'arrivais dans le hall, le colonel Repton sortait du bureau pour aller se laver les mains. » Elle eut un petit rire étouffé. « Alors finalement, moi je n'y suis pas allée ! Et vous savez ce que j'ai fait à la place ? Je suis entrée dans le bureau, et il y avait le carafon, bien en évidence ! Pas de difficulté… aucune difficulté ! Je n'ai eu qu'à enlever le bouchon, à verser le contenu de ma bouteille et à remettre le bouchon. La pièce empestait positivement le tabac. Il y avait une vieille pipe répugnante sur le bureau. Vraiment infect… Là aussi, j'ai été maligne, n'est-ce pas ? J'espère que vous comprenez maintenant que ce serait très bête de votre part de me mettre en colère. »

Miss Silver se leva. Elle avait gardé les yeux fixés sur miss Wayne et la robe bleue que Doris Pell lui avait confectionnée avant de mourir, mais elle ne s'attendait pas au brusque mouvement qui la projeta d'un bond de son siège à la porte. Cela lui évoqua de manière fort déplaisante l'image d'un animal s'élançant sur sa proie. Renie Wayne restait adossée aux panneaux de boiserie, les jambes légèrement fléchies, comme pour se préparer à bondir de nouveau.

— Je suppose que vous vous imaginez que vous allez partir et raconter des tas de mensonges sur moi ! Et vous croyez sérieusement que je vais vous laisser faire ça ?

— Vous ne pouvez pas m'en empêcher, répondit miss Silver sans se départir de son calme apparent.

Renie Wayne eut un autre ricanement affreux.

— Vous croyez ça ? Eh bien, c'est ce que nous allons voir ! Vous savez que vous avez eu tort de venir ici ce soir, parce que j'étais en train de faire quelque chose de très important. Vous avez remarqué en entrant que cela sentait le gaz...

Miss Silver fut saisie d'une vive appréhension, mais elle n'en laissa rien paraître et demanda d'une voix calme :

— Oui ?

— Oui, certainement, répondit miss Wayne en se rengorgeant. Mais ce n'était pas un brûleur de la cuisinière... là vous aviez tort. Vous voyez ce grand placard où nous avons la réserve d'eau — nous avons été obligées de la mettre là-bas quand la plomberie a été changée — eh bien, il a une arrivée de gaz... pas de flamme, juste un de ces vieux brûleurs. Nous l'avons laissé parce que c'était bien utile pour chauffer les canalisations quand il faisait très froid. Mais Esther n'était pas tranquille... elle se levait deux ou trois fois dans la nuit quand il était ouvert. Mais comme je lui disais : « S'il y avait une fuite, tu le sentirais tout de suite, puisque ta chambre est juste à côté », alors elle l'a gardé. Et regardez comme il est utile maintenant. C'est par là que le gaz s'échappe. Le robinet est ouvert et la porte est fermée, et il n'y a pas de fenêtre puisque ce n'est qu'un placard.

Miss Silver ne put retenir l'exclamation la plus osée qu'elle se permît jamais : « Mon Dieu ! » s'écria-t-elle, avant d'ajouter : « Mais il faut le fermer, sinon il risque d'y avoir une explosion. »

L'odeur de gaz avait effectivement envahi la pièce et se faisait de plus en plus forte. Miss Silver se précipita à la fenêtre, tira les rideaux et ouvrit toute grande la croisée. L'air nocturne s'engouffra dans la pièce.

CHAPITRE XXXVIII

Jason Leigh arriva au manoir. En traversant le hall, il vit Scilla Repton. Elle avait quitté sa jupe en imitation tartan et portait un pull-over bleu-gris sur une jupe noire. Cela faisait l'effet d'une lumière que l'on avait l'habitude de voir briller et qui était soudain tamisée. Même sa superbe chevelure semblait avoir perdu de son éclat. Elle passa près de lui, puis se retourna.

— Je vois que vous ne perdez pas de temps, fit-elle. Je présume que votre intention est d'épouser Valentine. Et de vous installer ici en vous laissant gagner par le cafard jusqu'à crever d'ennui.

Il éclata de rire.

— La campagne vous ennuie parce que vous ne vous intéressez pas aux activités de la campagne. Moi je n'aurai pas le temps de m'ennuyer.

— Tant mieux, fit-elle. Quand à moi, je n'ai qu'une idée en tête, c'est partir d'ici le plus vite possible.

Elle se dirigea vers l'escalier, posa le pied sur la première marche et se retourna pour dire par-dessus son épaule :

— Faites-vous partie de ces gens charmants qui

334

s'imaginent que j'ai empoisonné Roger ? Ce n'est pas vrai, vous savez. La police a vraiment l'esprit tordu, vous ne croyez pas ?

Elle haussa les épaules et continua à monter l'escalier, légèrement voûtée.

Jason se dirigea vers le salon où il trouva Valentine. Ils parlèrent d'eux-mêmes. Il était encore trop tôt pour former des projets d'avenir, mais ils s'aperçurent qu'ils le faisaient quand même. Il fallait que Maggie continue à vivre au manoir. Impossible de l'en déraciner... impossible et cruel. Mais elle pourrait avoir un boudoir à elle. Une fois l'enterrement passé, Scilla n'allait certainement pas s'éterniser au manoir. Valentine se rapprocha un peu plus de Jason et dit à voix très basse :

— Jason, ils ne pensent pas vraiment... ils ne vont quand même pas...

— Je crains que si, répondit-il.

— Tu ne veux pas dire... qu'ils vont l'arrêter...

— Si, je pense que c'est possible.

— Et toi, qu'en penses-tu, Jason ?... Oh, non, elle n'a pas fait ça... pas Roger !

Il s'entendit dire :

— Pourtant, je n'arrive pas à y croire... je ne sais pas exactement pourquoi. Mais les présomptions contre elle sont très lourdes.

C'est à ce moment-là qu'il commença à ressentir un vague malaise. C'était comme lorsqu'on est assis dans une pièce où filtre un courant d'air... au début, on ne le remarque guère, mais il devient de plus en plus sensible au fur et à mesure que le temps s'écoule. Puis il atteignit une telle intensité qu'il fut obligé de se lever.

— Écoute, il faut que je parte. Je vais revenir.

335

Valentine, qui le connaissait depuis toujours, avait eu le temps de s'habituer à sa brusquerie. Elle ne prit même pas la peine de lui demander où il allait et fut récompensée en l'entendant lui crier, au moment où il atteignait la porte :

— Je vais juste chercher miss Silver et je la raccompagnerai.

Il descendit l'allée en courant, franchit le pont au pied duquel Doris Pell avait trouvé la mort et sortit, toujours en courant, par le portail ouvert. Une fois arrivé au sentier qui traversait la grand-place, il cessa de courir, mais continua à marcher d'un très bon pas. C'est au moment où il atteignait la barrière rustique de Willow Cottage que les rideaux du salon de miss Wayne furent violemment tirés et que la croisée s'ouvrit toute grande. Il s'écarta de l'allée de manière à voir ce qui se passait dans la pièce. Miss Silver, qui avait ouvert la fenêtre, lui tournait maintenant le dos. Renie Wayne était debout devant la porte, le visage déformé par la fureur et sa voix aiguë s'élevait :

— Le gaz est ouvert et la porte du placard est fermée à clé, disait-elle. Et savez-vous qui j'y ai enfermé ? Savez-vous qui va mourir dans ce placard à moins que vous ne refermiez tout de suite cette fenêtre et les rideaux et que vous ne juriez solennellement sur la Bible de partir demain matin et de ne jamais souffler un seul mot de tous ces mensonges stupides et insensés que vous avez inventés de toutes pièces ! Et ça ne sert à rien de me regarder comme ça, et ça ne sert à rien de croire que vous pourrez ouvrir le placard et le faire sortir, parce que j'ai caché la clé et la porte est solide... jamais vous ne pourrez la défoncer à temps pour le sauver !

Miss Silver esquissa un mouvement en direction de la porte. Elle demanda de sa voix calme et grave :

— Pour sauver qui ?

Miss Wayne ricana.

— Enfin, qui voulez-vous que ce soit d'autre que David ? Joyce me l'a amené et elle me l'a laissé pendant qu'elle allait retrouver Penny Marsh à la Closerie... quelle idée ridicule de remplacer Connie à l'école, alors qu'elle devrait m'être reconnaissante de lui avoir donné un foyer et faire tout son possible pour bien me soigner et me rendre la vie agréable ! Cela fait déjà un certain temps que je ne suis pas très contente de Joyce et je voulais la punir, alors j'ai ouvert le gaz et j'ai enfermé David. Et je ne vous donnerai la clé pour le faire sortir que si vous me promettez de ne parler à personne ni des lettres, ni de Connie, ni de rien.

Jason fit irruption dans le salon en bondissant par la fenêtre. Renie Wayne se mit à hurler et se plaqua contre la porte. Et quand Jason la prit aux épaules, elle se débattit comme un rat pris au piège.

Miss Silver passa devant eux et monta l'escalier étroit. Comme Renie Wayne était seule chez elle, quelle raison aurait-elle eu de cacher la clé d'une porte qu'elle aurait fermée ? Elle espéra de toutes ses forces et pria pour qu'elle soit dans la serrure.

L'odeur de gaz devint suffocante lorsqu'elle déboucha sur le palier obscur et alluma la petite ampoule électrique qui l'éclairait. Il y avait une fenêtre qui donnait sur Holly Cottage. Elle l'ouvrit alors que la tête lui tournait et qu'elle commençait à suffoquer. Après avoir pris deux longues inspirations, elle se retourna. Sur la droite, il y avait la porte du placard et la clé était enfoncée dans la serrure. Jusqu'à cet instant, elle n'avait pas eu le temps de penser. Elle s'était seulement fixé comme but d'atteindre la fenêtre pour chasser le gaz et d'ouvrir la porte du placard. Elle avait refusé de penser à ce qu'elle pourrait y trouver.

Elle tourna la clé et ouvrit la porte.

Le placard était profond et rempli d'ombres. La petite ampoule électrique à l'autre bout du couloir ne l'éclairait pratiquement pas. Quelque chose reposait par terre au pied de la masse noire du réservoir d'eau qui s'élevait dans la demi-obscurité, mais elle n'arrivait pas à distinguer ce que c'était. Le gaz lui faisait tourner la tête. Elle tâtonna le long du mur à la recherche du robinet et le ferma dès qu'elle l'eut trouvé. Puis elle entra dans le placard, retenant son souffle, et se pencha vers l'objet posé sur le sol. Sa main toucha quelque chose de rêche, puis elle sentit les poignées de cuir d'un de ces grands sacs de voyage démodés. Elle tira sur les poignées en ayant l'impression de jeter ses dernières forces dans cet effort, et avec l'inébranlable détermination de transporter le sac et son contenu jusqu'à la fenêtre ouverte par laquelle s'engouffrait l'air frais. Elle sentit l'air venir à sa rencontre et se rapprocha de la fenêtre avec un sentiment croissant de soulagement. Le sac était lourd, mais il n'était pas assez pesant pour contenir le corps de David Rodney. Elle se battit contre les courroies qui l'attachaient et se laissa tomber sur l'appui de la fenêtre. Le vent soufflait sur son visage et son esprit redevenait plus clair. Le sac contenait le corps d'un gros chat tigré.

Jason Leigh, qui avait grimpé l'escalier quatre à quatre, la trouva en train d'essayer de sortir Abimelech du sac pour le faire respirer.

CHAPITRE XXXIX

C'est avec un plaisir encore plus marqué que d'habitude que miss Silver laissa errer son regard sur le confort familier de son salon à Montague Mansions. La pièce confortable et douillette lui procurait une sensation de bien-être. Elle craignait de ne jamais pouvoir exprimer assez de reconnaissance pour tous les bienfaits dont on l'avait comblée. Le mobilier qui l'entourait portait un témoignage muet sur les pensées affectueuses des générations précédentes. Les chaises lui avaient été léguées par une de ses grand-tantes. Elle avait hérité de ses grands-parents la bibliothèque et les deux guéridons. La théière et le pot à lait en argent que Hannah entretenait si bien avaient appartenus à sa marraine. Et si le passé lui fournissait matière à des souvenirs chargés d'affection, le présent n'était-il pas riche de bonté et d'amitiés qui s'approfondissaient sans cesse ? C'est ce qu'elle venait d'essayer d'exprimer pour Frank Abbott qui lui faisait face. Elle remplit une seconde fois sa tasse et la lui tendit. Il la remercia d'un regard affectueux et dit :

— Vous savez, je ne me suis jamais senti très

tranquille à propos de Tilling Green. Il est évident que vous n'auriez jamais dû aller là-bas. L'idée paraissait pourtant excellente au début, mais après le second décès, j'ai commencé à m'inquiéter, et si j'avais eu le moindre soupçon que Renie Wayne était notre corbeau, j'y serais allé en personne, même s'il m'avait fallu faire un certificat médical bidon.

— Mon cher Frank !

Il éclata de rire.

— Mais c'est vous qui me mettez en tête des desseins criminels ! Je ne peux concevoir que quelqu'un d'autre que vous me fasse envisager de commettre un faux. D'accord, d'accord... ne montez pas sur vos grands chevaux, je suis toujours du bon côté de la loi. Mais, dites-moi, comment en êtes-vous arrivée à soupçonner Renie ? Franchement, cela ne me serait jamais venu à l'esprit.

Miss Silver reprit un peu de lait dans son thé. Hannah avait toujours tendance à faire le thé un peu plus fort quand Frank Abbott était invité. Puis elle revint aux premières impressions qu'elle avait eues de Tilling Green.

— Je n'ai pu m'empêcher de faire le rapprochement avec une épidémie semblable de lettres anonymes qui avait éclaté à Little Poynton il y a cinq ans. Une vieille tante des demoiselles Wayne y demeurait à cette époque et elles lui rendaient de fréquentes visites. Les soupçons s'étaient portés sur la receveuse des postes... c'est tout au moins ce que miss Renie voulait laisser entendre. Elle a également pris grand soin de me dire que la Mrs. Salt en question était la sœur de Mrs. Gurney qui tient la poste de Tilling Green, et elle en a profité pour insinuer que Mrs. Gurney pourrait être responsable de l'envoi des écrits calomnieux. Quand je lui ai demandé si ces insinuations avaient un fondement, elle est devenue fort agitée et elle m'a dit qu'elle réprouvait les commérages comme sa sœur les avait réprouvés.

— Et c'est cela qui a éveillé vos soupçons ?

Miss Silver garda le silence pendant quelques instants, puis elle reprit :

— J'ai trouvé cette agitation quelque peu exagérée, et puis il y avait ce rapprochement avec l'affaire de Little Poynton. De plus, après la mort de Connie et celle du colonel Repton, elle était une des quatre personnes dont la culpabilité devait être sérieusement envisagée : Mrs. Repton, miss Eccles, miss Wayne et Mr. Barton. Si l'on ne considérait que le meurtre du colonel Repton, il aurait certainement fallu procéder à l'arrestation de Mrs. Repton, mais elle paraissait étrangère aux deux autres affaires, et dans le cas de Connie Brooke, il était difficile de voir comment elle aurait pu s'y prendre pour empoisonner le chocolat. Miss Eccles, miss Wayne et Mr. Barton avaient tous eu cette possibilité, mais je puis vous dire tout de suite que je n'ai jamais vraiment soupçonné Mr. Barton. Son unique mobile, ce qui est également vrai pour miss Eccles et miss Renie, ne pouvait être que la crainte d'être identifié comme l'auteur des lettres anonymes. Mais après mon entretien avec miss Pell, il devenait évident que le morceau de papier qui aurait permis d'identifier l'auteur des lettres avait été ramassé dans une des quatre maisons où s'était rendue Doris Pell l'après-midi de sa mort. Nous savons qu'il s'agissait du manoir, de Willow Cottage, de Holly Cottage et de la Closerie où elle

341

s'était en partie confiée à Connie Brooke qui était son amie d'enfance. Mais elle n'avait certainement pas rendu visite à Mr. Barton dont la porte était fermée aux femmes. Je l'ai donc rayé de la liste des suspects.

— Mais vous n'avez pas non plus vraiment soupçonné Scilla Repton. Pourquoi cela ?

Encore une fois, miss Silver ne répondit pas immédiatement. Elle finit sa tasse de thé et la reposa sur le plateau.

— Il y avait donc la question du chocolat et puis... ce genre de chose est très difficile à exprimer. Il y a des impressions si vagues, si ténues que l'on en est à peine conscient et qui pourtant finissent par former un tout. Mrs. Repton ne m'a jamais donné l'impression d'être consciente de courir un danger. Elle était consciente d'avoir enfreint la loi morale et elle était manifestement exaspérée par cette loi et les conséquences que cela allait entraîner pour elle. Mais elle ne m'a pas du tout donné l'impression d'être consciente de se trouver dans une position délicate au regard des lois criminelles, avec les graves conséquences que cela peut impliquer. Elle pâtissait de la découverte de son intrigue avec Mr. Earle, elle était furieuse et outragée des modifications apportées au testament de son mari et elle était beaucoup plus profondément bouleversée par sa mort qu'elle ne le laissait paraître. Elle n'était, en fait, qu'une jeune femme frivole, égoïste et oisive projetée dans un milieu auquel elle avait de la peine à s'adapter et qui essayait par tous les moyens d'alléger son ennui. Mais elle était, à mon avis, incapable d'aller jusqu'à envoyer des lettres anonymes et empoisonner son mari. Et nous savons maintenant qu'elle ne l'a pas fait.

— Et personne d'autre au manoir n'était susceptible de faire l'affaire ?

— Oh, non. Miss Maggie n'est pas très résistante, pas très efficace, mais elle est pleine de douceur et de gentillesse et Valentine Grey est une jeune fille tout à fait charmante, et elle a d'excellents principes et la douceur est un des traits dominants de son caractère.

— Eh bien, elle en aura besoin, fit Frank en riant. Jason est un drôle de loustic.

Miss Silver lui sourit avec bienveillance.

— Ils se connaissent depuis toujours et sont très attachés l'un à l'autre.

— Bon, James Barton et les occupants du manoir étant hors de cause, il restait encore trois maisons.

Elle secoua la tête d'un air réprobateur.

— Oh, non... seulement deux. La troisième était la Closerie et Connie Brooke fut elle-même une victime. Il ne me restait donc plus que deux suspects possibles, miss Eccles et miss Wayne. Elles auraient pu, toutes deux, avoir attendu Doris Pell et l'avoir poussée dans la pièce d'eau, puisqu'elles pouvaient toutes deux savoir que Doris repartait au manoir ce soir-là avec le chemisier de miss Maggie. Elles auraient également pu toutes deux empoisonner le chocolat de Connie Brooke, miss Wayne en pénétrant dans la Closerie pendant que Connie était au manoir et miss Eccles en la raccompagnant jusque chez elle après avoir fait semblant de la quitter devant Holly Cottage. Et elles auraient pu toutes deux introduire le cyanure dans le whisky du colonel Repton, miss Eccles en lui apportant son thé et miss Wayne en quittant le salon et en se glissant furtivement dans le bureau. Miss Maggie m'ayant confié la lettre anonyme

343

qu'elle avait reçue, j'ai déchiré un coin de la feuille pour essayer de fabriquer une imitation que j'espérais acceptable du bout de papier que Doris Pell avait trouvé par terre. Quelques tentatives effectuées à l'aide d'une allumette taillée et plongée dans l'encre m'ont permis de vérifier que c'était bien de cette manière que les lettres avaient été écrites. J'ai donc écrit le début du mot Tilling sur le coin de ma feuille et je l'ai emporté quand je me suis rendue à Holly Cottage pour porter un panier de pommes de la part de miss Maggie. J'étais persuadée que la vue de ce morceau de papier ne saurait manquer de provoquer une violente réaction chez la personne qui avait vu un morceau de papier semblable dans la main de Doris Pell et qui, j'en étais certaine, n'avait pas hésité à commettre un meurtre pour faire disparaître cet indice accablant. La réaction de miss Eccles fut parfaitement naturelle. Malgré le chagrin qui l'accablait, elle manifesta une vive curiosité. La réaction de miss Wayne fut totalement différente. Si elle ne s'était déjà trahie en se plaignant du chat Abimelech qu'elle considérait comme dangereux parce qu'il avait coutume de feuler à son approche, il s'opéra dans son attitude un tel changement à la vue du morceau de papier que cela aurait suffi. L'impact du choc et l'assertion que c'était un morceau de papier semblable qui avait été la cause de la mort de Doris Pell et qu'elle l'avait vu dans la main de la jeune fille comme elle le voyait maintenant dans la mienne ont suffi à lui faire perdre son équilibre mental. Elle fut incapable de contrôler sa peur, sa fureur et l'orgueil insensé du criminel. Au moment où la police est arrivée, elle était visiblement en pleine crise de démence. Elle a dû, pendant des années, être un souci constant pour sa sœur. L'aînée des sœurs Wayne savait que sa cadette était responsable des lettres anonymes de Little Poynton.

— Il y a eu deux suicides à cette époque, fit Frank Abbott. Miss Wayne aurait dû prévenir la police.

Miss Silver avait pris son tricot et les aiguilles vertes cliquetaient en cadence.

— Si elle l'avait fait, trois vies humaines auraient pu être sauvées. Mais bien peu de gens sont disposés à subordonner leur intimité familiale à leurs devoirs vis-à-vis de la société.

Tout en notant dans un coin de sa mémoire cet échantillon de ce qu'il appelait irrespectueusement les Moralités de Maudie, Frank Abbott changea de sujet et demanda des nouvelles de la santé du chat Abimelech.

— J'ignore combien de vies il lui reste, mais le coup du placard à gaz a failli lui en coûter une.

— C'est le plus jeune des chats, répondit miss Silver en souriant, ce qui explique qu'il se soit laissé attirer de l'autre côté de la haie par un morceau de maquereau, un poisson dont il raffole. Renie est très fière de la manière dont elle l'a pris au piège en plaçant l'appât dans un vieux sac de voyage qu'elle a refermé sur lui en tirant sur une ficelle. Abimelech a recouvré toutes ses forces et il m'a fait fête lorsque je suis allée saluer Mr. Barton avant mon départ.

— Saluer Barton ? Ma chère miss Silver, vous n'allez pas me dire qu'il vous a laissée entrer.

— Mais si, mon cher Frank, répondit miss Silver en souriant. Il m'a offert une excellente tasse de thé et m'a présenté tous les chats.

— Voilà, l'affaire est close, et je suppose que vous avez ajouté Barton et une demi-douzaine d'autres à la liste de vos admirateurs.

— De mes *amis*, Frank, corrigea miss Silver d'un ton légèrement réprobateur. Miss Maggie a été charmante et je dois avouer que j'éprouve de la sympathie pour Valentine et Mr. Leigh. Pour Joyce Rodney également. Savez-vous si elle a décidé de rester à Tilling Green ?

— Oui, je pense. Si miss Renie est internée pour aliénation mentale, l'administration de ses biens reviendra à Joyce. Elle pourra vivre à Willow Cottage et faire l'école avec Penny Marsh comme elles l'avaient prévu. Je pense que ce sera beaucoup mieux pour elle.

— Vous l'avez vue ?

— Non, non... elle m'a appelé.

C'était peut-être l'effet de son imagination, mais il crut lire une bienveillance accrue sur le visage de miss Silver.

— Je crains de l'avoir vexée en lui faisant savoir que je n'estimais pas prudent de l'appeler Joyce, fit miss Silver, mais maintenant que l'affaire est terminée...

— Vous n'aurez plus guère d'occasions de le faire.

— Vraiment ?

Il répondit au regard légèrement déçu de miss Silver par un éclat de rire. « Inutile, ma chère miss Silver, mon cas est désespéré ! Il faudra vous contenter de Jason et Valentine ! »

Stuart Palmer
L'énigme du persan gris

Dans le New York des années trente, gratte-ciel et constructions de toutes sortes poussent comme des champignons, tandis que progrès techniques et gigantisme envahissent le quotidien des citadins, la ville devenant le lieu d'une violence anonyme. Institutrice à la retraite, Miss Hildegarde Withers collectionne d'extravagants chapeaux et se consacre avec détermination à la délicate tâche qu'elle s'est imposée : démasquer des criminels d'un genre nouveau. Une forte tête, pionnière d'un féminisme en pleine émergence, qui se passerait bien de l'inévitable inspecteur Oscar Piper, toujours sur son chemin !

n°3610 – 7,30 €

GRANDS DÉTECTIVES, DES POLARS HORS LA LOI DU GENRE

Kerry Greenwood
Les enquêtes de Phryne Fisher

Comme toutes les garçonnes des années 1920, Phryne Fisher ne craint qu'une chose : l'ennui. Aussi, lorsqu'on lui propose de jouer les détectives à Melbourne, Phryne part sans hésiter. Sur place l'attendent déjà les pires crapules, mafieux en tout genre, trafiquants de drogue et communistes exaltés. Au volant de son Hispano-Suiza ou sur les pistes des dancings, un verre à la main et une arme dans son sac, la belle va y mener ses enquêtes comme sa vie : à toute allure ! Les cœurs et les criminels d'Australie sont prévenus.

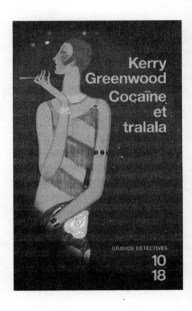

n° 3905 – 7,30 €

GRANDS DÉTECTIVES, DES POLARS HORS LA LOI DU GENRE

Impression réalisée sur Presse Offset par

La Flèche (Sarthe), 41582
N° d'édition : 2200
Dépôt légal : septembre 1992
Nouveau tirage : juin 2007

Imprimé en France